Dostojewskij | Der Spieler

AF217754

Fjodor Dostojewskij

Der Spieler

Aus den Aufzeichnungen eines jungen Mannes

Übersetzt und herausgegeben
von Elisabeth Markstein

Reclam

RECLAMS UNIVERSAL-BIBLIOTHEK Nr. 14623
1992, 2024 Philipp Reclam jun. Verlag GmbH,
Siemensstraße 32, 71254 Ditzingen
Durchgesehene und bibliographisch ergänzte Ausgabe 2024
Gestaltung: Cornelia Feyll, Friedrich Forssman
Druck und Bindung: Esser printSolutions GmbH,
Untere Sonnenstraße 5, 84030 Ergolding
Printed in Germany 2024
RECLAM, UNIVERSAL-BIBLIOTHEK und
RECLAMS UNIVERSAL-BIBLIOTHEK sind eingetragene Marken
der Philipp Reclam jun. GmbH & Co. KG, Stuttgart
ISBN 978-3-15-014623-1
www.reclam.de

Erstes Kapitel

Endlich bin ich nach zwei Wochen Abwesenheit wieder zurück. Die Unsrigen waren schon drei Tage in Roulettenburg. Ich glaubte, sie hätten weiß Gott wie auf mich gewartet – weit gefehlt. Der General tat äußerst unbeteiligt, ließ sich zu einem kurzen Gespräch herab und verwies mich an seine Schwester. Es war offensichtlich, dass sie irgendwo Geld ergattert hatten. Mir kam es sogar vor, als schämte sich der General ein wenig, mich anzusehen. Marja Filippowna war überaus beschäftigt und beschränkte sich auf ein paar flüchtige Worte; das Geld nahm sie allerdings an, zählte nach und lauschte meinem Rapport. Zum Mittagessen wurde Mesenzow erwartet, dazu ein Französlein und noch irgendein Engländer; die übliche Moskauer Lebensart: kaum ist Geld im Haus, werden Gäste geladen. Polina Alexandrowna fragte, als sie mich erblickte, warum ich so lange fortgeblieben sei, und ging, ohne die Antwort abzuwarten, davon. 's ist wirklich Zeit, dass wir uns aussprechen. Vielerlei hat sich angehäuft.

Man gab mir ein kleines Zimmer im vierten Stock des Hotels. Es ist hierorts bekannt, dass ich *zur Gefolgschaft des Generals* gehöre. Alles deutet darauf hin, dass es ihnen allemal gelungen ist, sich ins richtige Licht zu setzen. Man hält den General für einen steinreichen russischen Magnaten. Noch vor dem Mittagessen versäumte er nicht, mir neben anderen Aufträgen zwei Tausendfrancscheine zum Wechseln zu geben. Ich wechselte sie in der Hotelrezeption. Von nun an werden wir als Millionäre gelten, zumindest eine Woche lang. Ich war im Begriff, Mischa und Nadja zu einem Spaziergang auszuführen, da rief man mich von der Treppe zum General zurück; es beliebte ihm, sich zu erkundigen, wohin ich mit ihnen ginge. Dieser Mensch vermag mir ganz entschieden nicht in die Augen zu sehen; sosehr er es auch möchte – ich antworte ihm jedes Mal mit einem so durchdringenden, will heißen, aufsässigen Blick, dass er gleichsam in Verlegenheit gerät. In hochgestochener Rede, bei der er einen Satz auf den anderen stülpte und letztlich vollends den Faden verlor, gab er mir zu verstehen, ich möge mit den Kindern tunlichst den Kursaal meiden und in den Park gehen. Schließlich geriet er ganz außer sich und fügte barsch hinzu: »Ihnen ist ja zuzutrauen, dass Sie sie zum Roulette führen. Entschuldigen Sie«, fügte er hinzu, »aber ich weiß, dass Sie noch recht leichtsinnig sind und dem Spielen mitnichten abgeneigt. Wie immer, obgleich ich nicht Ihr Mentor bin und diese Rolle gar nicht beanspruche, habe ich doch immerhin das Recht zu wünschen, dass Sie mich sozusagen nicht kompromittieren …«

»Ich hab ja nicht mal Geld«, erwiderte ich gelassen. »Um welches zu verlieren, muss man es besitzen.«

»Sie sollen es sofort bekommen«, antwortete der General leicht errötend, kramte eine Weile in seinem Schreibschrank, blätterte in einem Kassenbuch, worauf sich herausstellte, dass er mir etwa hundertzwanzig Rubel schuldete.

»Wie wollen wir das begleichen?«, begann er. »Was macht das in Talern? Da, nehmen Sie hundert, eine runde Zahl. Der Rest geht Ihnen natürlich nicht verloren.«

Ich nahm schweigend das Geld an mich.

»Seien Sie bitte wegen meiner Worte nicht beleidigt. Sie sind ja so leicht gekränkt … Mein Hinweis möge bloß eine

Warnung sein, und natürlich steht mir dies gewissermaßen zu …«

Als ich mit den Kindern vor dem Essen auf dem Heimweg war, begegnete uns ein ganzer Wagenaufzug. Die Unsrigen waren zur Besichtigung irgendwelcher Ruinen ausgefahren. Zwei elegante Kutschen, prachtvolle Pferde! Mademoiselle Blanche in der einen zusammen mit Marja Filippowna und Polina; das Französlein, der Engländer und unser General hoch zu Ross. Die Passanten blieben stehen und gafften: die Wirkung war erzielt; bloß dem General wird es nicht gut bekommen. Ich rechnete mir aus, dass sie mit den viertausend Franc, die ich mitgebracht habe, und dem, was sie offensichtlich inzwischen ergattert hatten, nunmehr sieben- oder achttausend besitzen müssten; zu wenig für Mademoiselle Blanche.

Mademoiselle Blanche logiert ebenfalls in unserem Hotel, sie hat ihre Mutter bei sich; das Französlein ist auch irgendwo in der Nähe. Die Dienerschaft spricht ihn mit »Monsieur le comte« an, Mademoiselle Blanches Mutter heißt »Madame la comtesse«; was soll's, vielleicht sind sie wirklich Comte und Comtesse.

Ich wusste im Vorhinein, dass Monsieur le comte mich beim Mittagstisch nicht erkennen würde. Der General wäre selbstredend nicht auf die Idee gekommen, uns bekannt zu machen oder zumindest mich ihm vorzustellen; und Monsieur le comte war in Russland gewesen und wusste, was für ein unbedeutender Vogel so ein Hauslehrer ist, den sie *outchitel* nennen. Im Übrigen kennt er mich sehr gut. Doch zugegebenermaßen war ich ja zum Mittagessen ungeladen erschienen; der General hat scheint's vergessen, entsprechende Anweisungen zu geben, sonst hätte er mich an die

Table d'hôte geschickt. Ich war mit einem Mal einfach da, so dass der General mich ungnädig ansah. Die gute Marja Filippowna wies mir sogleich einen Platz an; da kam mir aber die Bekanntschaft mit Mister Astley zupass, und ich wurde notgedrungen Teil ihrer Gesellschaft.

Diesem seltsamen Engländer war ich zum ersten Mal in Preußen begegnet, in einem Zugabteil, in dem wir einander gegenübersaßen, damals, als ich den Unsrigen nachfuhr; später traf ich ihn an der französischen Grenze und schließlich in der Schweiz; zweimal also im Verlaufe dieser zwei Wochen – und nun treffe ich ihn plötzlich schon in Roulettenburg. Nie habe ich in meinem Leben einen schüchterneren Menschen kennengelernt; er ist schüchtern bis zum Dummsein und weiß das natürlich, weil er gar nicht dumm ist. Im Übrigen ist er sehr nett und still. Ich habe ihn bei unserer ersten Begegnung in Preußen zum Reden gebracht. Er eröffnete mir, dass er im Sommer am Nordkap war und überaus gerne den Jahrmarkt von Nischnij Nowgorod besuchen würde. Ich weiß nicht, wie er den General kennengelernt hatte; es sieht so aus, als wäre er maßlos in Polina verliebt. Als sie eintrat, wurde er feuerrot. Er freute sich, dass ich mich am Tisch neben ihn setzte, und scheint mich bereits für einen alten Freund zu halten.

Bei Tische gab das Französlein bravourös den Ton an, er tut allen gegenüber herablassend und blasiert. Ich erinnere mich noch, wie er in Moskau leeres Stroh drosch, sich weitschweifig über die Finanzen und die russische Politik erging. Der General ermannte sich, hie und da zu widersprechen, bescheiden indes, einzig, um nicht vollends an Erhabenheit zu verlieren.

Ich war in einer seltsamen Gemütsverfassung und stellte

mir, versteht sich, noch bevor die halbe Zeit am Tisch um war, meine gewohnte und stete Frage: »Warum vertrödle ich meine Zeit mit diesem General, warum hab ich mich nicht schon längst von ihnen abgesetzt?« Ab und zu warf ich einen Blick auf Polina Alexandrowna; sie schenkte mir überhaupt keine Beachtung. Am Ende wurde ich wütend und beschloss, mich als Grobian zu präsentieren.

Es begann damit, dass ich mich plötzlich, mir nichts, dir nichts, laut und ohne zu fragen in ein fremdes Gespräch einmischte. Vor allem wollte ich mich mit dem Französlein anlegen. Ich wandte mich plötzlich an den General, unterbrach ihn zudem, wie mir scheint, und bemerkte ganz laut und fest, dass es in diesem Sommer für Russen beinahe unmöglich sei, in Hotels am Gemeinschaftstisch zu speisen. Der General fixierte mich erstaunt.

»Wenn Sie ein Mensch mit Selbstachtung sind«, setzte ich fort, »ernten Sie gewiss Grobheiten und müssen unvermutete Seitenhiebe einstecken. In Paris und am Rhein, ja in der Schweiz sogar sitzen an den Table d'hôte so viele mickrige Polen und mit ihnen sympathisierende Franzmänner, dass Sie, wenn Sie bloß Russe sind, kein Wort vorbringen können.«

Ich hatte französisch gesprochen. Der General sah mich erstaunt an, im Zweifel, ob er böse werden oder sich lediglich wundern sollte, dass ich mich derart vergessen konnte.

»Das heißt, es hat Ihnen irgendwer und irgendwo die Leviten gelesen«, meinte das Französlein leichthin und verächtlich.

»In Paris habe ich mich zuerst mit einem Polen überworfen«, erwiderte ich, »darauf mit einem französischen Offizier, der den Polen unterstützte. Aber dann, nachdem ich ihnen erzählte, wie ich dem Monsignore in den Kaffee spucken wollte, ist ein Teil der Franzosen schon zu mir übergeschwenkt.«

»Spucken?«, erkundigte sich der General mit zur Schau getragener Verblüffung und sah sich sogar um. Das Französlein musterte mich ungläubig.

»Exakt, mit Verlaub«, antwortete ich. »Da ich zwei Tage lang überzeugt war, ich müsste in unsrer Angelegenheit einen Abstecher nach Rom machen, suchte ich wegen eines Vermerks im Pass die Nuntiatur Seiner Heiligkeit in Paris auf. Dort empfing mich ein Abate, um die fünfzig, ein trockenes Männlein, das Gesicht eisig starr, der mich anhörte, höflich, aber überaus trocken, und zu warten bat. Ich war zwar in Eile, setzte mich dennoch, versteht sich, zog die *Opinion nationale* hervor und begann die schrecklichsten Beschimpfungen gegen Russland zu lesen. Dabei hörte ich, wie jemand durch das Nebenzimmer zum Monsignore ging; ich sah meinen Abate Buckel machen. Ich wandte mich mit der früheren Bitte an ihn; er forderte mich abermals und noch trockener auf zu warten. Etwas später trat wiederum ein Fremder ein, aber in Geschäften – irgendein Österreicher, man hörte ihn an und geleitete ihn sofort nach oben. Nun wurde es mir entschieden zu dumm; ich stand auf, ging zum Abate und sagte mit Nachdruck, dass Monsignore offensichtlich empfange und somit auch meine Angelegenheit erledigen könne. Da trat der Abate plötzlich höchst erstaunt einen Schritt zurück. Es war ihm schlichtweg unverständlich, wie ein Nichts von Russe dazu kam, sich mit den Gästen des Monsignore zu messen. In unverschämtester Art, geradezu erfreut, mich beleidigen zu können, musterte er mich vom Scheitel bis zur Sohle und fragte mit erhobener

Stimme: ›Glauben Sie wirklich, dass Monsignore Ihretwegen auf seinen Kaffee verzichtet?‹ Nun hob auch ich die Stimme, noch höher als er: ›Dann sag ich Ihnen, dass ich auf den Kaffee Ihres Monsignore spucke! Wenn Sie nicht auf der Stelle meinen Pass erledigen, gehe ich selbst zu ihm.‹

›Wie! Während der Kardinal bei ihm sitzt!?‹ Der Abate wich entsetzt vor mir zurück, stürzte zur Tür und breitete die Arme aus, als wollte er mir zeigen, dass er eher sterben als mich vorbeilassen würde.

Darauf antwortete ich, dass ich ein Ketzer und Barbar bin, que je suis hérétique et barbare, und mir sämtliche Erzbischöfe, Kardinäle, Monsignores etc. etc. völlig egal sind. Kurzum, ich gab ihm zu verstehen, dass ich nicht nachgeben würde. Der Abate sah mich mit unendlicher Gehässigkeit an, riss mir den Pass aus der Hand und trug ihn nach oben. Eine Minute, und der Vermerk stand drin. Da, beliebt es jemand, ihn zu sehen?« – Ich zog den Pass hervor und zeigte das römische Visum.

»Na, Sie sind mir doch …«, setzte der General an.

»Ihr Glück, dass Sie sich als Barbar und Ketzer deklarierten«, bemerkte grinsend das Französlein. »Cela n'était pas si bête.«

»Soll ich mir an unsern Russen ein Beispiel nehmen? Da sitzen sie und traun sich nicht, den Mund aufzumachen, und sind vermutlich bereit, überhaupt zu leugnen, dass sie Russen sind. In meinem Hotel in Paris ging man, nachdem ich die Geschichte mit dem Abate herumerzählt hatte, jedenfalls wesentlich höflicher mit mir um. Ein dicker polnischer Pan, der bei der Table d'hôte besonders feindselig war, trat in den Hintergrund. Die Franzosen ertrugen es sogar, als ich erzählte, wie ich vor zwei Jahren einem Mann begegnet bin, auf den 1812 ein französischer Grenadier geschossen hat – einzig und allein, um das Gewehr zu entladen. Der Mann war damals erst ein zehnjähriges Kind, und seine Familie hatte es nicht geschafft, rechtzeitig aus Moskau fortzukommen.«

»Das kann nicht sein«, brauste das Französlein auf, »ein französischer Soldat schießt nicht auf Kinder!«

»Und doch ist es wahr«, gab ich zurück. »Wurde mir von einem ehrenwerten pensionierten Hauptmann berichtet, und ich habe selbst auf seiner Wange die Narbe von der Schusswunde gesehen.«

Der Franzose redete eifrig und schnell drauflos. Der General schickte sich an, ihn zu unterstützen, doch ich empfahl ihm, bloß mal in den Erinnerungen beispielsweise von General Perowskij nachzulesen, der 1812 in französischer Gefangenschaft war. Schließlich schnitt Marja Filippowna etwas anderes an, um die Auseinandersetzung zu unterbrechen. Der General war sehr ungehalten über mich, denn wir wären, der Franzose und ich, beinahe ins Schreien geraten. Hingegen glaube ich, dass Mister Astley meine Debatte mit dem Franzosen sehr gefallen hat; als er sich vom Tisch erhob, schlug er mir vor, ein Glas Wein mit ihm zu trinken. Abends gelang es mir, wie zu erwarten war, eine Viertelstunde lang mit Polina Alexandrowna zu sprechen. Es war beim Spaziergang. Alles machte sich auf den Weg zum Kursaal. Polina setzte sich auf eine Bank gegenüber dem Springbrunnen und ließ die kleine Nadja in der Nähe mit Kindern spielen. Mischa durfte ebenfalls zum Springbrunnen, wir blieben endlich allein.

Zuerst ging es, versteht sich, ums Geschäftliche. Polina war geradezu außer sich, als ich ihr nicht mehr als siebenhundert Gulden aushändigte. Sie war überzeugt gewesen, dass ich ihr für die versetzten Brillanten mindestens zweitausend oder sogar mehr aus Paris mitbringen würde.

»Ich brauche dringendst Geld«, sagte sie, »es muss beschafft werden, sonst bin ich einfach verloren.«

Ich wollte wissen, was während meiner Abwesenheit geschehen war.

»Nichts, als dass aus Petersburg zwei Nachrichten kamen. Zuerst, dass es Großmutter sehr schlecht geht, und zwei Tage danach, dass sie, scheint's, schon gestorben ist. Das stammt von Timofej Petrowitsch«, fügte Polina hinzu, »und auf den ist Verlass. Wir warten auf die letzte, endgültige Bestätigung.«

»Mit anderen Worten: alle warten hier?«, fragte ich.

»Natürlich: alle und alles; ein ganzes halbes Jahr hat man allein darauf gehofft.«

»Und Sie, hoffen Sie auch?«, fragte ich.

»Ich bin ja bloß die Stieftochter vom General und mit ihr nicht verwandt. Aber ich weiß mit Bestimmtheit, dass sie mich im Testament bedenken wird.«

»Ich glaube, Sie werden sehr viel bekommen«, sagte ich bestätigend.

»Ja, sie liebte mich; doch warum glauben *Sie* das?«

»Sagen Sie mir«, stellte ich eine Gegenfrage, »unser Marquis, der scheint ja ebenfalls in alle familiären Geheimnisse eingeweiht?«

»Und Sie selbst, was kümmert es Sie?«, fragte Polina und sah mich streng und abweisend an.

»Wie denn nicht? Wenn ich nicht irre, hat sich der General bei ihm bereits Geld geborgt.«

»Sie sind sehr gut im Raten.«

»Na eben, als ob der mit Geld herausgerückt wäre, wenn er nicht über Großmütterchen Bescheid wüsste! Haben Sie's bei Tisch bemerkt? Mehrmals hat er, sobald er über Großmutter sprach, sie Großmütterchen genannt: la baboulinka. Auf wie vertrautem und wie freundschaftlichem Fuß er doch mit ihr steht!«

»Sie haben Recht. Kaum wird er erfahren, dass auch mir etwas an Erbschaft zufällt, macht er mir auf der Stelle einen Antrag. Ist es das, was Sie wissen wollten?«

»Erst dann einen Antrag? Ich dachte, er hat es schon längst getan.«

»Sie wissen sehr wohl, dass das nicht so ist!«, sagte Polina gereizt. »Wo haben Sie diesen Engländer kennengelernt?«, fügte sie nach kurzem Schweigen hinzu.

»Ich wusste schon, dass Sie gleich danach fragen würden.« Ich berichtete ihr über meine früheren Begegnungen mit Mister Astley. »Er ist schüchtern und verliebt sich leicht und ist natürlich schon in Sie verliebt?«

»Ja, das ist er«, antwortete Polina.

»Und natürlich ist er zehnmal reicher als der Franzose. Wie ist's mit dem, hat er wirklich Geld? Sicher und zweifelsfrei?«

»Zweifelsfrei. Er besitzt irgendein Schloss. Der General hat es mir noch gestern ganz dezidiert erklärt. Na, sind Sie nun zufrieden?«

»Ich an Ihrer Stelle würde unbedingt den Engländer nehmen.«

»Warum?«, fragte Polina.

»Der Franzose ist hübscher, aber skrupelloser; und der Engländer ist obendrein zu seiner Ehrlichkeit auch noch zehnmal so reich«, meinte ich kurz.

»Gewiss, aber der Franzose ist Marquis und klüger«, erwiderte sie mit größter Gelassenheit.

»Sind Sie sicher?«, ließ ich nicht locker.

»Ganz sicher.«

Polina waren meine Fragen ganz und gar lästig, ich sah, dass sie mich durch den Ton und die Absonderlichkeit ihrer Antwort ärgern wollte, und sagte es ihr sogleich.

»Nun ja, es belustigt mich tatsächlich zu sehen, wie Sie in Rage geraten. Schon allein darum, dass ich Ihnen solche Fragen und Vermutungen erlaube, verdienen Sie eine Strafe.«

»Ich glaube mich in der Tat berechtigt, Ihnen allerhand Fragen zu stellen«, gab ich ruhig zurück, »weil ich nämlich bereit bin, dafür geradezustehen, und mein Leben keinen Wert mehr für mich hat.«

Polina brach in Lachen aus.

»Zuletzt haben Sie mir auf dem Schlangenberg gesagt, Sie seien bereit, sich auf ein einziges Wort von mir kopfüber in die Tiefe zu stürzen, und das sind dort, glaube ich, fast tausend Fuß. Irgendwann werde ich das Wort aussprechen, einzig um zu sehen, wie Sie dafür geradestehen. Ich versichere Ihnen, ich werde nicht zaudern. Sie sind mir darum verhasst, dass ich Ihnen so viel erlaubt habe, und noch verhasster, weil ich Sie brauche. Doch so lange ich Sie brauche, muss ich Sie schonen.«

Sie machte Anstalten, sich zu erheben. Sie sprach gereizt. In letzter Zeit beendete sie jedes Gespräch, das wir führten, mit Gehässigkeit und Gereiztheit, einer wirklichen Gehässigkeit.

»Gestatten Sie die Frage: was ist sie, die Mademoiselle Blanche?«, sagte ich, weil ich sie ohne Erklärung nicht fortlassen wollte.

»Sie wissen selbst, was die Mademoiselle Blanche ist. Seither kam nichts Neues hinzu. Mademoiselle Blanche wird wahrscheinlich Generalin, vorausgesetzt freilich, dass sich die Gerüchte über Großmutters Tod bestätigen, denn sie alle, Mademoiselle Blanche und ihre Mutter und der entfernte Cousin von Marquis wissen sehr wohl, dass wir ruiniert sind.«

»Und der General ist endgültig verliebt?«

»Darum geht es jetzt nicht. Hören Sie zu und merken Sie sich's: Nehmen Sie die siebenhundert Gulden und gehen Sie spielen, gewinnen Sie für mich beim Roulette, so viel Sie können; ich brauche jetzt partout Geld.«

Nach diesen Worten rief sie Nadja herbei und ging zur Promenade, wo sie sich unsrer ganzen Gesellschaft anschloss. Ich meinerseits bog auf dem erstbesten Weg nach links ein, grübelnd und staunend. Der Befehl, zum Roulette zu gehen, hatte mich wie ein Blitz getroffen. Seltsam: obwohl es genug Dinge gab, über die ich nachzudenken hatte, vertiefte ich mich vollkommen in die Analyse meines Gefühls für Polina. Es war mir in den zwei Wochen Abwesenheit wahrlich besser gegangen als jetzt, am Tag meiner Rückkehr, wenngleich ich mich doch während der Reise wie ein Wahnsinniger in Sehnsucht verzehrte, vor lauter Besessenheit keine Ruhe fand und sie sogar im Schlaf dauernd vor mir sah. Einmal (in der Schweiz) war ich im Zug eingeschlafen und begann scheint's laut mit Polina zu sprechen, sehr zur Belustigung meiner Mitreisenden. Und wieder fragte ich mich jetzt: Liebe ich sie? Und wieder vermochte ich nicht, darauf zu antworten, besser gesagt, ich antwortete mir zum hundertsten Mal, dass ich sie hasse. Ja, sie war mir verhasst. Es hat Augenblicke gegeben (und zwar jedes Mal am Schluss unserer Gespräche), da ich die Hälfte meines Lebens geopfert hätte, um sie zu erdrosseln! Ich schwöre: Wenn es möglich wäre, langsam ein scharfes Messer in ihre Brust zu stoßen, ich hätte, glaube ich, mit Genuss danach gegriffen. Und zugleich schwöre ich bei allem, was mir heilig ist: Hätte sie tatsächlich am Schlangenberg bei der beliebten Aussicht »springen Sie« gesagt, ich wäre hinabgesprungen, und sogar mit Genuss. Ich wusste es. So oder so, es musste sich entscheiden. Sie versteht das alles wunderbar, und der Gedanke, dass ich mir zweifelsfrei und deutlich ihrer Unerreichbarkeit und der ganzen Aussichtslosigkeit meiner Phantasien bewusst bin, dieser Gedanke bereitet ihr, da bin ich sicher, einen außerordentlichen Genuss; wie hätte sie sonst, die Vorsichtige und Kluge, sich mir gegenüber so vertraut und offenherzig geben können? Mir scheint, ich war in ihren Augen bislang nichts anderes als der Sklave jener antiken Kaiserin, die sich vor ihm auszog, weil sie ihn nicht für einen Menschen erachtete. Ja, Polina hat mich viele Male nicht für einen Menschen erachtet ...

Ich hatte indes einen Auftrag – für sie Roulette zu spielen und partout zu gewinnen. Die Zeit war zu knapp, um nachzudenken, wofür und wie schnell sie den Gewinn brauchte und was für neue Überlegungen ihr stets kalkulierender Kopf geboren hatte. Außerdem war in den zwei Wochen offensichtlich eine Vielfalt von neuen Konstellationen hinzugekommen, von denen ich noch keine Ahnung hatte. Ich musste dahinterkommen, mich zurechtfinden, und dies möglichst schnell. Zunächst aber war keine Zeit zu verlieren: Ich musste zum Roulette.

Zweites Kapitel

Offen gesagt, es kam mir nicht gelegen; freilich hatte ich daran gedacht, zu spielen, aber für andere damit zu beginnen war ich keineswegs gesonnen. Es verwirrte mich sogar ein wenig, und ich betrat die Spielsäle mit größter Verdrossenheit. Auf den ersten Blick wollte mir dort nichts gefallen. Ich kann die Liebedienerei in den Feuilletons der ganzen Welt nicht leiden und vornehmlich die in unseren russischen Zeitungen nicht, wo sich unsere Schreiberlinge in fast jedem Frühjahr über zwei Dinge ergehen: erstens über die ungeheure Pracht und Herrlichkeit in den Spielhäusern am Rhein, und zweitens über die Goldberge, die sich da angeblich auf den Tischen türmen. Werden dafür ja nicht bezahlt, schreiben es einfach so, aus selbstloser Unterwürfigkeit. Von Herrlichkeit ist in den schmuddeligen Sälen keine Rede, und es gibt an Gold nicht nur keine Berge, sondern nicht mal immer ein Häuflein auf den Tischen. Natürlich kommt es im Verlaufe der Saison auch schon mal vor, dass irgendein Kauz, ein Engländer oder ein Asiate, wie der Türke in diesem Sommer, Unsummen verliert oder gewinnt; die Übrigen spielen alle um kleine Gulden, und im Schnitt genommen liegt allemal sehr wenig Geld auf dem Tisch. Als ich im Spielsaal war (zum ersten Mal in meinem Leben), konnte ich mich nicht gleich zum Spielen entschließen. Außerdem drängte die Menge. Doch mir scheint, auch wenn ich allein gewesen wäre, hätte ich mich eher zurückgezogen als mit dem Spielen begonnen. Offen gesagt, ich hatte Herzklopfen und Mühe, kaltes Blut zu bewahren; ich wusste, es war längst beschlossene Sache, dass ich aus Roulettenburg so einfach nicht wegfahren würde; irgendetwas

Schicksalhaftes kündigte sich entschieden an, etwas Radikales und Endgültiges, ein Muss; so wird es sein. Wie lächerlich es auch erscheinen mag, dass ich mir so viel vom Roulette erwarte, doch noch lächerlicher ist nach meinem Dafürhalten die gängige und allseits anerkannte Meinung, dass es dumm und widersinnig sei, sich vom Spiel etwas zu erwarten. Warum soll das Spielen anrüchiger sein als eine beliebige andere Art des Gelderwerbs, etwa des Handels, wenn Sie wollen? Es stimmt, dass von je hundert einer gewinnt. Doch was geht's mich an?

Wie immer, ich beschloss fürs Erste, mich umzusehen und an diesem Abend noch nicht Ernst zu machen ... Würde an diesem Abend doch etwas geschehen, dann nur zufällig und leichthin – das nahm ich mir fest vor. Außerdem wollte auch das Spiel selbst erst studiert werden; denn trotz der Tausenden von Beschreibungen des Roulettes, die ich stets mit solcher Gier verschlang, hatte ich, ehe ich es nicht mit eigenen Augen sah, nicht die geringste Ahnung, wie es funktionierte.

Zunächst einmal kam mir alles so schmutzig vor, irgendwie moralisch anrüchig und schmutzig. Mitnichten meine ich die gierigen und unruhigen Gesichter, die sich zu Dutzenden, ja zu Hunderten um die Spieltische drängen. Ich sehe entschieden nichts Schmutziges daran, dass einer so viel und so schnell wie möglich gewinnen möchte; der Ausspruch eines wohlgenährten und betuchten Moralisten, der auf irgendwessen Rechtfertigung, man »spiele ja mit kleinen Einsätzen«, geantwortet hatte: »Um so schlimmer, wenn die Habsucht klein ist« – dieser Ausspruch kam mir immer sehr dumm vor. Kleine Habsucht, große Habsucht – als ob's nicht egal wäre. Es ist eine Frage des Proporzes. Was für Rothschild klein ist, ist für mich mehr als reichlich, und was Profit und Gewinn anlangt, so sind die Menschen nicht nur beim Roulette, sondern überall mit nichts anderem beschäftigt, als dem Mitmenschen etwas abzuluchsen oder abzugewinnen. Ob Profit und Gewinn überhaupt etwas Widerwärtiges sind, gehört auf ein anderes Blatt. Darauf gehe ich hier nicht ein. Da ich ja selbst in höchstem Maße vom Wunsch zu gewinnen besessen war, erschien mir diese ganze Habsucht samt dem ganzen, sagen wir, habsüchtigen Schmutz beim Betreten des Saales irgendwie geläufiger, vertrauter. Nichts besser, als wenn man voreinander keine Umstände macht; man handle offen und ohne Gezier. Wozu sich selbst belügen? Welch überaus nichtige und unbesonnene Beschäftigung! Besonders unschön war an dem ganzen Roulettegesindel auf den ersten Blick jene Achtung vor dem eignen Tun, jene Ernsthaftigkeit, ja sogar Ehrfurcht, mit der sich alle um die Tische drängten. Eben darum weiß man hier exakt zu unterscheiden, welche Art Spiel »mauvais genre« zu heißen hat und welche einem honorigen Menschen zusteht. Es gibt zwei Arten zu spielen: der einen befleißigen sich Gentlemen, der anderen die Plebs, habsüchtiges Gesindel. Hier wird streng unterschieden – und wie niederträchtig doch im Grunde dieses Unterscheiden ist! Ein Gentleman darf beispielsweise fünf oder zehn Louisdor setzen, selten mehr, im Übrigen nach Belieben auch tausend Franc, so er sehr reich ist, dies jedoch allein als Spiel, einzig aus Spaß, eigentlich nur um sich den Vorgang des Gewinnens oder Verlierens zu besehen; der Gewinn selbst hat ihn nicht zu interessieren. Gewinnt er, darf er zum Beispiel laut lachen, eine Bemerkung zu einem der Umstehenden machen, darf sogar nochmals setzen und nochmals verdoppeln, jedoch einzig aus Neugier, zwecks Beachtung und Berechnung der Chancen, niemals aus dem plebejischen Wunsch heraus, zu gewinnen. Mit einem Worte, all diese Spieltische, Roulettes und Trente-et-quarante dürfen ihm nichts anderes als Unterhaltung sein, eigens zu seinem Wohlbehagen eingerichtet. Die Habsucht und die Fallen, auf denen die Bank gründet, soll er nicht mal ahnen. Gut und bestens wäre es sogar, wenn er glaubte, dass alle übrigen Spieler, der ganze Abschaum, der da um die Gulden zittert, genau solche Geldmänner und Gentlemen seien wie er selbst und nur des Vergnügens und der Unterhaltung wegen spielten. Derlei absolute Lebensfremdheit und kümmerliche Menschenkenntnis wären selbstredend etwas außerordentlich Aristokratisches. Ich sah, wie viele treusorgende Mütter ihre unschuldigen und graziösen fünfzehn- oder sechzehnjährigen Misses, ihre Töchter, an die Tische schoben und sie mit einigen ausgehändigten Goldmünzen im Spielen unterrichteten. Das Fräulein gewann oder verlor, lächelte unbeirrt und zog sich sehr zufrieden zurück. Unser General trat behäbig und ernst an den Tisch; ein Lakai wollte ihm eilends einen Stuhl heranrücken, doch er schenkte dem Lakaien keine Beachtung; er suchte sehr lange nach seiner Börse, kramte sehr lange dreihundert Goldfranc daraus hervor, setzte auf Schwarz und gewann. Nahm den Gewinn nicht und ließ ihn auf dem Tisch. Wieder Schwarz; auch diesmal ließ er den Gewinn liegen, und als beim dritten Mal Rot kam, hatte er zwölfhundert Franc verloren. Er stand auf und ging, ohne sich etwas anmerken zu lassen, mit einem Lächeln fort. Ich bin sicher, es war ihm nicht wohl zumute; wäre der Einsatz doppelt oder dreimal so hoch gewesen, es hätte ihm gewiss an Charakterstärke gemangelt, so viel Gelassenheit zur Schau zu tragen. Im Übrigen hat ein Franzose in meiner Gegenwart fast dreißigtausend Franc zuerst gewonnen und dann verloren, durchaus frohgemut und ohne die leiseste Erregung. Ein wahrer Gentleman muss kühl bleiben, mag er auch sein ganzes Vermögen verspielen. Das Geld muss so tief unter dem Status eines Gentleman rangieren, dass es kaum der Mühe wert ist, darum besorgt zu sein. Natürlich wäre es ein überaus aristokratischer Zug, den ganzen Schmutz dieses versammelten Gesindels samt dem ganzen Drumherum überhaupt nicht zu beachten. Allerdings ist auch das gegenteilige Verhalten mitunter nicht weniger aristokratisch: das Gesindel wohl zu bemerken, es sogar in Augenschein zu nehmen, etwa durchs Lorgnon, doch mitnichten anders als unter dem Gesichtspunkt, dass diese Menge und dieser Schmutz eine Art Zeitvertreib sind, eine Art Aufführung, eigens zur Belustigung der Gentlemen inszeniert. Man darf sich auch unter das Gesindel mengen, ohne indes in der festen Überzeugung zu wanken, eigentlich Beobachter zu sein und nicht zu ihm zu gehören. Im Übrigen ziemt es sich auch nicht, allzu großes Interesse zu zeigen: Es wäre wiederum nicht gentlemanlike, denn das Dargebotene verdient kein großes und allzu neugieriges Betrachten. So wie es überhaupt weniges an Sehenswürdigkeiten gibt, das eine allzu neugierige Betrachtung durch den Gentleman verdiente. Ich persönlich aber meinte, dass dies alles sehr wohl einer überaus genauen Betrachtung wert sei, besonders für jemanden, der nicht allein der Betrachtung wegen gekommen war, sich vielmehr aufrichtig und gewissenhaft als Teil dieses ganzen Gesindels sieht. Was nun meine verborgensten sittlichen Anschauungen anlangt, so ist für sie in diesen meinen Überlegungen natürlich kein Platz. So sei's eben; ich sage es zur Beruhigung meines Gewissens. Doch eins will ich vermerken: dass ich es in letzter Zeit irgendwie schrecklich leid war, meine Handlungen und Gedanken an irgendwelchen sittlichen Maßstäben zu messen. Von etwas anderem ließ ich mich leiten …

Das Gesindel spielt tatsächlich sehr eklig. Ich neige sogar dazu, zu glauben, dass hier am Tisch oft schlicht und einfach gestohlen wird. Für die Croupiers, die an den Tischenden sitzen, die Einsätze beachten und berechnen, schrecklich viel Arbeit. Na, das ist erst ein Gesindel! Die meisten sind Franzosen. Im Übrigen beobachte und vermerke ich es keineswegs, um das Roulette zu beschreiben; ich nehme nur Augenmaß, für mich, um zu wissen, wie ich mich künftig verhalten soll. Zum Beispiel habe ich bemerkt, dass es nichts Üblicheres gibt, als wenn plötzlich eine Hand über den Tisch greift und sich, was Sie gewonnen haben, holt. Es kommt zum Streit, mitunter lauthals, aber bitte sehr – wo ist der Beweis samt Zeugen, dass der Einsatz der Ihrige war!?

Zuerst war für mich alles wie chinesische Grammatik; einiges vermochte ich mit Mühe zu erraten, erkannte auch, dass man auf Zahl, auf Pair und Impair sowie auf Farbe setzte. Von Polina Alexandrownas Geld beschloss ich an jenem Abend hundert Gulden zu riskieren. Der Gedanke, dass ich nicht für mich spielte, brachte mich irgendwie in Verwirrung. Was ich empfand, war äußerst unangenehm, ich wollte möglichst schnell aus der Sache raus. Es war mir, als bringe ich das eigne Glück in Gefahr, sobald ich für Polina spielte. Ist es wirklich unmöglich, bei der ersten Bekanntschaft mit dem Spieltisch nicht gleich dem Aberglauben zu verfallen? Ich begann damit, dass ich fünf Friedrichsdor, fünfzig Gulden also, hervorholte und auf Pair setzte. Die Kugel rollte und hielt auf dreizehn – ich hatte verloren. Mit einer schmerzlichen Empfindung und einzig, um irgendwie aus der Sache rauszukommen und zu gehen, setzte ich abermals fünf Friedrichsdor auf Rot. Es kam Rot. Ich setzte alle zehn Friedrichsdor – wieder kam Rot. Ich setzte wieder alles ein, wieder kam Rot. Ich erhielt vierzig Friedrichsdor und setzte, ohne zu wissen, was daraus würde, zwanzig auf die zwölf mittleren Zahlen. Man zahlte mir das Dreifache aus. Somit waren aus den zehn Friedrichsdor plötzlich achtzig geworden. Ein ungewohntes und seltsames Gefühl überkam mich, so unerträglich, dass ich zu gehen beschloss. Es war mir, als hätte ich ganz anders gespielt, wenn's für mich gewesen wäre. Dennoch setzte ich alle achtzig Friedrichsdor nochmals auf Pair. Es kam die Vier; man schob mir weitere achtzig Friedrichsdor zu, ich steckte den ganzen Haufen von hundertsechzig Friedrichsdor ein und machte mich auf die Suche nach Polina Alexandrowna.

Sie spazierten alle irgendwo im Park, also gelang es mir erst beim Abendessen, sie zu sehen. Das Französlein fehlte diesmal, und der General kam in Schwung; er hielt es übrigens für angebracht, mich abermals wissen zu lassen, dass er nicht wünsche, mich am Spieltisch anzutreffen. Seiner Meinung nach würde es ihn sehr kompromittieren, wenn ich gelegentlich zu viel verlöre. »Und auch wenn Sie sehr viel gewönnen, wäre ich nicht minder kompromittiert«, setzte er bedeutungsvoll hinzu. »Natürlich bin ich nicht befugt, über Ihr Tun zu bestimmen, doch gestehen Sie selbst ...« Wie's seine Gewohnheit war, ließ er den Satz unbeendet. Ich antwortete trocken, dass ich zu wenig Geld besäße und folglich nicht gerade aufsehenerregend verlieren könne, selbst wenn ich zu spielen begänne. Ehe ich in mein Zimmer ging, hatte ich Zeit, Polina ihren Gewinn zu geben und ihr deutlich zu machen, dass ich fortan nicht gewillt sei, für sie zu spielen.

»Warum denn nicht?«, fragte sie beunruhigt.

»Weil ich für mich spielen will«, gab ich zur Antwort und betrachtete sie verwundert. »Es würde mich stören.«

»Demnach halten Sie noch immer daran fest, im Roulette den einzigen Ausweg und alles Heil zu sehen?«, fragte sie spöttisch. Ich antwortete wiederum sehr ernst mit Ja; was nun meine Gewissheit anlangte, partout zu gewinnen, so sei dies vielleicht lächerlich – das nehme ich hin, aber: »man lasse mich tunlichst in Ruhe«.

Polina Alexandrowna wollte darauf beharren, dass ich den heutigen Gewinn mit ihr teilte, und mir die achtzig Friedrichsdor aufzwingen, sie schlug mir vor, das Spielen unter diesen Bedingungen fortzusetzen. Ich wies die Hälfte entschieden und endgültig zurück und erklärte dezidiert, dass ich nicht deswegen für niemand anderen spielen kann, weil ich's nicht wollte, sondern weil ich sicherlich verlieren würde.

»Dabei ist das Roulette, dumm oder nicht, fast auch meine einzige Hoffnung«, sagte sie nachdenklich. »Und darum müssen Sie unbedingt mit mir weiter auf Hälfte-Hälfte spielen. Und natürlich werden Sie's tun.« Damit ging sie, ohne meinen weiteren Einwänden Gehör zu schenken.

Drittes Kapitel

Und trotzdem verlor sie gestern den ganzen Tag lang über das Spielen kein Wort. Überhaupt vermied sie es gestern, mich anzusprechen. An ihrer Art, mit mir umzugehen, hat sich nichts geändert. Die gleiche vollkommene Geringschätzung mir gegenüber, ja sogar etwas von Verachtung und Widerwille darin. Sie gibt sich überhaupt keine Mühe, ihre Abneigung gegen mich zu verbergen; ich merke es genau. Trotzdem verbirgt sie auch nicht, dass sie mich für etwas braucht und mich für irgendwelche Zwecke in petto hält. Unsere derzeitigen Beziehungen sind irgendwie seltsam, mir nicht ganz einsichtig, wenn man bedenkt, dass sie im Umgang mit aller Welt stolz und hochmütig ist. Sie weiß beispielsweise, dass ich bis zum Wahnsinn in sie verliebt bin, erlaubt mir sogar, über meine Leidenschaft zu sprechen – und natürlich hätte sie keine bessere Art finden können, mir ihre Verachtung zu zeigen, als durch diese Erlaubnis, ihr ungehindert und frei von meiner Liebe zu sprechen. So etwa: »Siehst du, für wie nichtig ich deine Gefühle erachte, dass es mich nicht im Geringsten kümmert, was immer du zu mir sagst und was immer du für mich empfindest.« Über ihre eigenen Angelegenheiten hat sie auch früher schon viel mit mir gesprochen, aber niemals ganz aufrichtig. Mehr noch, ihre Verächtlichkeit mir gegenüber war nicht ohne Raffinesse; ein Beispiel: Nehmen wir an, sie weiß, dass mir ein Umstand in ihrem Leben oder etwas, was sie besorgt macht, bekannt ist, und sie erzählt mir von sich aus etwas darüber, um mich irgendwie für ihre Ziele zu gebrauchen, wie einen Sklaven oder einen Laufburschen; dabei erzählt sie aber gerade nur so viel, wie ein Mensch zu wissen braucht, der den Laufburschen abgibt, und dann – wenn mir der Zusammenhang der Ereignisse noch unbekannt bleibt, wenn sie selbst sieht, wie ich an ihren Qualen und Ängsten mitleide, wird sie sich niemals herablassen, mich durch freundschaftliche Aufrichtigkeit zu beruhigen, obgleich sie, die mich oft mit nicht bloß aufwendigen, sondern auch gefährlichen Aufträgen ausschickt, nach meinem Dafürhalten geradezu verpflichtet wäre, aufrichtig zu sein. Na ja, was kümmern sie meine Gefühle, was kümmert sie, dass auch ich besorgt bin und ihre Besorgnisse und Misserfolge vielleicht dreimal so stark erleide als sie selbst!

Dass sie Roulette spielen möchte, wusste ich bereits seit drei Wochen. Sie hat mir sogar angekündigt, dass ich an ihrer Stelle spielen müsste, weil es ihr der Anstand verbiete. Die Art, wie sie es sagte, machte mir sogleich klar, dass es um etwas Ernstes ging und nicht bloß um den Wunsch, Geld zu gewinnen. Geld an sich bedeutet ihr nichts. Es gab ein Ziel, irgendeinen Umstand; ich hatte da eine Ahnung, wusste aber bislang nichts Genaues. Jene Erniedrigung und Knechtschaft, in der sie mich gefangen hält, hätten es mir allerdings (was oft der Fall war) erlaubt, ihr meinerseits grobe und direkte Fragen zu stellen. Da ich ein Sklave und ein Nichts in ihren Augen bin, braucht sie sich durch meine plumpe Neugier nicht betroffen zu fühlen. Aber das ist es ja: dass sie mir Fragen erlaubt, aber nicht beantwortet. Mitunter hört sie sie gar nicht. So ist's um uns bestellt!

Gestrigen Tags war viel von einem Telegramm die Rede, vor vier Tagen nach Petersburg geschickt und bisher ohne Antwort geblieben. Der General ist offensichtlich nervös und in Gedanken verloren. Es geht natürlich um die Großmutter. Auch der Franzose ist unruhig. Gestern Nachmittag zum Beispiel haben sie sich lange und ernsthaft unterhalten. Der Franzose befleißigt sich uns gegenüber eines außerordentlich hochmütigen und verächtlichen Tons. Genau wie's im Sprichwort heißt: Bitt' erst einen zu Tisch, legt er die Füße drauf. Selbst mit Polina spricht er herablassend, geradezu rüpelhaft; im Übrigen beteiligt er sich freudig an den gemeinsamen Promenaden im Park oder an den Ausritten und Ausflügen in die Umgebung. Mir sind seit langem gewisse Umstände bekannt, die den Franzosen mit dem General verbinden: Von einem gemeinsam zu unterhaltenden Gestüt in Russland war die Rede; ich weiß nicht, ob der Plan geplatzt ist oder noch immer verhandelt wird. Außerdem erfuhr ich durch Zufall einen Teil des Familiengeheimnisses: Der Franzose hat dem General im vergangenen Jahr tatsächlich mit dreißigtausend aus der Patsche geholfen, die fehlten nämlich in den Staatsgeldern, die der General bei seinem Rücktritt zu übergeben hatte. Und dass er dem General allemal den Schraubstock ansetzen kann, versteht sich von selbst; doch jetzt, unmittelbar jetzt, wird die Hauptrolle in alldem dennoch von Mademoiselle Blanche gespielt, ich bin sicher, dass ich auch darin nicht irre.

Wer ist sie, diese Mademoiselle Blanche? Es heißt unter den Unsrigen, sie sei eine vornehme Französin in Begleitung ihrer Mutter, sowie im Besitze eines kolossalen Vermögens. Ebenfalls bekannt ist ihre Verwandtschaft mit unserem Marquis, eine weitläufige allerdings, zweiten oder dritten Grades. Es heißt, ihr Umgang miteinander sei vor meiner Parisreise viel förmlicher gewesen, so als stünden sie auf weniger festem Fuße miteinander; nunmehr aber präsentieren sich ihre Beziehung, Freundschaft und Verwandtschaft irgendwie gröber und irgendwie vertrauter.

Vielleicht glauben sie uns schon so sehr am Boden, dass sie es nicht mehr für nötig erachten, viel Federlesens mit uns zu machen und damit hinterm Berg zu halten. Ich habe bereits vorgestern bemerkt, wie Mister Astley Mademoiselle Blanche und ihre Mutter betrachtete. Es schien mir, als kenne er sie. Mir war sogar, als wäre auch unser Franzose dem Mister Astley schon früher begegnet. Allerdings ist Mister Astley so schüchtern, scheu und schweigsam, dass man sich auf ihn verlassen kann: Der kehrt fremden Schmutz nicht unter dem Teppich hervor. Jedenfalls würdigt ihn der Franzose kaum eines Grußes, ja kaum eines Blicks, und das heißt so viel, dass er ihn nicht fürchtet. Nun, das wäre noch verständlich, aber warum schenkt ihm auch Mademoiselle Blanche so wenig Beachtung? Zumal sich der Marquis gestern verplappert hat: Plötzlich sagte er ins allgemeine Gespräch hinein, ich weiß nicht mehr, aus welchem Anlass, dass Mister Astley, wie ihm bekannt, kolossal reich sei; wenn das nicht der rechte Augenblick für Mademoiselle Blanche gewesen wäre, Mister Astley anzusehen! Der General jedenfalls ist beunruhigt. Es liegt auf der Hand, was ein Telegramm über Tantchens Tod für ihn jetzt bedeuten würde!

Obwohl ich mir sicher war, dass Polina einem Gespräch mit mir geradezu zielstrebig ausweicht, legte ich mir ein unbeteiligtes und gleichgültiges Gehabe zu: immer in der Hoffnung, sie würde mich, gedulde ich mich nur eine Weile, von sich aus ansprechen. Hingegen schenkte ich gestern und heute meine ganze Aufmerksamkeit Mademoiselle Blanche. Armer General, er ist rettungslos verloren! Sich mit fünfundfünfzig so leidenschaftlich zu verlieben – ein Unglück, zweifellos. Vergessen Sie darüber hinaus nicht seinen Witwerstand, die Kinder, den völlig heruntergekommenen Besitz, die Schulden und schließlich die Frau, in die er sich just verlieben musste. Mademoiselle Blanche ist schön. Ich weiß jedoch nicht, ob man mich verstehen wird, wenn ich sage, dass ihr Gesicht zu jenen Gesichtern gehört, die einem Schrecken einjagen. Ich zumindest hatte immer Angst vor solchen Frauen. Sie ist wahrscheinlich um die fünfundzwanzig, hochgewachsen, mit ausladenden runden Schultern; ihr Hals und ihr Busen formidabel; die Haut gebräunt, das Haar schwarz wie Tusche, ein üppiges Haar, würde für zwei Frisuren reichen. Die Augen sind schwarz, das Augenweiß gelblich, der Blick unverschämt, die Zähne von weißestem Weiß, die Lippen immer geschminkt: sie riecht nach Moschus. Sie kleidet sich reich und auffallend, dennoch mit feinem Geschmack. Ihre Beine und Arme sind einmalig. Sie besitzt eine heisere tiefe Altstimme. Ab und zu bricht sie in Lachen aus und zeigt dabei ihre sämtlichen Zähne, doch ansonsten schaut sie schweigsam und unverschämt drein, zumindest, wenn Polina oder Marja Filippowna dabei sind. (Ein seltsames Gerücht geht um: Marja Filippowna fährt nach Russland.) Mir scheint Mademoiselle Blanche völlig ungebildet zu sein, vielleicht auch dumm, was sie allerdings mit Hinterlist und Schläue wettmacht. Mir scheint, ihr Leben war nicht ohne Abenteuer. Mal ins Reine gesprochen: Es kann durchaus sein, dass der Marquis nicht im Entferntesten mit ihr verwandt und ihre Mutter mitnichten ihre Mutter ist. Hingegen lässt sich bezeugen, dass sie und ihre Mutter in Berlin, wo wir zusammentrafen, einen anständigen Umgang pflegten. Was nun den Marquis selbst anlangt, so mag ich zwar bis jetzt an seinem Titel zweifeln, doch steht es, scheint's, außer Frage, dass er bei uns, beispielsweise in Moskau, und auch in Deutschland da und dort zur guten Gesellschaft gehört. Ich weiß nicht, was er in Frankreich ist; er soll ein Château besitzen. Ich hatte erwartet, dass in den zwei Wochen allerlei passieren würde, war mir jedoch noch immer nicht sicher, ob zwischen Mademoiselle Blanche und dem General etwas Entscheidendes zur Sprache gekommen war. Es hängt überhaupt alles von unserer Vermögenslage ab, anders gesagt, davon, ob der General ihnen viel Geld vorzuweisen hat. Sollte sich beispielsweise herausstellen, dass Großmutter nicht gestorben ist – kein Zweifel, Mademoiselle Blanche wäre im Nu verschwunden. Wie wunderlich und komisch für mich selbst, solch ein Klatschmaul geworden zu sein! Oh, wie ist mir das alles zuwider! Mit welchem Hochgenuss ich sie allesamt liegen und stehen lassen würde! Pah, als ob ich Polina verlassen könnte, als ob ich aufhören könnte herumzuspionieren, wenn's um sie geht. Natürlich ist das Herumschnüffeln gemein, doch was schert mich das!

Neugierig machte mich gestern und heute auch Mister Astley. Ja, er ist in Polina verliebt, da bin ich mir sicher! Seltsam ist es und komisch, wie viel der Blick eines schüchternen und krankhaft keuschen Mannes mitunter auszudrücken vermag, sobald er von der Liebe angerührt ist und natürlich eher schleunigst im Erdboden versinken möchte, denn etwas mit Worten oder Blicken zu sagen oder auszudrücken. Mister Astley begegnet uns recht oft im Park. Er lüftet den Hut und lässt uns vorbei und vergeht in Wahrheit vor Verlangen, sich uns anzuschließen. Fordert man ihn jedoch dazu auf, beeilt er sich abzulehnen. An den Orten, wo die Unsrigen promenieren, im Vergnügungspark, bei Kurkonzerten oder einer Bank vor dem Springbrunnen, bleibt er unbedingt in der Nähe stehen, und wo immer wir auch sein mögen, egal, ob im Park, im Wald oder auf dem Schlangenberg, es genügt, den Kopf zu heben und rundum zu blicken – mit Sicherheit wird man irgendwo auf dem nächsten Pfad oder hinter einem Strauch einen Zipfel von Mister Astley erspähen. Ich glaube, er sucht eine Gelegenheit, mit mir allein zu sprechen. Heute Morgen trafen wir zusammen und wechselten ein paar Worte. Er spricht mitunter in irgendwie ungewöhnlich abgehackten Sätzen. Kaum hatte er gegrüßt, begann er:

»Ah, Mademoiselle Blanche! … Mir sind viele Frauen begegnet wie Mademoiselle Blanche!«

Er verstummte und sah mich bedeutsam an. Was er damit sagen wollte, weiß ich nicht, denn auf meine Frage, was das heißen solle, nickte er schlau grinsend und fügte hinzu: »So ist es. Ja. Mag Mademoiselle Pauline Blumen?«

»Ich weiß nicht, kann's Ihnen gar nicht sagen«, erwiderte ich.

»Wie das? Sie wissen es nicht!« Seine Stimme überschlug sich in höchstem Erstaunen.

»Weiß nicht, hab's nicht bemerkt«, wiederholte ich lachend.

»Hm, das gibt mir einen besonderen Gedanken.« Er nickte und setzte seinen Weg fort. Im Übrigen sichtlich zufrieden. Wir hatten in elendigstem Französisch parliert.

Viertes Kapitel

Der Tag heute war lächerlich, scheußlich, töricht. Jetzt haben wir elf Uhr nachts. Ich sitze in meiner Kammer und rufe mir alles in Erinnerung. Es begann damit, dass ich am Vormittag letztendlich doch gezwungen war, für Polina Alexandrowna zum Roulette zu gehen. Ich musste ihre gesamten hundertsechzig Friedrichsdor übernehmen, stellte allerdings zwei Bedingungen. Erstens: Ich würde nicht auf Hälfte spielen, das heißt – wenn ich gewinne, nehme ich mir nichts, und zweitens: Am Abend will ich von ihr erklärt bekommen, warum sie so dringend gewinnen muss und um wie viel es eigentlich geht. Ich kann noch immer nicht recht glauben, dass es schlicht das Geld ist. Das Geld wird offensichtlich und zwar schnellstens für einen bestimmten Zweck gebraucht. Sie versprach mir eine Erklärung, und ich zog ab. Die Spielsäle waren gedrängt voll. Wie unverschämt die Leute dreinblicken, wie gierig sie sind! Ich zwängte mich durch die Menge und postierte mich direkt neben dem Croupier; danach startete ich zaghafte Versuche, setzte mal zwei, mal drei Münzen. Inzwischen beobachtete ich das Geschehen und prägte mir einiges ein; ich gewann den Eindruck, dass das Tüfteln und Rechnen eigentlich recht wenig bringt, schon gar nicht so viel, wie manche Spieler meinen. Die haben mit Listen bekritzeltes Papier vor sich, merken sich die Gewinnzahlen, kalkulieren, errechnen ihre Chancen, setzen schließlich – und verlieren geradeso wie wir einfachen Sterblichen, die wir aufs Geratewohl spielen. Dafür aber habe ich einen Schluss gezogen, der zu stimmen scheint: In einer Serie von zufälligen Chancen gibt es tatsächlich, nein, kein System, aber doch so etwas wie eine Ordnung, was natürlich sehr merkwürdig ist. Beispielsweise kommt es vor, dass nach dem mittleren Dutzend das letzte kommt; zweimal, sagen wir, trifft der Schlag auf diese zwölf letzten Zahlen und wechselt danach auf das erste Dutzend. Nach dem ersten kommt das mittlere, drei-, viermal, alsdann wieder das letzte, um nach zwei Treffern wieder zum ersten Dutzend zu wechseln, dort folgt ein Treffer, danach wieder drei auf die mittleren Zahlen, und so geht es in einem fort, anderthalb bis zwei Stunden lang. Eins, drei und zwei, eins, drei und zwei. Es ist spaßig. An manchen Tagen beziehungsweise manchen Vormittagen läuft es so, dass Schwarz und Rot einander immerzu abwechseln, fast ohne erkennbare Ordnung, zwei-, dreimal hintereinander, nicht öfter, kommt dieselbe Farbe. An einem anderen Tag oder anderen Abend kommt hintereinander Rot, bis zu 22-mal hintereinander, und das wiederholt sich beharrlich eine gute Weile, auch mal einen ganzen Tag lang. Vieles hat mir diesbezüglich Mister Astley erklärt, der den ganzen Vormittag an den Spieltischen verbrachte, ohne auch nur einmal ein Spiel zu machen. Was hingegen mich anlangt, so habe ich alles verspielt, ratzekahl und in Windeseile. Ich setzte stracks zwanzig Friedrichsdor auf Pair und gewann, setzte fünf und gewann wieder, und so fort, zwei- oder dreimal. Ich muss in fünf Minuten wohl an die vierhundert Friedrichsdor beisammengehabt haben. Da hätte ich nun fortgehen sollen, aber nein, eine seltsame Empfindung ergriff mich, ein Verlangen, das Schicksal herauszufordern, ihm ein Schnippchen zu schlagen, ihm eine Nase zu drehen. Ich setzte den höchsterlaubten Einsatz, viertausend Gulden, und verlor. Danach packte mich der Eifer, ich holte alles, was mir geblieben war, hervor, setzte wie vordem und verlor abermals, worauf ich wie betäubt den Tisch verließ. Ich begriff nicht mal, was mir da widerfahren war, und berichtete Polina Alexandrowna erst vor dem Mittagessen über das Geschehene. Bis dahin strolchte ich ziellos durch den Park.

Beim Mittagstisch fühlte ich mich wieder in höchst erregtem Zustand, genau wie drei Tage zuvor. Der Franzose und Mademoiselle Blanche speisten wieder mit uns. Es stellte sich heraus, dass Mademoiselle Blanche morgens in den Spielsälen gewesen und Zeugin meiner Heldentaten geworden war. Diesmal sprach sie mich irgendwie umgänglicher an. Der Franzose steuerte geradeaus und fragte einfach, ob ich tatsächlich mein eigenes Geld verloren hatte. Ich glaube, er verdächtigt Polina. Kurzum, da spielt sich etwas ab. Ich zögerte nicht zu lügen und sagte, es sei mein eigenes gewesen.

Der General war höchlich erstaunt: Woher mochte ich das Geld haben? Ich erklärte, dass ich mit zehn Friedrichsdor begonnen, es nach sechs oder sieben Treffern auf fünf- oder sechstausend Gulden gebracht hatte und danach mit zwei Einsätzen alles auch wieder los war.

Es klang natürlich alles sehr glaubhaft. Während meiner Erläuterungen sah ich nach Polina, konnte jedoch aus ihrem Gesicht nicht klug werden. Immerhin ließ sie mich ohne Widerrede draufloslügen, woraus ich schloss, dass ich recht daran tat, zu lügen und zu verheimlichen, für sie gespielt zu haben. Gleichwohl, dachte ich bei mir, war sie mir, wie neulich versprochen, eine Erklärung schuldig.

Ich erwartete einen Verweis vom General, doch nichts davon; hingegen zeigte sein Gesicht Erregung und Unruhe.

Mag sein, dass es ihm angesichts seiner widrigen Verhältnisse einfach schwerfiel, sich anhören zu müssen, wie ein derart ansehnlicher Goldbatzen einem so unverständigen Tölpel wie mir binnen einer Viertelstunde in die Hände fallen und ihnen wieder entgleiten konnte.

Ich hege den Verdacht, dass es zwischen ihm und dem Franzosen gestern Abend zu einer hitzigen Kontroverse gekommen ist. Lange und hitzig hatten sie hinter verschlossener Tür debattiert. Als der Franzose dann ging, war er sichtlich verstimmt, und heute in der Früh suchte er abermals den General auf, wohl um das gestrige Gespräch fortzusetzen.

Da nun mein Spielverlust bekannt war, belehrte mich der Franzose bissig und sogar gehässig, ich hätte vernünftiger sein müssen. Und fügte, ich weiß nicht warum, hinzu, dass man zwar in den Spielsälen viele Russen antreffe, diese jedoch, seinem Dafürhalten nach, nicht einmal zum Spielen befähigt seien.

»Ich aber halte dafür, dass das Roulette eigens für Russen erschaffen wurde«, sagte ich, und als der Franzose daraufhin verächtlich feixte, beharrte ich, im Recht zu sein, denn ich kehre, so sagte ich, wenn ich über die Russen als Spieler spreche, ohnehin eher ihre schlechten als ihre guten Seiten hervor, weswegen man mir denn auch Glauben schenken dürfe.

»Und worauf gründet Ihre Meinung?«, fragte der Franzose.

»Darauf, dass die Fähigkeit, Kapital zu erwerben, den Katechismus aller Tugenden und Vorzüge eines zivilisierten westlichen Bürgers geradezu dominiert. Das ist historisch gewachsen. Ein Russe hingegen ist nicht bloß unfähig, Kapital zu erwerben, nein, er verjubelt es auch noch auf irgendwie alberne und hässliche Art. Dennoch kommen wir Russen ebenso wenig ohne Geld aus«, fügte ich hinzu, »und folglich machen uns solche Methoden wie das Roulette froh und süchtig, kann man doch dort ohne Mühe, auf einen Schlag, in kaum zwei Stunden zum reichen Mann werden. Verlockend für uns, und weil wir auch beim Spielen unbekümmert sind, verlieren wir eben!«

»Das stimmt zum Teil«, bemerkte selbstgefällig der Franzose.

»Nein, stimmt nicht, und Sie sollten sich schämen, so über Ihr Vaterland zu reden«, wies mich der General streng und eindringlich zurecht.

»Aber ich bitte Sie«, gab ich zurück, »man ist sich doch wahrlich noch nicht einig, was abscheulicher ist: der russische Unflat oder die deutsche Art des Geldhortens durch ehrliche Arbeit?«

»Was für ein widerlicher Gedanke!«, rief der General.

»Was für ein russischer Gedanke!«, rief der Franzose.

Ich lachte, es reizte mich ungeheuer, sie aus der Fassung zu bringen.

»Ich für meinen Part zöge es vor, mein Leben lang in einem Kirgisenkarren herumzuziehen, als den deutschen Götzen anzubeten«, schrie ich dazwischen.

»Was für einen Götzen?«, schrie der General, eben im Begriffe, ernsthaft böse zu werden.

»Die deutsche Art, Reichtümer zu horten. Ich bin noch nicht lange hier, doch was ich dennoch bereits bemerkt und überprüft habe, empört mein Tatarenblut. Bei Gott, ich verzichte auf derlei Tugenden! Gestern bin ich gut zehn Werst im Umkreis abgegangen. Was man sieht, passt haargenau zu dem, was man in belehrenden deutschen Bilder-büchlein findet: in jedem Haus allüberall ein *Vater*, schreck-lich tugendhaft und ungeheuer ehrlich. Ich kann ehrliche Leute, die man schon anzusprechen fürchtet, partout nicht leiden. Jeder solchermaßen beschaffene *Vater* hat eine Fa-milie, und an den Abenden wird aus erbaulichen Büchern vorgelesen. Über dem Häuschen rauschen Ulmen und Kas-tanien. Sonnenuntergang, ein Storch am Dach, alles unge-mein poetisch und rührend … Ich will Sie nicht ärgern, Ge-neral, erlauben Sie mir nur ein wenig Rührseligkeit. Kann mich selbst gut erinnern, wie mein Vater selig zur Abend-stunde unter gleichen Linden, im Gärtchen vor dem Hause, Mutter und mir aus gleichen Büchern vorgelesen hat … Kann mir wohl ein Urteil darüber erlauben. Demnach steht jede hiesige Familie nicht anders als Gesinde in der totalen Gewalt des Vaters. Jeder rackert wie ein Vieh, jeder hortet Geld wie ein Jud. Nehmen wir an, der Vater hat schon etli-che Gulden beisammen und baut auf den ältesten Sohn, ihm das Handwerk oder den Acker zu überlassen; die Toch-ter kriegt darum keine Mitgift und bleibt ohne Mann sitzen. Zum selben Behufe wird der jüngere Sohn in die Knecht-schaft oder ans Heer verkauft, das Geld dem Familienkapi-tal zugeschlagen. Wirklich, so halten sie's hier, ich hab mich erkundigt. All das geschieht nicht anders als aus Ehrlichkeit, aus gehäufter Ehrlichkeit, so dass auch der jüngere, der ver-kaufte Sohn sicher ist, aus lauter Ehrlichkeit verkauft wor-den zu sein, und damit ist schon das Ideal erreicht: Wo sich nämlich das Opfer selbst freut, zur Schlachtbank geführt zu werden. Und was weiter? Weiter geht's darum, dass auch dem älteren Sohn kein leichteres Los zufällt: Da gibt es ein Amalchen, seine Herzallerliebste. Ans Heiraten dürfen sie jedoch nicht denken, denn der Gulden sind noch nicht genug zusammengespart. Also warten sie mit Anstand und ohne Hader und lassen sich, auch sie, mit einem Lächeln zur Opferung führen. Amalchens Wangen sind längst nicht mehr so prall, sie verblüht. Endlich hat sich, nach zwanzig Jahren, der Wohlstand vermehrt, die Gulden sind ehren- und tugendhaft erworben und beiseitegelegt. Der *Vater* segnet seinen vierzigjährigen Ältesten und das fünfunddreißig Jahre alte Amalchen, deren Busen schlaff und deren Nase rot geworden ist ... Er vergießt Tränen, hält ihnen eine Predigt und stirbt. Sein Ältester wird seinerseits zum tugendhaften *Vater*, und es beginnt die gleiche Geschichte. Fünfzig oder siebzig Jahre danach besitzt der Enkel des ersten *Vaters* ein bedeutendes Kapital, das er seinem Sohn vermacht, und jener dem seinen, und nach fünf, sechs Generationen haben wir einen Baron Rothschild vor uns oder Hoppe und Co. oder was weiß der Teufel noch. Na also, ein imposantes Schauspiel, fürwahr: kontinuierliche Arbeit durch hundert oder zweihundert Jahre, Geduld, Geschick, Anstand, Charakterstärke, Berechnung, ein Storch auf dem Giebel! Was braucht es mehr, höher hinaus geht es nicht, und von dieser Warte aus beginnen sie, über die Welt zu richten und über die Schuldigen, jeden also, der ihnen nicht aufs Haar gleicht, sofort den Stab zu brechen. So liegen die Dinge, und ich ziehe es schon vor, über die Stränge zu schlagen nach russischer Art oder durchs Roulette zu Geld zu kommen. Ich mag kein Hoppe und Co. nach fünf Generationen sein. Ich brauche das Geld für mich, und dabei betrachte ich mich selbst keineswegs als notwendiges Anhängsel zum Kapital. Ich weiß, dass ich furchtbar dick aufgetragen habe – sei's, wie's ist. So sind meine Ansichten.«

»Ich weiß nicht, ob in dem, was Sie sagten, viel Wahrheit steckt«, bemerkte nachdenklich der General, »doch darin bin ich sicher, dass Sie sich, kaum dass man die Zügel nur eine Handbreit locker lässt, als unerträglicher Narr zu gebärden beginnen ...«

Wie gewohnt sprach er nicht zu Ende. Wenn es unsrem General zufiel, mal etwas anzuschneiden, was eine Spur über den gewohnten Alltagsgesprächen lag, sprach er niemals zu Ende. Der Franzose hörte mit stierem Blick und lässigem Gehabe zu. Er hatte von meinen Worten fast nichts verstanden. Polina blickte mit irgendwie hochmütiger Gleichgültigkeit zu mir. Es schien, als hätte sie nicht nur von meinen Worten, sondern überhaupt von dem am Tisch Gesagten gar nichts aufgenommen.

Fünftes Kapitel

Sie war tief in Gedanken versunken, doch sobald die Tafel aufgehoben war, wies sie mich an, sie beim Spaziergang zu begleiten. Wir riefen die Kinder und begaben uns zum Springbrunnen im Park.

Da ich mich in einem ganz besonders erregten Zustand befand, platzte ich dumm und brutal mit der Frage heraus, warum denn unser Marquis des Grieux, das Französlein, ihr nicht mehr Gesellschaft leistete, wenn sie das Haus verließ, vielmehr überhaupt ganze Tage lang nicht mit ihr sprach.

»Weil er ein Schuft ist«, lautete ihre seltsame Antwort. Noch nie hatte ich sie derart über des Grieux urteilen gehört, also schwieg ich, aus Scheu, ihrer Gereiztheit auf den Grund zu kommen.

»Haben Sie bemerkt, dass er sich heute augenscheinlich mit dem General überworfen hat?«

»Sie möchten gern wissen, worum es geht«, gab sie trocken und erbost zurück. »Sie wissen ja, dass der General seine Habe und das Landgut samt und sonders bei ihm verpfändet hat, und wenn Großmutter nicht stirbt, wird der Marquis umgehend Besitzansprüche anmelden.«

»Es stimmt also wirklich, dass alles verpfändet ist? Ich hörte davon, aber nicht, dass es entschieden um alles geht.«

»Wie denn sonst?«

»Und das heißt: Adieu Mademoiselle Blanche«, bemerkte ich. »Dann kriegen wir keine Frau Generalin! Wissen Sie, mir scheint, der General hat sich so arg verliebt, dass er sich die Kugel gibt, wenn Mademoiselle Blanche ihn sitzenlässt. In seinem Alter ist's gefährlich, sich so zu verlieben.«

»Ich glaube ja auch, dass ihm etwas zustoßen wird«, antwortete Polina Alexandrowna nachdenklich.

»Und ist es nicht prächtig«, warf ich ein, »wie's zutage tritt, dass sie ihr Jawort nur dem Geld gab? Gröber ginge es nicht mehr. Da wurde nicht mal der Anstand gewahrt. Nichts von förmlichem Firlefanz. Erstaunlich! Und was die Großmutter anlangt, so gibt es wohl nichts Komischeres und Schmutzigeres, als Telegramm um Telegramm auszuschicken: Ist sie tot? Ist sie tot? Ha? Wie gefällt Ihnen das, Polina Alexandrowna?«

»Ach, lassen Sie den Unsinn«, fiel sie mir verächtlich ins Wort. »Ich muss mich eher wundern, dass Sie so frohgestimmt sind. Worüber freuen Sie sich? Gar darüber, dass Sie mein Geld verspielt haben?«

»Wozu haben Sie es mir zum Verspielen gegeben? Ich kann für jemand anderen nicht spielen, das habe ich Ihnen gesagt, für Sie am allerwenigsten. Ich gehorche jedem Ihrer Befehle, aber das Ergebnis hängt nicht von mir ab. Ich habe Sie gewarnt, dass daraus nichts wird. Sagen Sie mir, sind Sie sehr verzweifelt, dass Sie so viel verloren haben? Wofür brauchen Sie das Geld?«

»Wozu die Fragen?«

»Haben Sie nicht versprochen, es mir zu erklären? Hören Sie, ich weiß mit Sicherheit, dass ich gewinnen würde, sobald ich für mich zu spielen begänne (ich besitze zwölf Friedrichsdor). Dann können Sie von mir haben, so viel Sie wollen.«

Sie setzte eine verächtliche Miene auf.

»Sie brauchen wegen dieses Vorschlags nicht böse zu sein«, fuhr ich fort. »Ich bin mir so vollkommen bewusst, eine Null vor Ihnen, das heißt in Ihren Augen zu sein, dass Sie sogar Geld von mir annehmen können. Ein Geschenk von mir darf Sie nicht kränken. Zumal ich Ihr Geld verspielt habe.«

Sie sah mich kurz an; als sie bemerkte, dass ich gereizt und sarkastisch sprach, unterbrach sie abermals das Gespräch.

»Es gibt in meinen Verhältnissen nichts, was Sie interessieren könnte. Wenn Sie's wissen wollen: Es geht einfach um Schulden. Um Geld, das ich mir geborgt habe und zurückgeben will. Ich hatte die wahnwitzige und seltsame Idee, unbedingt gewinnen zu können, hier, am Spieltisch. Woher die Idee kam, verstehe ich nicht, aber ich glaubte daran. Wer weiß, vielleicht glaubte ich so fest daran, weil mir keine andere Chance zur Wahl blieb.«

»Oder vielleicht, weil Sie allzu sehr gewinnen *mussten*. Ganz genau wie der Ertrinkende, der sich an einen Strohhalm klammert. Sie stimmen mir wohl zu, dass er, wäre er nicht am Ertrinken, einen Strohhalm niemals für einen Ast halten würde.«

Polina staunte.

»Als ob Sie selbst nicht die gleichen Hoffnungen hegten? Wer hat mir denn vor zwei Wochen lang und viel davon gesprochen, dass er sicher sei, hier beim Roulette zu gewinnen, und auf mich eingeredet, ihn nicht für verrückt zu halten? Oder war es nur ein Scherz damals? Aber ich erinnere mich, Sie hatten so ernst gesprochen, dass man's mitnichten für einen Scherz hätte halten können.«

»Es stimmt«, antwortete ich nachdenklich, »ich bin noch immer durchaus sicher, zu gewinnen. Ich will sogar gestehen, dass Sie mich jetzt auf eine Frage gebracht haben: Warum hat mein heutiger, unsinniger und abstoßender Spielverlust keinerlei Zweifel in mir geweckt? Ich bin trotz allem ganz sicher, dass ich, sobald es allein um mich geht, unbedingt gewinnen werde.«

»Woher diese unbedingte Sicherheit?«

»Mit Verlaub – ich weiß es nicht. Weiß nur, dass ich gewinnen *muss*, dass es ebenfalls mein einziger Ausweg ist. Daher kommt es vielleicht, dass ich so sicher bin.«

»Demnach ist es auch für Sie ein *Muss*, was Sie so fanatisch sicher macht?«

»Ich wette, Sie bezweifeln, dass ich befähigt bin, dieses *Muss* ernsthaft zu empfinden?«

»Das ist mir egal«, antwortete Polina leise und gleichgültig. »Wenn es Ihnen gefällt – *ja*, ich bezweifle, dass Sie ernsthaft von etwas bedrückt sein können. Bedrückt – gewiss, aber nicht ernsthaft. Sie sind ein wirrer und ungefestigter Mensch. Wozu brauchen Sie Geld? An keinem der

Gründe, die Sie mir damals vorlegten, habe ich etwas Ernsthaftes entdeckt.«

»Apropos«, unterbrach ich sie, »Sie sagten, Sie müssten Schulden begleichen. Saftige Schulden demnach! Beim Franzosen gar?«

»Was für Fragen?! Ihr Ton ist heute besonders scharf. Sind Sie am Ende betrunken?«

»Sie wissen, dass ich mir beim Reden keinen Zwang antue und mitunter sehr direkte Fragen stelle. Ich wiederhole, ich bin Ihr Sklave, und niemand schämt sich vor seinem Sklaven und niemand kränkt sich ob seiner Reden.«

»Unsinn! Ihre ›Sklaventheorie‹ kann ich nicht ausstehen.«

»Merken Sie sich, dass ich über mein Sklavendasein nicht darum rede, weil ich Ihr Sklave sein möchte, sondern es einfach als Tatsache erwähne, über die ich keine Macht besitze.«

»Eine Antwort ohne Umschweife: Warum brauchen Sie Geld?«

»Und warum wollen Sie es wissen?«

»Wie's Ihnen beliebt«, sagte sie und warf stolz den Kopf hoch.

»Die Sklaventheorie ist Ihnen zuwider, aber die Sklaverei käme Ihnen zupass: ›Her mit der Antwort und kein Wenn und Aber!‹ Gut, so sei's. Warum ich Geld brauche, wollen Sie wissen? Wie denn nicht? Geld ist alles!«

»Das verstehe ich, aber man darf doch nicht derart den Verstand verlieren in der Gier nach Geld! Sie sind ja auch wie von Sinnen, ein wahrer Fatalist. Da steckt etwas dahinter, irgendein besonderes Ziel. Sprechen Sie unumwunden, ich will es.«

Sie schien im Begriff, böse zu werden, und es gefiel mir außerordentlich, dass sie mich so herzhaft ins Verhör nahm.

»Natürlich ist es ein Ziel«, sagte ich, »doch ich kann nicht erklären, was für eines. Nicht mehr, als dass ich mit dem Geld auch für Sie ein anderer Mensch sein würde, kein Sklave mehr.«

»Ah? Wie wollen Sie das erreichen?«

»Wie es erreichen? Ist's möglich? Sie verstehen nicht einmal, wie ich es erreichen könnte, dass Sie in mir etwas anderes sehen als bloß Ihren Sklaven!? Eben davon will ich nichts: kein solches Staunen, kein Missverstehen.«

»Sie sagten, die Sklaverei sei Ihnen ein Genuss. Ich hab es selbst geglaubt.«

»Das haben Sie geglaubt«, schrie ich mit seltsamem Vergnügen auf. »Ach, seht wie berückend diese Ihre Naivität ist! Nun ja, ja, dass Sie mich zum Sklaven machten, ist mir ein Genuss. O ja, man findet Genuss an der allerletzten Stufe der Demütigung und Nichtigkeit!«, fuhr ich wie im Delirium fort. »Weiß der Teufel, vielleicht kann man auch die Knute genießen, wenn sie einem auf den Rücken niedersaust und das Fleisch in Stücke reißt ... Aber vielleicht will ich auch andere Genüsse ausprobieren? Vorhin bei Tisch hat mir der General in Ihrer Anwesenheit die Leviten gelesen, für siebenhundert Rubel im Jahr, die er mir, durchaus möglich, auch gar nicht zahlen wird. Und der Marquis des Grieux mustert mich mit hochgezogenen Augenbrauen und bemerkt mich dabei nicht. Und ich meinerseits hege vielleicht das brennende Verlangen, den Marquis des Grieux in Ihrer Anwesenheit an der Nase zu packen.«

»Die Reden eines Grünschnabels. Ein Mensch kann sich in jeder Lage mit Würde behaupten. Und ein Kampf, der erhöht einen noch mehr, erniedrigt nicht.«

»Eine wahre Moralpredigt! Nehmen Sie nur mal an, dass ich mich, mag sein, nicht drauf verstehe, mich mit Würde zu behaupten. Das heißt, ich bin wohl ein würdiger Mensch, doch einer, der sich nicht mit Würde zu behaupten versteht. Begreifen Sie, dass es so sein kann? Ha, alle Russen sind so, und wissen Sie, warum? Weil die Russen mit allzu reichen und allzu vielfältigen Begabungen gesegnet sind, als dass sie sich rasch eine gebührliche Form zuzulegen vermöchten. Die Form, darum geht es. Zum Großteil sind wir Russen so überaus reich begabt, dass wir für die gebührliche Form der Genialität bedürfen. Die Genialität aber fehlt meistens, weil sie ja überhaupt selten ist. Einzig bei den Franzosen, und vielleicht bei einigen anderen Europäern, hat sich die Form so schön herausgebildet, dass einer mit außerordentlicher Würde auftreten und dabei der unwürdigste Mensch sein kann. Darum bedeutet ihnen die Form auch so viel. Eine Beleidigung, eine echte, ins Herz treffende Beleidigung nimmt der Franzose, ohne mit der Wimper zu zucken, hin, aber einen Nasenstüber wird er nicht ertragen, denn damit wären etablierte und verewigte Anstandsformen verletzt. Darum sind auch unsere Fräuleins so sehr auf Franzosen erpicht, weil bei denen die Form so schmuck ist. Übrigens glaube ich, dass es gar keine Form gibt, bloß einen Hahn, le coq gaulois. Übrigens kann ich's nicht verstehen, ich bin keine Frau. Vielleicht sind gerade Hähne schmuck. Und überhaupt rede ich irr, und Sie lassen es zu. Sie müssen mir öfter Halt gebieten; wenn ich mit Ihnen spreche, möchte ich alles sagen, alles,

alles. Ich verliere jegliche Form. Ich will sogar einräumen, dass ich nicht nur keine Form, sondern auch keinerlei Art von Würde besitze. Ich erkläre es Ihnen klipp und klar. Ich kümmere mich nicht mal um Würde. Alles in mir steht nun still. Sie wissen selbst, warum. Ich habe keinen einzigen menschlichen Gedanken im Kopf. Ich weiß schon lange nicht, was auf der Welt vor sich geht, einerlei, ob in Russland oder hier. Bin durch Dresden gefahren und erinnere mich an kein Dresden mehr. Sie wissen selbst, was mich gefangen hält. Da ich keinerlei Hoffnung habe und eine Null in Ihren Augen bin, sage ich's geradeheraus: Ich sehe nur immer überall Sie, alles andere ist mir gleich. Wofür und wie ich Sie liebe – weiß ich nicht. Mag sein, dass Sie gar nicht so gut sind. Stellen Sie sich vor, ich weiß nicht mal, ob Sie gut aussehen oder nicht! Ihr Herz ist wahrscheinlich nicht gut, der Verstand nicht edel. Das kann sehr wohl sein.«

»Vielleicht erwarten Sie just darum, mich mit Geld erkaufen zu können«, sagte sie, »weil Sie nicht an meinen Edelmut glauben.«

»Wann habe ich erwartet, Sie mit Geld kaufen zu können?«, rief ich aus.

»Sie haben sich verrannt und Ihren Faden verloren. Wenn nicht mich, so hoffen Sie doch, sich meine Achtung durch Geld zu erkaufen.«

»Nein doch, es ist nicht ganz so. Ich sagte Ihnen schon, es fällt mir schwer, mich klar auszudrücken. Sie irritieren mich. Mein Geplapper sollte Sie nicht ärgern. Sie verstehen, warum man sich über mich nicht ärgern darf: Ich bin einfach verrückt. Na, im Übrigen ist's mir egal, ärgern Sie sich, wenn Sie wollen. Oben in meinem Kämmerlein brauche ich bloß an das Rauschen Ihres Kleides zu denken – schon könnte ich mir die Hände wund beißen. Warum ärgern Sie sich über mich? Dass ich mich einen Sklaven nenne? Bedienen Sie sich Ihres Sklaven, tun Sie's, bitte! Ob Sie wissen, dass ich Sie irgendwann einmal umbringen werde? Nicht, weil ich Sie zu lieben aufhörte oder aus Eifersucht, nein, ich bringe Sie einfach um, weil ich Sie mitunter aufessen möchte. Sie lachen …«

»Mitnichten«, sagte sie zornig. »Ich befehle Ihnen zu schweigen.«

Sie hielt inne, atemlos vor Zorn. Bei Gott, ich wusste nicht, ob sie gut aussah, doch immer mochte ich es, wenn Sie sich so vor mich hinpflanzte, und darum rief ich gern und oft ihren Zorn hervor. Vielleicht hat sie's bemerkt und gab sich absichtlich zornig. Ich sagte es ihr.

»Was für ein schmutziger Gedanke!«, rief sie angeekelt.

»Mir ist es gleich«, setzte ich fort. »Wissen Sie auch, dass es gefährlich ist, wenn wir zusammen sind? Nicht erst einmal spürte ich den unüberwindlichen Drang, Sie zu schlagen, zu verstümmeln, zu erwürgen. Sie glauben, es kommt nicht dazu? Sie werden mich in den Wahnsinn treiben. Ob ich einen Eklat fürchte? Ihren Zorn? Was soll mir Ihr Zorn? Ich liebe ohne Hoffnung und weiß, dass ich Sie danach tausendfach stärker lieben werde. Wenn ich Sie irgendwann umbringe, werde ich wohl auch mich umbringen müssen, werde es jedoch sehr lange nicht tun, um diesen unerträglichen Schmerz ohne Sie zu erfahren. Unglaublich, wissen Sie, aber ich liebe Sie mit jedem Tag *mehr*, was geradezu unmöglich ist. Und danach sollte ich kein Fatalist sein? Erinnern Sie sich, vorgestern, am Schlangenberg? Ich flüsterte Ihnen, von Ihnen herausgefordert, zu: Ein Wort, und ich

springe in den Abgrund. Hätten Sie damals das Wort gesagt, ich wäre gesprungen. Können Sie dran zweifeln, dass
ich's getan hätte?«

»Was für ein dummes Gerede!«, rief sie aus.

»Mich kümmert's nicht, ob es dumm ist oder klug.« Ich
sprach erregt. »Ich weiß, dass ich, wenn Sie da sind, reden
und reden und reden muss – also rede ich. Ihre Anwesenheit lässt mich mein Ehrgefühl verlieren, und es ist mir
egal.«

»Wozu sollte ich Sie auffordern, vom Schlangenberg zu
springen?«, fragte sie trocken und auf eine besondere Art
beleidigend. »Für mich ist es vollkommen nutzlos.«

»Großartig!«, rief ich aus. »Sie haben dieses großartige
Nutzlos absichtlich ausgesprochen, um mich kleinzukrie-
gen. Ich durchschaue Sie ganz und gar. *Nutzlos* – sagen Sie?
Aber Vergnügen ist doch immer nützlich, und eine wilde,
grenzenlose Macht – sei's über eine Fliege – bringt ja auch
eine Art Genuss. Der Mensch ist von Natur aus ein Despot
und mag es, andere zu quälen. Und Sie machen das furchtbar gern.«

Ich erinnere mich, sie hatte mich mit einer irgendwie besonders durchdringenden Aufmerksamkeit gemustert.
Mein Gesicht wird wohl den ganzen Wirrwarr meiner un-
sinnigen Empfindungen widerspiegelt haben. Ich erinnere
mich jetzt, dass unser Gespräch tatsächlich fast Wort für
Wort genau so ablief, wie ich es hier beschrieben habe. Das
Blut schoss mir ins Gesicht. An den Mundwinkeln trockne-
te Schaum. Was aber den Schlangenberg angeht, so schwöre ich auch jetzt noch: Hätte sie mir damals zu springen befohlen – bei meiner Ehre, ich hätte es getan! Auch wenn
sie's zum Spaß gesagt hätte, mit Verachtung, auch wenn sie

es mir wie ins Gesicht gespuckt hätte – ich wäre gleichwohl hinuntergesprungen!

»Nein, warum denn, ich glaube Ihnen« sagte sie, aber auf eine Art, wie nur sie einem etwas zu sagen versteht, mit so viel Verachtung und Bosheit und so viel Hochmut, dass ich sie, bei Gott, in diesem Augenblick hätte umbringen können. Sie ging ein Risiko ein. Ich hatte nicht gelogen, als ich ihr davon sprach.

»Sind Sie ein Feigling?«, fragte sie plötzlich.

»Ich weiß nicht, vielleicht … Habe schon lange nicht darüber nachgedacht.«

»Wenn ich Ihnen sagen würde: Töten Sie diesen Menschen, würden Sie es tun?«

»Wen?«

»Wen ich möchte.«

»Den Franzosen?«

»Keine Fragen, eine Antwort – wen immer ich nenne. Ich will wissen, ob Sie es ernst meinten vorhin.« Sie wartete so ernst und ungeduldig auf die Antwort, dass mir irgendwie seltsam ums Herz wurde.

»Ja, wann sagen Sie mir endlich, was hier vor sich geht!«, schrie ich auf. »Was ist, haben Sie gar Angst vor mir? Ich sehe selbst, wie alles drunter und drüber geht. Sie, die Stieftochter eines bankrotten und verrückten Mannes, der sich in Leidenschaft zu dieser Teufelin Blanche verzehrt; dann der Franzose mit seinem geheimnisvollen Einfluss auf Sie, und nun stellen Sie mir hier so ernsthaft … eine solche Frage. Zumindest muss ich's wissen; sonst verliere ich den Verstand und richte etwas an. Schämen Sie sich vielleicht, mir die Ehre Ihrer Aufrichtigkeit zu erweisen? Wie sollten Sie sich vor mir schämen?«

»Ich spreche von etwas ganz anderem. Es war eine Frage, ich warte auf Antwort.«

»Natürlich würde ich es tun«, rief ich aus, »jeden töten, wenn Sie es befehlen, aber wie sollten Sie ... Wie könnten Sie es befehlen?«

»Haben Sie am Ende gedacht, ich würde Sie schonen? Ich befehle es, und bleibe selbst abseits. Werden Sie es ertragen? Ach nein, Sie schaffen es nicht! Vielleicht würden Sie es sogar tun auf Befehl, aber danach kämen Sie, mich dafür zu ermorden, dass ich es gewagt habe, Sie zum Mord anzustiften.«

Mir war bei diesen Worten, als dröhnte es in meinem Kopf. Natürlich hielt ich ihre Frage schon damals zur guten Hälfte für einen Scherz und eine Herausforderung; dennoch hatte sie es zu ernst gesagt. Ich war trotzdem verblüfft, dass sie solches ausgesprochen hat, dass sie das Verfügungsrecht über mich beansprucht, dass sie diese Macht über mich akzeptiert und es so freimütig sagt: ›Stürze dich ins Verderben, und ich bleibe abseits.‹ In diesen Worten lag etwas derart Zynisches und Unverhohlenes, dass es meines Erachtens schon zu viel war. Wie sehe ich letztlich nach alldem in ihren Augen aus? Die Grenzen der Sklaverei und Erniedrigung waren überschritten. Hat man diese Sicht erreicht, hebt man den anderen zu sich empor. Und so widersinnig, so unwahrscheinlich unser Gespräch auch war, mein Herz schlug höher.

Plötzlich begann sie zu lachen. Wir hatten auf einer Bank gesessen, vor uns die spielenden Kinder, genau gegenüber der Stelle, an der die Kutschen stehen blieben, um das Publikum in der Allee, vor dem Kurhaus aussteigen zu lassen.

»Haben Sie die dicke Baronin gesehn?«, rief sie laut. »Baronin Wurmerhelm, erst vor drei Tagen angekommen. Sehen Sie ihren Mann: ein langer, dürrer Preuße mit dem Spazierstock in der Hand. Erinnern Sie sich, wie er uns vorgestern gemustert hat? Los jetzt, gehen Sie zur Baronin und ziehen Sie vor ihr den Hut und sagen Sie ihr etwas auf Französisch.«

»Wozu?«

»Sie schworen, Sie wären vom Schlangenberg gesprungen; Sie schwören, zu einem Mord bereit zu sein, wenn ich es befehle. Statt all dieser Morde und Tragödien möchte ich lediglich etwas zum Lachen haben. Gehen Sie ohne Umschweife. Ich will sehen, wie der Baron Sie mit seinem Stock verdrischt.«

»Sie fordern mich heraus; Sie glauben, ich würde es nicht tun?«

»Stimmt. Gehen Sie, ich will es!«

»Bitteschön, ich gehe, obwohl es eine verrückte Laune ist. Eines nur: Kann es nicht Verdruss für den General und somit für Sie geben? Bei Gott, es geht mir nicht um mich, sondern um Sie, na, und um den General. Und was soll diese Laune, eine Frau brüskieren zu wollen?«

»Nein, Sie sind nur ein Schwätzer, wie ich sehe«, meinte sie verächtlich. »Ihnen schießt nur das Blut in die Augen wie vorhin, im Übrigen mag das auch am vielen getrunkenen Wein liegen. Als ob ich nicht selbst verstünde, dass es dumm ist und albern und dass der General zornig sein wird? Ich möchte einfach lachen. Ich will es, mehr nicht. Ja, wie wollen Sie denn die Frau beleidigen? Eher werden Sie Prügel abkriegen.«

Ich drehte mich um und ging schweigend, ihren Auftrag zu erfüllen. Natürlich war es dumm, und natürlich hatte ich es nicht geschafft, mich herauszureden, aber dann, als ich der Baronin näher kam, war ich, das weiß ich noch genau, schon selbst angespornt zu just einem solchen Lausbubenstreich. Auch war ich furchtbar gereizt, wie betrunken.

Sechstes Kapitel

Zwei Tage sind seit jenem dummen Tag bereits vergangen. Und was für ein Geschrei, Gelärm, Gepolter! Das ganze Tohuwabohu, die ganze Dummheit und Banalität – und ich für alles der Anlass. Im Übrigen scheint's manchmal auch zum Lachen, für mich zumindest. Ich vermag mir nicht darüber klarzuwerden, was mir geschah: Ob ich mich wirklich in total überspanntem Zustand befinde oder einfach vom Weg gesprungen bin und so lange randaliere, bis man mir Fesseln anlegt. Mitunter glaube ich, verrückt zu sein. Und dann wieder ist mir, als hätte ich mich noch nicht von der Kindheit, von der Schulbank entfernt, als seien es einfach derbe Schuljungenstreiche.

Alles wegen Polina, alles! Vielleicht gäbe es auch keine Schuljungenstreiche ohne Polina. Wer weiß, vielleicht trieb mich die Verzweiflung zu alldem (so dumm es übrigens auch sein mag, so etwas zu denken). Ich begreife nicht, ganz und gar nicht, was an ihr zu finden ist! Hübsch ist sie allerdings, das glaube ich schon: hübsch, ja, gewiss. Sie bringt ja auch andere um den Verstand. Schlank und rank. Bloß zu dünn. Mir scheint, dass man sie zu einem Knoten binden oder in der Mitte knicken könnte. Der Abdruck ihres Fußes ist schmal und lang – peinigend. Peinigend, das Wort stimmt. Ihr Haar schimmert rötlich. Die Augen sind veritable Katzenaugen, doch wie stolz und hochmütig sie einen damit anzublicken versteht. Vor vier Monaten etwa, als ich gerade erst die Stelle angetreten hatte, führte sie eines Abends ein langes und erregtes Gespräch mit des Grieux. Und sie sah ihn so an ..., dass ich mir, nachdem ich mich in mein Zimmer zurückgezogen hatte, vorstellte, sie hätte ihm eine Ohrfeige gegeben – gerade erst, und steht nun vor ihm und sieht ihn an ... Seit eben diesem Abend liebe ich sie.

Im Übrigen, zur Sache.

Ich ging über einen Weg zur Allee hinab, pflanzte mich mitten drin auf und wartete auf Baron und Baronin. Als sie fünf Schritt entfernt waren, lüftete ich den Hut und machte eine Verbeugung.

Ich erinnere mich, die Baronin trug ein hellgraues Seidenkleid von unermesslichem Umfang, mit Rüschen, Krinolinen und einem Schweif. Sie ist klein und ungeheuer dick, mit einem furchtbar dicken schwabbeligen Doppelkinn, das zur Gänze den Hals verdeckt. Ihr Gesicht ist dunkelrot. Die Augen klein, böse und unverschämt. Sie geht einher, als erweise sie damit aller Welt eine Ehre. Der Baron ist dürr und groß. Das Gesicht nach deutscher Art schief und von tausenden von Falten durchzogen; er trägt Brille; ist etwa fünfundvierzig. Die Beine wachsen ihm beinahe aus der Brust; das bezeugt Rasse. Er ist stolz wie ein Pfau. Ein wenig plump. Sein Gesicht hat etwas von einem Schaf, was auf eine bestimmte Weise Tiefsinn ersetzt.

All das huschte in drei Sekunden vor meinen Augen vorbei.

Meine Verbeugung und der Hut in meiner Hand erweckten zunächst kaum ihre Aufmerksamkeit. Der Baron zog ein wenig die Augenbrauen hoch, mehr nicht. Die Baronin wälzte sich direkt auf mich zu.

»Madame la baronne«, sprach ich betont deutlich, Wort für Wort, »j'ai l'honneur d'être votre esclave.«

Danach verbeugte ich mich, setzte den Hut auf und ging, mit höflichem Gesicht und einem Lächeln darauf, am Baron vorbei.

Den Hut zu lüften hatte sie mir befohlen, aber die Verbeugung und der Lausbubenstreich, das war schon meine Draufgabe. Weiß der Teufel, was mich gejuckt hat? Es war, als sauste ich einen Abhang hinunter.

»He!«, schrie, besser gesagt, krächzte der Baron und wandte mir mit zornigem Staunen das Gesicht zu.

Ich machte kehrt und blieb in höflicher Erwartung immer noch lächelnd stehen, ohne den Blick von ihm zu wenden. Offensichtlich war er verwirrt und zog die Brauen bis zum Nonplusultra hoch. Sein Gesicht verdüsterte sich immer mehr. Die Baronin hatte sich ebenfalls mir zugewandt, auch sie mit zornigem Befremden. Die Vorbeigehenden sahen sich um, manche blieben sogar stehen.

»He!«, krächzte der Baron, diesmal mit doppeltem Krächzton und doppeltem Zorn.

»Jawohl«, sagte ich gedehnt und starrte ihm weiterhin direkt in die Augen.

»Sind Sie rasend?«, schrie er, schwang seinen Stock und hatte, wie es schien, bereits ein wenig Angst. Vielleicht verwirrte ihn mein Aufzug. Ich war sehr ordentlich, sogar elegant gekleidet, sichtlich ein Mann, der durchaus zur präsentabelsten Gesellschaft gehörte.

»Jawo-o-ohl!«, brüllte ich plötzlich aus Leibeskräften und zog dabei das *o* in die Länge, wie es die Berliner tun, die im Gespräch unentwegt das Wort *jawohl* verwenden und dabei das *o*, je nach erforderlicher Nuance der auszudrückenden Gedanken oder Gefühle, mehr oder weniger dehnen.

Baron und Baronin machten einen raschen Schwenk und trollten sich, liefen beinahe vor Schreck. Von den Umstehenden ließ der eine oder andere eine Bemerkung fallen, einige sahen mich verblüfft an. Im Übrigen kann ich mich nicht recht erinnern.

Ich machte kehrt und ging gewöhnlichen Schritts zu Polina Alexandrowna zurück. Doch in hundert Meter Entfernung sah ich, dass sie von der Bank aufstand, die Kinder rief und den Weg zum Hotel einschlug.

Ich holte sie an der Auffahrt ein.

»Geschafft ... die Narretei«, sagte ich, als ich auf ihrer Höhe war.

»Na und? Jetzt haben Sie es auszulöffeln«, antwortete sie, ohne mich überhaupt anzusehen, und stieg die Treppe hoch.

Den ganzen Abend lang wanderte ich im Park umher. Durch den Park und den Wald dahinter gelangte ich sogar in ein anderes Fürstentum. In einer Kate aß ich Rührei und trank Bier: Für diese Idylle knöpften sie mir immerhin anderthalb Taler ab.

Erst gegen elf kehrte ich heim. Sofort kam jemand, mich zum General zu holen.

Die Unsrigen haben im Hotel zwei Suiten besetzt, zusammen vier Zimmer. Das erste, ein großes, ist der Salon mit einem Flügel darin. Daneben liegt ein ebenso großes – das Arbeitszimmer des Generals. Hier erwartete er mich, in überaus majestätischer Pose mitten im Zimmer aufgepflanzt. Des Grieux lümmelte auf dem Diwan.

»Mein Herr«, wandte sich der General an mich, »gestatten Sie die Frage: Was haben Sie angestellt?«

»Ich bitte Sie, General, gleich zur Sache zu kommen«, gab ich zurück. »Wahrscheinlich wollen Sie über meine heutige Begegnung mit einem Deutschen sprechen.«

»Mit einem Deutschen?! Dieser Deutsche ist der Baron Wurmerhelm, eine höchst angesehene Person. Sie haben ihm und der Baronin Grobheiten gesagt.«

»Mitnichten.«

»Sie haben sie erschreckt, mein Herr«, schrie der General.

»Keineswegs. Seit Berlin klingt das *Jawohl* in meinen Ohren, das man dort zu jedem Anlass wiederholt und widerwärtig in die Länge zieht. Als ich den beiden in der Allee begegnete, kam mir plötzlich, ich weiß nicht warum, dieses *Jawohl* in den Sinn, es reizte mich ... Zudem hatte die Baronin bei jeder Begegnung, dreimal insgesamt, die Angewohnheit, stracks auf mich loszugehen, als wäre ich ein Wurm, den man zertreten darf. Wollen Sie mir mein Ehrgefühl strittig machen? Ich lüftete den Hut und sagte höflich (ich versichere Ihnen, es war höflich): ›Madame, j'ai l'honneur d'être votre esclave.‹ Als der Baron sich umdrehte und sein ›He!‹ schrie, juckte es mich geradezu, ihm das *Jawohl* entgegenzuschrein. Also schrie ich zweimal, beim ersten Mal ganz gewöhnlich und beim zweiten – so gedehnt, wie ich nur konnte. Das ist alles.«

Zugegeben, ich war ungemein froh über diese in höchstem Maße schuljungenhafte Erklärung. Es reizte mich ganz erstaunlich, die Geschichte so unsinnig wie nur möglich auszumalen.

Und je weiter, desto mehr fand ich Geschmack daran.

»Wollen Sie mich verspotten«, tobte der General. Er

wandte sich an den Franzosen und legte ihm auf Französisch dar, dass ich es entschieden auf einen Eklat abgesehen hätte. Des Grieux grinste verächtlich und zuckte mit den Achseln.

»Oh, weit gefehlt, lassen Sie diesen Gedanken!«, sprach ich mit erhobener Stimme zum General, »mein Betragen war natürlich schlimm, ich gestehe das mit höchster Aufrichtigkeit ein. Mein Betragen kann man sogar als dummen und ungehörigen Schuljungenstreich bezeichnen, aber – nicht mehr. Sie sollten auch wissen, General, dass ich zutiefst bereue. Es gibt jedoch einen Umstand bei der Sache, der mich in meinen Augen sogar vom Bereuen freispricht. In letzter Zeit, so etwa zwei, ja drei Wochen, fühle ich mich nicht wohl, so krank, nervös, reizbar, fanatisch, und darum verliere ich mitunter die Beherrschung. Hand aufs Herz, ich hatte mehrmals furchtbare Lust, den Marquis des Grieux anzusprechen und … Ah, es lohnt nicht fortzufahren, es würde ihn vielleicht kränken. Mit einem Wort, es sind Anzeichen einer Krankheit … Ich weiß nicht, ob die Baronin Wurmerhelm diesen Umstand in Betracht ziehen wird, wenn ich sie um Verzeihung bitte (denn ich habe die Absicht, dies zu tun). Ich fürchte, sie wird mich abweisen, zumal dieser Umstand neuerdings in der Juristerei missbraucht wird: Die Anwälte führen in Strafverfahren zugunsten ihrer kriminellen Mandanten reichlich oft an, diese hätten sich im Augenblick der Tat an nichts erinnern können, was eben an ihrer Krankheit liege. Sinngemäß klingt das dann so: Mord – ja, aber keinerlei Erinnerung daran. Und stellen Sie sich vor, General, die Medizin pflichtet ihnen bei und bestätigt, dass es tatsächlich eine solche Krankheit gibt, einen solchen zeitweisen Wahnsinn, derenthalben sich der Mensch an etwas fast gar nicht oder nur halb, oder nur zu einem Viertel erinnert. Doch der Baron und die Baronin gehören zur älteren Generation, zudem zu den preußischen Junkern und Gutsherrn. Besagter Fortschritt in der juridisch-medizinischen Welt wird sich bis zu ihnen noch nicht durchgesprochen haben, weswegen sie meinen Erklärungen auch kein Gehör schenken werden. Was meinen Sie, General?«

»Genug, mein Herr!«, fiel mir der General scharf und mit unterdrückter Entrüstung ins Wort. »Genug! Ich werde versuchen, mich Ihrer Lausbübereien ein für allemal zu entledigen. Entschuldigen werden Sie sich bei Baron und Baronin nicht. Jede Art von Umgang mit ihnen, und sei's nur um der Entschuldigung willen, wäre für sie allzu demütigend. Der Baron hat mich im Kurhaus bereits angesprochen, nachdem er erfuhr, dass Sie zu mir gehören; es fehlte nicht viel, und er hätte Genugtuung von mir verlangt. Begreifen Sie denn überhaupt, was Sie mir, mir! angetan haben. Ich, ich! war gezwungen, den Baron um Verzeihung zu bitten und musste ihm das Wort geben, dass Sie sofort, heute noch, aus meinem Hauswesen ausscheiden.«

»Erlauben Sie, General, hat er selbst darauf bestanden, dass ich partout aus Ihrem Hauswesen ausscheide, wie Sie es auszudrücken beliebten?«

»Nein; ich fühlte mich von selbst gehalten, ihm diese Genugtuung zu geben, und der Baron blieb selbstredend zufrieden. Unsere Wege trennen sich, mein Herr. Ihnen stehen noch vier Friedrichsdor und drei Florin für die hiesige Rechnung zu. Hier das Geld und auch die Rechnung; Sie können nachprüfen. Leben Sie wohl. Von nun an kennen wir uns nicht. Außer Scherereien und Unannehmlichkeiten haben Sie mir nichts gebracht. Ich will umgehend den Kellner rufen, damit er weiß, dass ich ab morgen nicht für Ihre Hotelspesen hafte. Ich habe die Ehre ...«

Ich nahm das Geld, den Zettel, auf dem mit Bleistift die Rechnung stand, verbeugte mich vor dem General und sagte in sehr ernstem Tone:

»General, so kann die Sache nicht zu Ende gehen. Es tut mir sehr leid, dass Ihnen der Baron Unannehmlichkeiten bereitet hat, doch – mit Verlaub – schuld daran sind Sie selbst. Wieso nahmen Sie's auf sich, für mich vor dem Baron geradezustehn? Was bedeutet Ihr Ausspruch, ich gehörte zu Ihrem Hauswesen? Ich bin einfach ein Lehrer in Ihrem Hause, mehr nicht. Bin nicht Ihr Sohn, nicht Ihr Mündel, also tragen Sie für mich keine Verantwortung. Ich bin eine juridisch kompetente Person, fünfundzwanzig Jahre alt, Candidatus universitatis, Edelmann und mit Ihnen nicht verwandt. Einzig meine grenzenlose Hochachtung für Ihre Meriten hindern mich daran, von Ihnen auf der Stelle Genugtuung zu verlangen, sowie Rechenschaft hinsichtlich Ihres Ansinnens, für mich Verantwortung zu übernehmen.«

Der General war derart verblüfft, dass er die Arme auseinanderriss und sich danach plötzlich an den Franzosen wandte, um jenem eiligst zu berichten, ich hätte ihn gerade zum Zweikampf fordern wollen. Der Franzose lachte laut auf.

»Dem Baron indes gebe ich kein Pardon«, fuhr ich, ohne mich vom Gelächter des M. des Grieux beirren zu lassen, kaltblütigst fort, »und da Sie, General, heute willens waren, dem Baron Gehör zu schenken und seine Interessen wahrzunehmen, da Sie sich damit gleichsam zum Teilnehmer all dieser Ereignisse kürten, habe ich die Ehre, Ihnen mitzuteilen, dass ich spätestens morgen früh vom Baron, in meinem Namen, eine förmliche Erklärung für die Gründe einfordern werde, die ihn bewogen, sich nicht an mich, sondern an eine dritte Person zu wenden, geradezu als wäre ich unfähig und unwürdig, für mich selbst einzustehen.«

Was ich vorausahnte, trat prompt ein. Dem General fiel bei dieser neuen Dummheit das Herz in die Hosen.

»Wie, Sie wollen diese verfluchte Angelegenheit nicht ruhen lassen?«, schrie er auf. »Mein Gott, was soll ich mit Ihnen tun? Unterstehen Sie sich nur ja nicht, mein Herr, oder ... ich schwöre Ihnen ... hier gibt es auch Amtsgewalt ... und ich ... ich ... mit einem Wort ... mein Rang ... und auch der Baron ... kurzum, man wird Sie verhaften und polizeilich abschieben, damit Sie keine Unruhe mehr stiften! Verstehen Sie das?!« Obwohl es ihm vor Zorn den Atem verschlug, hatte er schreckliche Angst.

»General«, erwiderte ich mit einer für ihn unerträglichen Gelassenheit, »wegen Unruhestiftung kann man mich erst verhaften, wenn ich Unruhe gestiftet habe. Ich habe mich mit dem Baron noch gar nicht auseinandergesetzt, und Sie wissen noch gar nicht, wie ich diese Angelegenheit anzugehen beabsichtige. Was ich möchte, ist lediglich die für mich kränkende Vermutung aus der Welt räumen, ich stünde bei einer Person unter Kuratel, welche vorgibt, über meinen freien Willen zu gebieten. Sie regen sich ganz unnütz auf.«

»Um Gottes willen, um Gottes willen, Alexej Iwanowitsch, lassen Sie dieses unsinnige Vorhaben!«, murmelte der General, der von seinem zürnenden Ton plötzlich in einen flehenden verfiel und mich sogar an den Händen griff. »Stellen Sie sich bloß vor, was daraus werden wird: nichts als wieder Unannehmlichkeiten! Sie werden mir doch zustimmen, ich muss mich hier auf eine besondere Art verhalten, besonders jetzt! ... besonders jetzt! ... Oh, nein ... Sie kennen alle meine Umstände nicht! ... Sobald wir von hier fort sind, nehme ich Sie gerne wieder in meine Dienste. Ich ... nur jetzt ... nun, mit einem Wort, Sie verstehen doch die Gründe!«, rief er verzweifelt. »Alexej Iwanowitsch! Alexej Iwanowitsch!«

Während ich mich im Rückwärtsgang auf die Tür zu bewegte, bat ich ihn abermals mit allem Nachdruck, sich keine Sorgen zu machen, und versprach, dass alles ein gutes und sittsames Ende finden würde. Danach beeilte ich mich fortzukommen.

Die Russen im Ausland sind bisweilen zu ängstlich und furchtbar darum besorgt, was man über sie reden und wie man sie ansehen könnte, und ob sich dies gehörte und jenes? Mit einem Wort, sie präsentieren sich wie in ein Korsett gezwängt, insbesondere jene, die Bedeutsamkeit beanspruchen. Am liebsten legen sie sich eine vorgefasste, einmal festgelegte Form zu, der sie sklavisch folgen – im Hotel, beim Corso, unterwegs und wo immer sich Menschen ansammeln ... Der General jedoch hatte sich verraten, als er über besondere Umstände sprach und dass er sich auf »besondere Art« verhalten müsse. Darum war ihm auch plötzlich angst und bang geworden und hatte er einen andern Ton mit mir angeschlagen. Ich hatte es bemerkt und zur Kenntnis genommen. Kein Zweifel auch, dass er aus purer Dummheit imstande war, morgen die Behörden aufs Tapet zu rufen, weswegen ich tatsächlich vorsichtig sein musste.

Im Übrigen hatte ich gar kein Verlangen, just den General zu ärgern; ich hatte es auf Polina abgesehen. Polina war so grausam mit mir umgesprungen und hatte mich selbst auf diesen dummen Weg gedrängt, darum verspürte ich nun die größte Lust, sie dahin zu bringen, dass sie mich aus eigenem um Einhalt bat. Letztlich konnten meine Schuljungenstreiche auch sie kompromittieren. Außerdem spürte ich andere Empfindungen und Wünsche in mir entstehen; wenn ich mich vor ihr zum Beispiel eigenmächtig in nichts auflöse, heißt das noch lange nicht, dass ich in den Augen der Leute ein Tolpatsch bin, und am allerwenigsten ist's am Baron, mir »Stockhiebe zu verpassen«. Ich wollte sie alle verspotten und mich selbst siegreich aus der Affäre ziehen. Seht, was für ein toller Kerl! Und sie, nein, sie wird den Skandal nicht wagen und mich wieder zu sich rufen. Und wenn auch nicht, so wird sie trotzdem sehen, dass ich kein Tolpatsch bin …

* * *

(Eine seltsame Neuigkeit: Eben erst erfuhr ich von unserer Kinderfrau, der ich auf der Treppe begegnete, dass Marja Filippowna heute den Abendzug nahm und mutterseelenallein nach Karlsbad zu ihrer Schwester gefahren ist. Was soll das bedeuten? Die Kinderfrau sagt, es sei seit langem geplant gewesen; doch wie kommt es, dass niemand davon wusste? Im Übrigen, vielleicht hab nur ich's nicht gewusst. Die Kinderfrau verriet mir, dass Marja Filippowna schon vorgestern ein ernstes Gespräch mit dem General hatte. Ich verstehe. Es muss um Mademoiselle Blanche gehen. Jawohl, uns steht etwas Entscheidendes bevor.)

Siebentes Kapitel

Am nächsten Morgen rief ich den Kellner und verlangte ab sofort eine getrennte Rechnung. Mein Zimmer war nicht gar so teuer, dass ich mich hätte besonders ängstigen und das Hotel eiligst aufgeben müssen. Ich besaß sechzehn Friedrichsdor, und danach ... danach wartete vielleicht der Reichtum! Seltsam, ich habe noch nicht gewonnen, aber ich handle, fühle und denke, als wäre ich reich – anders kann ich mir mich selbst nicht vorstellen.

Ich hatte die Absicht, trotz der frühen Stunde unverzüglich Mister Astley aufzusuchen, der ganz in der Nähe im Hotel d'Angleterre logiert, als plötzlich des Grieux mein Zimmer betrat. Es war noch niemals vorgekommen, darüber hinaus stand ich mit diesem Herrn in der letzten Zeit auf höchst unfreundlichem und gespanntem Fuße. Er gab sich keinerlei Mühe, seine Geringschätzung für mich zu verbergen, er trug sie sogar zur Schau; und ich, ich hatte eigene Gründe, ihm nicht wohlgesinnt zu sein. Kurz gesagt, ich hasste ihn. Sein Erscheinen versetzte mich in Staunen. Ich begriff sofort, dass da etwas Besonderes ausgeheckt wurde.

Er tat sehr liebenswürdig und machte mir ein Kompliment betreffs meines Zimmers. Als er den Hut in meiner Hand bemerkte, erkundigte er sich, ob ich wirklich so zeitig spazieren ginge. Ich sagte, ich sei in Geschäften auf dem Weg zu Mister Astley, er überlegte, verstand und setzte eine überaus besorgte Miene auf.

Des Grieux war wie alle Franzosen, will heißen – lustig und liebenswürdig, wenn es Vorteile brachte, und unerträglich langweilig, sobald es nicht mehr nötig schien, lustig und liebenswürdig zu sein. Die Liebenswürdigkeit eines Franzosen ist selten natürlich; er ist auf Befehl liebenswürdig, oder aus Berechnung. Wenn er es beispielsweise für notwendig erachtet, phantasievoll, originell und um eine Spur weniger alltäglich zu sein, dann setzt sich seine Phantasie, die allerdümmste und unnatürlichste, aus im Vorhinein festgelegten und längst trivial gewordenen Formen zusammen. Der echte Franzose aber besteht aus lauter Artigkeit der spießigsten, kleinlichsten und alltäglichsten Sorte – mit einem Wort, er ist das allerlangweiligste Geschöpf auf Erden. Meines Erachtens können nur Neulinge und besonders russische Fräuleins den Franzosen ins Garn gehen. Jedes anständige Wesen spürt sofort, wie unerträglich dies starre Gebilde aus festgefügten Formen von Politesse, ungenierter Lässigkeit und Fröhlichkeit ist.

»Ich komme geschäftlich«, begann er sehr locker, aber, zugegeben, nicht unhöflich, »und will nicht verhehlen, dass ich als Botschafter, besser gesagt, als Mittelsmann des Generals fungiere. Da ich das Russische nur mäßig beherrsche, konnte ich gestern kaum etwas verstehen; aber der General hat mir alles erklärt, und ich gestehe ...«

»Mit Verlaub, Monsieur des Grieux«, unterbrach ich ihn, »Sie haben es immerhin übernommen, Mittelsmann zu sein. Ich bin natürlich ein Hauslehrer, un outchitel, und habe niemals die Ehre beansprucht, ein vertrauter Freund dieses Hauses zu sein oder irgendwie besonders intime Beziehungen zu pflegen, darum sind mir manche Umstände auch nicht recht einsichtig. Aber Sie? Ist's möglich, dass Sie sich bereits zu den Mitgliedern dieser Familie zählen? Letztlich nehmen Sie ja an allem so regen Anteil und nun – ein Mittelsmann ...«

Meine Frage behagte ihm nicht. Für ihn war sie zu durchsichtig, und er wollte nicht zu viel sagen.

»Mit dem General verbinden mich zum einen Teil Geschäfte, zum anderen *einige besondere* Umstände«, sagte er trocken. »Der General schickt mich mit der Bitte, Sie mögen Ihre gestrigen Absichten aufgeben. Was Sie sich da ausgedacht haben, ist natürlich sehr witzig; doch er bat mich, Ihnen darzulegen, dass es misslingen muss; mehr noch, der Baron wird Sie nicht empfangen, und schließlich verfügt er über andere Mittel, sich weiterer Belästigungen Ihrerseits zu erwehren. Geben Sie's doch zu. Wozu die Sache fortsetzen? Der General hat Ihnen ja dezidiert versprochen, Sie bei der erstbesten Gelegenheit wieder bei sich aufzunehmen und Ihnen Ihr Gehalt, vos appointements, bis dahin anzurechnen. Das ist doch recht kulant, nicht wahr?«

Ich erwiderte ihm sehr ruhig, dass er einigermaßen im Irrtum sei; dass man mich beim Baron vielleicht nicht vor die Tür setzen, sondern umgekehrt anhören würde, und ich ihn bäte, zuzugeben, dass er wahrscheinlich nur hergekommen sei, um herauszufinden, wie ich es anzustellen gedächte.

»Mein Gott, wenn der General daran so interessiert ist, will er verständlicherweise erfahren, was Sie unternehmen werden und wie. Das ist so natürlich!«

Ich machte mich ans Erklären, und er hörte lässig hingestreckt zu, den Kopf leicht zu mir geneigt, mit einem deutlichen und unverhohlen ironischen Zug auf dem Gesicht. Überhaupt benahm er sich sehr von oben herab. Ich bemühte mich mit aller Kraft, den Schein zu erwecken, als maße ich der Angelegenheit ernsteste Bedeutung bei. Ich erklärte, dass mich der Baron, indem er sich beim General über mich, als sei ich dessen Diener, beschwerte, erstens um meinen Posten gebracht und zweitens als Person behandelt habe, die nicht selbst für sich einstehen könne und es daher nicht verdiene, angesprochen zu werden. Natürlich fühle ich mich zu Recht gekränkt, berücksichtige indes den Unterschied im Alter, in der gesellschaftlichen Position und so weiter und so fort (an dieser Stelle konnte ich nur mit Mühe ein Lachen verbeißen), und versuche, nicht abermals dem Leichtsinn zu verfallen, indem ich vom Baron geradewegs Satisfaktion verlange oder dies auch nur ins Gespräch bringe. Nichtsdestotrotz erachte ich mich für durchaus berechtigt, ihm und insbesondere der Baronin meine Entschuldigungen darzubringen, dies um so mehr, als ich mich in letzter Zeit tatsächlich unpässlich, betrübt und sozusagen phantasiebeladen fühle usw. usf. Allerdings hat mich der Baron, als er sich gestern in für mich beleidigender Weise an den General wandte und auf meiner Entlassung bestand, in eine Lage versetzt, die es mir nun nicht mehr erlaubt, ihm und der Frau Baronin meine Entschuldigungen darzubringen, da er selbst und die Baronin und alle Welt vermuten würden, ich käme mich aus Angst um meine Stelle entschuldigen. Woraus folgt, dass ich mich gezwungen sehe, zuerst den Baron zu bitten, sich bei mir zu entschuldigen – in überaus gemäßigten Worten, etwa so, dass es nicht seine Absicht gewesen sei, mich zu beleidigen. Sobald der Baron dies ausgesprochen hat, werde auch ich aus freien Stücken, aufrichtig und treuherzig meine Entschuldigungen vorbringen. »Kurzum«, schloss ich, »ich bitte lediglich darum, dass mich der Baron entlastet.«

»Pah! wie kleinlich und wie viel Finessen! Warum wollen Sie sich entschuldigen? Geben Sie doch zu, Monsieur …

Monsieur ..., dass Sie das absichtlich anzetteln, um den General zu ärgern ... Oder haben Sie gar noch besondere Ziele ... mon cher Monsieur. pardon, j'ai oublié votre nom ... Monsieur Alexis? ... n'est-ce pas?«

»Gestatten Sie, mon cher marquis, was geht es Sie an?«

»Mais le général ...«

»Was – der General? Gestern sprach er von einer besonderen Art, auf die er sich verhalten müsse ... und war sehr beunruhigt ... doch ich habe nichts verstanden.«

»Da gibt es, na eben, da gibt es einen besonderen Umstand«, setzte des Grieux in bittendem Tonfall fort, aus dem mehr und mehr Ärger herauszuhören war. »Kennen Sie Mademoiselle de Cominges?«

»Sie meinen Mademoiselle Blanche?«

»Nun ja, Mademoiselle Blanche de Cominges ... et madame sa mère ... Sie stimmen mir doch zu ... dass der General ... mit einem Wort ... der General verliebt ist und hier sogar ... sogar vielleicht eine Ehe sich anbahnt. Und dann stellen Sie sich dabei diverse Skandale und Affären vor ...«

»Ich sehe hier weder Skandale noch Affären, eine Ehe betreffend.«

»Ah, le baron est si irascible, un caractère prussien, vous savez, enfin il fera une querelle d'Allemand.«

»Doch mit mir, nicht mit euch, denn ich gehöre nicht mehr zum Hauswesen ... (Ich bemühte mich redlich, möglichst begriffsstutzig zu erscheinen.) Aber ... mit Verlaub ... steht es schon fest, dass Mademoiselle Blanche den General heiratet? Worauf wartet man dann noch? Ich meine, wozu noch ein Geheimnis daraus machen? Doch zumindest nicht uns gegenüber, den Seinigen ...«

»Ich darf nicht ... übrigens ist es noch nicht ganz ... indes ... Sie wissen ja, es wird eine Nachricht aus Russland erwartet; der General muss seine Angelegenheiten in Ordnung bringen ...«

»Aha! Die Großmutter! La baboulinka!«

Des Grieux warf mir einen hasserfüllten Blick zu und unterbrach: »Mit einem Wort, ich baue durchaus auf Ihre angeborene Umgänglichkeit, auf Ihren Verstand, Ihr Taktgefühl ... Sie werden es sicher tun ... für die Familie, in der Sie wie ein eigner Sohn aufgenommen wurden, geliebt und geachtet ...«

»Ich bitte Sie, man hat mich geschasst! Sie behaupten jetzt, das sei nur dem Schein zuliebe; aber gewiss müssen Sie zugeben, dass es fast das Gleiche ist, wenn einer Ihnen sagt: ›Ich möchte dir natürlich keine Ohrfeige geben, aber erlaube mir, es dem Schein zuliebe zu tun‹ ...«

»Wenn's so ist, wenn Sie keine Bitte erhören«, begann er streng und anmaßend, »bleibt mir nur, Ihnen zu versichern, dass Maßnahmen ergriffen werden. Es gibt Behörden hier, man wird Sie heute noch ausweisen, que diable! un blancbec comme vous will einen Mann wie den Baron zum Duell fordern! Und Sie meinen, in Ruhe gelassen zu werden? Glauben Sie mir, niemand hat Angst vor Ihnen! Wenn ich die Bitte vorbrachte, so mehr im eigenen Namen, weil Sie den General um seine Ruhe brachten. Ist's möglich, ist's wirklich möglich, dass Sie nicht fürchten, der Baron würde Sie durch einen Lakaien vor die Tür setzen lassen?«

»Ich will ja nicht selbst hingehen«, erwiderte ich mit allergrößter Ruhe. »Da irren Sie, Monsieur des Grieux, es wird durchaus gesitteter vonstatten gehen, als Sie vermuten. Ich bin gerade auf dem Weg zu Mister Astley und werde ihn bitten, für mich zu vermitteln, kurz, mein Sekundant zu sein. Der Mann mag mich und wird es mir wohl nicht ausschlagen. Er wird zum Baron gehn und vom Baron empfangen werden. Wenn ich ein Hauslehrer bin und so etwas wie subaltern, und letztlich ohne Schutz, so ist Mister Astley der Neffe eines Lords, eines echten Lords, das ist stadtbekannt, und Lord Peebrook, sein Onkel, ist hier. Glauben Sie mir, der Baron wird Mister Astley höflich empfangen und anhören. Und wenn nicht, wird es Mister Astley für eine persönliche Beleidigung erachten (Sie wissen, wie strikt die Engländer sind) und dem Baron von sich aus einen Freund ins Haus schicken; er hat gute Freunde. Überlegen Sie nun, dass es sich vielleicht anders fügen wird, als Sie erwarten.«

Dem Franzosen wurde entschieden bange; es klang in der Tat alles nach Wahrheit, woraus sich ergab, dass ich wirklich fähig wäre, einen Skandal vom Zaun zu brechen.

»Aber ich bitte Sie«, begann er mit vollends flehentlicher Stimme, »lassen Sie das! Es scheint Ihnen geradezu Freude zu bereiten, wenn's zum Skandal käme! Ich sagte schon, es wäre alles spaßig und sogar scharfsinnig, etwas, worauf Sie es vielleicht auch abgesehen haben, doch, kurz gesagt« – er wollte zu einem Ende kommen, da ich aufgestanden war und nach dem Hut griff – »ich bin gekommen, um Ihnen diese kurze Nachricht von einer gewissen Person zu überreichen. Lesen Sie, ich soll auf Antwort warten.«

Mit diesen Worten holte er aus der Tasche einen gefalteten und mit einem Papiersiegel verschlossenen kleinen Zettel und reichte ihn mir.

Darauf stand in Polinas Handschrift:

»Ich hatte den Eindruck, Sie wollten diese Affäre nicht

lassen. Sie sind böse und benehmen sich wie ein schlimmer Schuljunge. Aber es gibt dabei besondere Umstände, ich werde sie Ihnen später einmal vielleicht erklären, jedenfalls hören Sie bitte auf. Kommen Sie zur Räson. Wie albern das alles ist! Ich brauche Sie, und Sie versprachen, mir zu gehorchen. Denken Sie an den Schlangenberg. Ich bitte Sie, folgsam zu sein, und notfalls ist es ein Befehl. Ihre P.

P. S. Wenn Sie wegen gestern auf mich böse sind, bitte ich, mir zu verzeihen.«

Mir war, nachdem ich die Zeilen gelesen hatte, als drehte sich alles vor meinen Augen. Meine Lippen wurden weiß, ein Zittern überfiel mich. Der verfluchte Franzose sah mich mit verkrampft bescheidener Miene an und wandte seinen Blick ab, als wollte er meine Betretenheit nicht sehen. Besser, er hätte über mich gelacht.

»Gut«, sagte ich, »überbringen Sie Mademoiselle, sie möge beruhigt sein. Erlauben Sie mir jedoch eine Frage«, fügte ich heftig hinzu, »warum haben Sie mir den Zettel nicht eher gegeben? Statt um Lappalien herumzureden, hätten Sie, so meine ich, damit beginnen müssen ... sofern Sie mich mit eben diesem Auftrag aufgesucht haben.«

»Oh, ich wollte ... es ist überhaupt alles so seltsam, dass Sie meine natürliche Ungeduld verzeihen mögen. Ich wollte schnellstens von Ihnen selbst Ihre Absichten erfahren. Ich weiß übrigens nicht, was in dem Briefchen steht, und glaubte nicht, dass es so eilte.«

»Ich verstehe, man hat Sie schlicht und einfach beauftragt, das da nur im dringendsten Falle zu übergeben und es gar nicht zu tun, wenn die Sache mündlich beigelegt werden könne. Ist es so? Ja oder nein, Monsieur des Grieux!«

»Peut-être«, sagte er mit dem Ausdruck einer irgendwie

besonderen Reserviertheit und musterte mich mit einem irgendwie besonderen Blick.

Ich nahm meinen Hut; er deutete eine Verbeugung an und verließ das Zimmer. Ich glaubte, auf seinen Lippen ein spöttisches Grinsen zu bemerken. Wie konnte es auch anders sein?

»Wir haben noch einiges auszufechten, du mickriger Franzmann, wir werden schon sehen!«, brummte ich, die Treppe hinabsteigend. Ich war noch verwirrt, so als hätte mein Schädel einen Schlag abgekriegt. Die Luft belebte mich ein wenig.

Nach zwei Minuten, nicht mehr, kaum dass ich etwas klarer im Kopf war, trafen mich ganz deutlich zwei Gedanken: der *erste* – dass aus solchen Lappalien, aus einigen Lausbübereien und kindischen Drohungen, wie sie gestern nebenbei geäußert wurden, so viel *allgemeine* Aufregung sich zusammengeballt hat! Und der *zweite* Gedanke: Wie groß mag immerhin der Einfluss des Franzosen auf Polina sein? Ein Wort von ihm – und sie macht alles, was er braucht, schreibt mir und *bittet* mich sogar. Natürlich war ihr Verhältnis zueinander immer schon, von Anfang an, seit ich sie kennenlernte, ein Rätsel für mich; allerdings habe ich in den letzten Tagen bei Polina eine entschiedene Abscheu, ja sogar Verachtung ihm gegenüber vermerkt, während er sie nicht einmal ansah, mitunter sogar einfach unhöflich zu ihr war. Ich habe es bemerkt. Polina hat mir selbst von der Abscheu gesprochen; es waren ihr höchst bedeutsame Geständnisse entschlüpft … Das heißt, er beherrscht sie einfach, hält sie an irgendeiner Kette gefesselt …

Achtes Kapitel

Auf der Promenade – so heißt das hier, in der Kastanienallee also, begegnete ich meinem Engländer.

»Oh, Oh!«, begann er, als er mich erblickte. »Ich bin zu Ihnen auf dem Weg und Sie zu mir. Haben Sie sich schon von den Ihrigen getrennt?«

»Sagen Sie mir zuerst, wieso Sie davon wissen?«, fragte ich erstaunt. »Ist's wirklich schon publik?«

»O nein, keineswegs, es lohnt auch nicht, es publik zu machen. Niemand redet davon.«

»Und Sie? Warum wissen Sie es?«

»Ich weiß es, das heißt, ich hatte Gelegenheit, es zu erfahren. Werden Sie nun abreisen? Wohin? Ich mag Sie und wollte Sie darum aufsuchen.«

»Sie sind ein lieber Mensch, Mister Astley«, sagte ich (nebenbei, ich war furchtbar verblüfft: Woher weiß er?), »und da ich noch keinen Kaffee hatte, und Sie wahrscheinlich auch nur einen flüchtigen, lassen Sie uns ins Café am Kurhaus gehen, dort können wir sitzen und rauchen, und ich erzähle Ihnen alles … und Sie mir auch.«

Das Café war hundert Schritt entfernt. Man brachte uns das Bestellte, wir machten es uns bequem, ich rauchte eine Zigarette an, Mister Astley rauchte nichts, blickte mir gerade ins Gesicht und schickte sich an, mir zuzuhören.

»Ich fahre nicht fort, ich bleibe«, begann ich.

»Ich war sicher, Sie würden bleiben«, ließ sich Mister Astley vernehmen, Aufmunterung in der Stimme.

Als ich auf dem Weg zu Mister Astley war, hatte ich keinerlei Absicht, ihm von meiner Liebe zu Polina zu erzählen, ja ich wollte es sogar mit Absicht nicht tun. All diese Tage hatte ich ihm gegenüber kaum ein Wort darüber verloren. Außerdem war er sehr schüchtern. Ich habe von Anfang an bemerkt, dass Polina einen außergewöhnlichen Eindruck auf ihn machte, aber er erwähnte ihren Namen nie. Doch merkwürdig, plötzlich, hier, kaum dass er saß und mich mit seinem durchdringenden, bleiernen Blick in den Bann zog, spürte ich, wer weiß warum, eine große Lust, ihm alles zu erzählen, meine ganze Liebe also, mit allen ihren Nuancen. Ich sprach eine gute halbe Stunde lang, es war überaus wohltuend, das erste Mal, dass ich darüber sprach! Als ich merkte, dass er an einigen besonders passionierten Stellen in Verlegenheit geriet, verstärkte ich mit Absicht die Leidenschaftlichkeit meines Berichts. Eines bereue ich: Ich habe wohl dies und jenes zu viel über den Franzosen gesagt ...

Mister Astley mir gegenüber hörte zu, unbeweglich, ohne ein Wort, ohne den leisesten Ton, und sah mir unverwandt in die Augen; als ich indes auf den Franzosen zu sprechen kam, unterbrach er mich unvermutet und wies mich streng zurecht: Ob ich denn berechtigt sei, diesen abseitigen Umstand zu erwähnen. Mister Astley fragte allemal so seltsam.

»Ich fürchte, Sie haben Recht, ich bin es nicht«, antwortete ich.

»Über diesen Marquis und Miss Polina können Sie nichts Genaues sagen, es sind lediglich Vermutungen, nicht wahr?«

Wieder wunderte ich mich über solch eine kategorische Frage aus dem Munde eines so schüchternen Mannes wie Mister Astley.

»Nein, nichts Genaues«, gab ich zurück, »natürlich nichts.«

»Wenn dem so ist, war Ihr Tun unredlich, nicht bloß,

weil Sie darüber gesprochen, sondern auch, weil Sie es gedacht haben.«

»Schon gut, schon gut! Ich gebe es zu. Doch es geht im Augenblick nicht darum«, unterbrach ich ihn zu meinem eigenen Erstaunen und erzählte ihm gleich in allen Einzelheiten von A bis Z die gestrige Geschichte, berichtete über Polinas Kaprice, mein Abenteuer mit dem Baron, meine Entlassung, die unglaubliche Feigheit des Generals und schließlich, ebenso ausführlich und in allen Nuancen über den heutigen Besuch von des Grieux; zum Schluss zeigte ich ihm das Briefchen.

»Was schließen Sie daraus?«, fragte ich. »Ich bin ja gekommen, um zu erfahren, was Sie davon halten. Was mich anlangt, so hätte ich, scheint's, das Französlein umbringen können, und vielleicht werde ich es noch tun.«

»Ich auch«, sagte Mister Astley. »Was aber Miss Polina betrifft, so ... Sie wissen doch, wir nehmen, sofern uns die Notwendigkeit dazu zwingt, auch zu Menschen Beziehungen auf, die uns widerwärtig sind. Hier kann es sich um Beziehungen handeln, die Ihnen nicht einsichtig, von abseitigen Umständen bedingt sind. Ich glaube, Sie können sich beruhigen, bis zu einem gewissen Grad, versteht sich. Was Miss Polinas gestrigen Ausfall anlangt, so ist er freilich seltsam, nicht darum, dass sie Sie loswerden wollte und unter die Stockhiebe des Barons schickte (die er Ihnen, ich weiß nicht warum, nicht verpasst hat), sondern weil solch eine Kaprice für eine ... für eine so vortreffliche Miss unpassend ist. Selbstredend konnte sie nicht ahnen, dass Sie ihren spitzbübischen Wunsch wörtlich befolgen würden ...«

»Wissen Sie, was?«, rief ich plötzlich und starrte Mister Astley an, »mir scheint, Sie haben darüber schon alles erfahren, und wissen Sie, von wem? – von Miss Polina persönlich!«

Mister Astley sah mich erstaunt an.

»Ihre Augen funkeln, und ich lese darin einen Verdacht.« Mister Astley hatte unverzüglich seine Ruhe wiedergefunden. »Sie haben aber nicht das leiseste Recht, Ihre Verdächtigungen erkennen zu lassen. Darum verweigere ich Ihnen die Antwort.«

»Genug! Dann lassen Sie's eben!«, fiel ich ihm seltsam erregt ins Wort und begriff gar nicht, woher mir dieser Gedanke gekommen war! Denn wann, wo und warum hätte Mister Astley von Polina zum Vertrauten auserwählt werden sollen? In letzter Zeit habe ich Mister Astley allerdings etwas aus den Augen verloren, und Polina war mir schon immer ein Rätsel, so sehr ein Rätsel, dass mir jetzt, mitten im Erzählen meiner ganzen Liebesgeschichte plötzlich aufging, dass ich eigentlich positiv nichts Genaues über meine Beziehungen zu ihr zu sagen vermochte. Ganz im Gegenteil, es war alles phantastisch, seltsam, vage und mit nichts vergleichbar.

»Schon gut, schon gut; ich bin aus der Fassung und sehe in vielem noch nicht klar«, antwortete ich wie außer Atem. »Im Übrigen sind Sie ein guter Mensch. Nun eine andere Sache, ich bitte Sie nicht um Rat, sondern um Ihre Meinung.«

Ich schwieg kurz und hob an:

»Was meinen Sie, warum hat es der General mit der Angst bekommen? Warum haben sie alle aus meinem blödsinnigen Streich eine solche Affäre gemacht? Eine Affäre, in die selbst des Grieux sich einzumischen befleißigt sah (und er mischt sich nur in die wichtigsten Fälle ein) und

mich aufsuchte (hört! hört!), mich bat, mich bekniete, er, des Grieux – mich! Beachten Sie schließlich, dass er um neun kam, noch vor neun, und bereits Miss Polinas Nachricht in der Hand hatte. Wann, frage ich, wurde sie ge-
5 schrieben? Am Ende ist Miss Polina deswegen eigens aufgeweckt worden! Außerdem ersehe ich daraus, dass Miss Polina seine Sklavin ist (weil sie sogar mich um Verzeihung bittet!), und außerdem: Was bedeutet ihr, ihr persönlich, die ganze Sache? Warum interessiert sie sich so sehr dafür?
10 Wieso fürchten sie sich alle vor einem Baron? Und was soll es, dass der General Mademoiselle Blanche de Cominges heiratet? Sie sagen, sie müssten sich wegen dieses Umstands auf irgendwie *besondere* Art verhalten … doch ist dies nicht eine allzu besondere Art? Was meinen Sie? Ich
15 sehe Ihren Augen an, dass Sie auch darüber mehr wissen als ich!«

Mister Astley schmunzelte und nickte.

»In der Tat, ich weiß allem Anschein nach auch darüber viel mehr als Sie«, sagte er. »Es betrifft allein Mademoiselle
20 Blanche, und ich bin sicher, dass es die volle Wahrheit ist.«

»Was ist mit Mademoiselle Blanche?«, rief ich ungeduldig (plötzlich durchfuhr mich die Hoffnung, sogleich mehr über Mademoiselle Polina zu erfahren).

»Ich glaube, Mademoiselle Blanche hat derzeit das größte
25 Interesse, einer Begegnung mit Baron und Baronin auszuweichen, zumal einer unangenehmen, noch schlimmer – skandalösen Begegnung.«

»Und …! Und …!«

»Mademoiselle Blanche ist schon vor zwei Jahren wäh-
30 rend der Saison in Roulettenburg gewesen. Und ich ebenfalls. Mademoiselle Blanche hieß damals nicht Mademoi-

selle de Cominges, wie es desgleichen keine Mutter, keine Madame veuve de Cominges gegeben hat. Jedenfalls war von ihr nicht die Rede. Und des Grieux, tja, den gab es auch nicht. Ich bin zutiefst überzeugt, dass die beiden nicht nur nicht verwandt, sondern erst seit kurzem bekannt sind. Auch zum Marquis ist des Grieux erst kürzlich geworden, ein Umstand gibt mir dazu die Gewissheit. Es ist sogar anzunehmen, dass er sich auch den Namen des Grieux erst kürzlich zugelegt hat. Ich kenne hier jemanden, dem er unter einem anderen Namen begegnet war.«

»Aber … hat er nicht einen wirklich präsentablen Bekanntenkreis?«

»Oh, das mag schon sein. Sogar Mademoiselle Blanche kann einen solchen haben. Vor zwei Jahren jedoch, da wurde Mademoiselle Blanche auf Betreiben ebendieser Baronin von der Polizei aufgefordert, die Stadt zu verlassen – was sie auch tat.«

»Wie das?«

»Sie tauchte damals zuerst mit einem Italiener auf, irgendeinem Fürsten mit historischem Namen, etwas wie Barberini oder so. Ein Mann ganz in Ringen und Brillanten und nicht mal falschen. Sie fuhren in einer erstaunlichen Kutsche aus. Mademoiselle spielte Trente-et-quarante, hatte zuerst Glück, wie ich mich erinnere, das ihr jedoch bald untreu wurde. Ich weiß noch, eines Abends verlor sie eine gewaltige Summe. Doch schlimmer noch: un beau matin verschwand ihr Fürst, niemand weiß wohin; weg waren auch Pferde und Kutsche, alles futsch. Die Hotelrechnung war kolossal. Mademoiselle Selmà (statt Barberini hieß sie plötzlich Mademoiselle Selmà) war in höchstem Maße verzweifelt. Sie heulte und kreischte, dass es im ganzen Hotel zu hören war, und zerriss tobend ihr Kleid. Im selben Hotel logierte ein polnischer Graf (alle reisenden Polen sind Grafen), und Mademoiselle Selmà, die ihre Kleider zerriss und sich mit ihren prachtvollen, in Parfüm gebadeten Händen das Gesicht zerkratzte, machte auf ihn einen gewissen Eindruck. Man verhandelte, und gegen Mittag sah man sie getröstet. Abends erschienen die beiden Arm in Arm im Kurhaus. Mademoiselle Selmà ließ ihr gewohnt lautes Lachen ertönen und zeigte etwas lockere Manieren. Sie erwies sich sofort als zu jener Gattung roulettespielender kraftvoller Damen gehörig, die sich mit den Ellbogen ihren Weg zum Spieltisch bahnen. Das gilt bei diesen Damen hier als besonders schick. Sie sind Ihnen natürlich aufgefallen?«

»O ja.«

»Besser, man ignoriert sie. Zum Ärger des anständigen Publikums sind sie nicht zu vertreiben, schon gar nicht jene darunter, die am Tisch jeden Tag Tausendfrancsscheine wechseln. Andererseits: sobald sie keine Scheine mehr wechseln, werden sie sofort gebeten, den Saal zu verlassen. Mademoiselle Selmà wechselte noch; sie spielte jedoch mit schwindendem Glück. Beachten Sie, dass diese Damen reichlich oft Glück im Spiel haben; ihre Selbstbeherrschung ist erstaunlich. Wie der Fürst seinerzeit, so verschwand eines Tages auch der Graf. Am Abend erschien Mademoiselle Selmà bereits allein; niemand war da, ihr den Arm zu bieten. Binnen zwei Tagen hatte sie alles verspielt. Nachdem sie den letzten Louisdor gesetzt und verloren hatte, sah sie in die Runde und erblickte neben sich den Baron Wurmerhelm, welcher sie sehr aufmerksam und mit tiefer Entrüstung musterte. Mademoiselle Selmà übersah jedoch die Entrüstung, wandte sich mit ihrem bekannten Lächeln an ihn und bat, zehn Louisdor für sie auf Rot zu setzen. Als Folge wurde sie auf Betreiben der Baronin von der Kursaalpolizei aufgefordert, sich dort nicht mehr blicken zu lassen. Sollten Sie sich wundern, woher mir diese kleinen und vollkommen ungehörigen Details bekannt sind, so habe ich sie von Mister Feeder, meinem Verwandten, der Mademoiselle Selmà an jenem Abend in seiner Kutsche von Roulettenburg nach Spa brachte. Nun also: Mademoiselle Blanche will Generalin werden, wahrscheinlich, um in Hinkunft vor solchen polizeilichen Aufforderungen gefeit zu sein. Jetzt spielt sie nicht mehr; doch nur, weil sie allem Anzeichen nach Kapital besitzt, das sie gegen Zinsen an hiesige Spieler verleiht. Es ist wesentlich einträglicher. Ich vermute sogar, dass ihr auch der unglückliche General Geld schuldet. Vielleicht auch des Grieux. Vielleicht steckt des Grieux mit ihr unter einer Decke. Sie werden mir zustimmen, dass sie, jedenfalls bis zur Hochzeit, nicht gerade begierig ist, die Aufmerksamkeit des Baronenpaars auf sich zu lenken. Um es kurz zu sagen, in ihrer Lage kann sie am allerwenigsten einen Skandal gebrauchen. Sie aber sind mit der Familie verbunden und Ihre Handlungsweise könnte einen Skandal auslösen, zumal sie sich täglich Arm in Arm mit dem General oder mit Miss Polina über die Promenade ergeht. Begreifen Sie nun?«

»Nein, nichts verstehe ich!«, rief ich aus und schlug mit der Faust so fest auf den Tisch, dass der Garçon erschrocken herbeigelaufen kam.

»Sagen Sie, Mister Astley«, wiederholte ich wie von Sinnen, »wenn Sie die Geschichte bereits kannten und somit auswendig wussten, was Mademoiselle Blanche de Cominges in Wahrheit ist – warum haben Sie uns nicht wenigstens gewarnt, mich, den General schließlich, und, noch wichtiger, Miss Polina, die sich hier im Kurhaus Hand in Hand und öffentlich mit Mademoiselle Blanche zeigte? Ist so was möglich?«

»Ich brauchte Sie nicht zu warnen, da Sie nichts hätten unternehmen können«, erwiderte Mister Astley ruhig. »Im Übrigen: wovor warnen? Der General weiß möglicherweise mehr über Mademoiselle Blanche als ich, dennoch pflegt er mit ihr und Miss Polina zu promenieren. Der General ist ein unglücklicher Mensch. Gestern sah ich Mademoiselle Blanche auf einem prächtigen Pferd mit Monsieur des Grieux und diesem kleinen russischen Fürsten ausreiten, und der General ritt ihnen auf einem rotbraunen Pferd nach. In der Früh hatte er über Schmerzen in den Beinen geklagt, trotzdem war seine Haltung tadellos. Und in eben diesem Augenblick kam mir jählings der Gedanke, dass er ein vollends verlorener Mann ist. Zudem geht mich dies alles nichts an, und Miss Polina kennenzulernen hatte ich erst vor kurzem die Ehre. Außerdem (fiel es Mister Astley plötzlich ein) sagte ich Ihnen bereits, dass ich Ihre Berechtigung zu einigen Fragen nicht anerkennen kann, so aufrichtig ich Ihnen auch zugetan bin …«

»Genug«, sagte ich im Aufstehen, »nun ist mir sonnenklar, dass Miss Polina ebenfalls über Mademoiselle Blanche Bescheid weiß, sich jedoch nicht von ihrem Franzosen trennen kann und sich darum nicht scheut, mit Mademoiselle Blanche zu promenieren. Sie können mir glauben, dass keine andere Gewalt sie zwingen würde, sich mit Mademoiselle Blanche auf der Promenade zu zeigen und mich schriftlich zu bitten, den Baron in Ruhe zu lassen. Da muss eine Gewalt sein, der sich alles beugt! Andererseits – war's nicht sie, die mich auf den Baron losließ!? Hol's der Teufel, da versteh einer etwas dabei!«

»Sie vergessen erstens, dass Mademoiselle des Cominges die Braut des Generals ist, und zweitens, dass Miss Polina, die Stieftochter des Generals, zwei kleine Geschwister hat, eigne Kinder des Generals, die der Verrückte im Stich gelassen und, scheint's, auch bestohlen hat.«

»Ja, ja! das stimmt! Kinder allein lassen heißt sie im Stich lassen, bei ihnen bleiben heißt, ihre Interessen wahrzunehmen, vielleicht auch Reste vom Besitz zu retten. Ja, ja, es stimmt alles! Und trotzdem, trotz alledem! Ha, ich verstehe, warum sie alle so viel Aufhebens um Babulinka machen!«

»Um wen?«, wollte Mister Astley wissen.

»Um die alte Hexe in Moskau, die nicht stirbt, wo doch alles auf das Telegramm wartet, dass sie es tut.«

»Ja, natürlich, alles dreht sich um sie. Die Erbschaft, das ist es! Kriegen sie die Erbschaft, heiratet der General, Miss Polina wird ebenfalls frei, und des Grieux …«

»Was ist mit des Grieux?«

»Des Grieux wird sein Geld zurückbekommen; er wartet ja hier nur darauf.«

»Nur?! Sie glauben, er wartet nur aufs Geld?«

»Mehr weiß ich nicht.« Mister Astley hüllte sich beharrlich in Schweigen.

»Ich aber! Ich weiß es!«, wiederholte ich in Rage. »Er wartet nicht minder auf die Erbschaft, weil sich Polina, hat sie mal ihre Mitgift, ihm sofort an den Hals werfen wird. So sind die Frauen! Und gerade aus den allerstolzesten werden allergewöhnlichste Sklavinnen! Polina ist nur fähig, leidenschaftlich zu lieben, mehr nicht! Soweit meine Meinung über sie. Sehen Sie sie an, besonders, wenn sie nachdenklich dasitzt: Es ist etwas Vorausbestimmtes, Besiegeltes, Verfluchtes! Sie ist zu allen Greueln des Lebens fähig, und zu allen der Leidenschaft ... sie ... sie ... doch wer ruft mich?«, unterbrach ich mich plötzlich. »Wer ruft da? Irgendwer hat gerufen: ›Alexej Iwanowitsch!‹ Eine Frauenstimme, hören Sie, hören Sie doch!«

Wir waren bei unserem Hotel angelangt. Das Café hatten wir, fast ohne es zu bemerken, schon lange verlassen.

»Ich hörte eine Frau rufen, weiß aber nicht wen. Es ist russisch ... Sehen Sie, dort«, zeigte Mister Astley. »Es ist die Frau im großen Tragsessel, die von so vielen Lakaien die Stufen hinaufgebracht wird. Und die Koffer hinter ihr her. Es muss gerade der Zug angekommen sein.«

»Doch warum ruft sie mich? Jetzt wieder. Und schauen Sie, sie winkt.«

»Ich sehe, dass sie winkt«, sagte Mister Astley.

»Alexej Iwanowitsch! Alexej Iwanowitsch! Mein Gott, was ist das für ein Tölpel!«, ertönten vom Hotelaufgang her verzweifelte Rufe.

Wir eilten fast laufend hin. Ich stieg die Stufen hinauf und ... ließ verblüfft die Arme fallen, und meine Füße schienen am Stein anzuwachsen.

Neuntes Kapitel

Auf dem oberen Treppenabsatz des breiten Hotelaufgangs, über die Stufen im Tragsessel emporgehoben, von Dienern und Dienerinnen und der zahlreichen beflissenen Lakaienschaft des Hotels umgeben, begrüßt vom Oberkellner persönlich, der dem hohen Gast mit den eigenen Domestiken und den vielen Koffern und Reisesäcken entgegengekommen war, inmitten des ganzen Traras und Gepolters thronte – *die Großmutter*. O ja, sie war es, die furchtgebietende und reiche fünfundsiebzigjährige Antonida Wassiljewna Tarassewitschewa, Gutsbesitzerin und Hausherrin zu Moskau, *la baboulinka*, der die abgesandten und eingegangenen Telegramme galten, die im Sterben lag und nicht gestorben ist und plötzlich, wie der Blitz aus heiterem Himmel, in höchsteigener Person bei uns auftauchte. Sie kam, zwar nicht auf eignen Beinen, sondern wie immer, wie die ganzen letzten fünf Jahre im Stuhl getragen, jedoch gewohnt munter, übermütig und selbstgefällig, und sie saß gerade, und brüllte laut und gebieterisch, und beschimpfte alle Welt, kurzum, nicht im Geringsten verändert seit damals, da ich sie als Hauslehrer beim General zweimal zu sehen die Ehre hatte. Es ist nur natürlich, dass ich nun vor lauter Überraschung wie ein Ölgötze vor ihr stand. Sie hatte mich mit ihren Luchsaugen bereits auf hundert Schritt erspäht, erkannt und mit Namen und Vatersnamen angerufen, die sie sich, ebenfalls wie gewohnt, ein für alle Mal eingeprägt hatte. »Und eine solche Frau erwarteten sie im Sarg zu sehen, begraben und bereit, beerbt zu werden«, durchfuhr es mich. »Ha, die überlebt uns alle, das ganze Hotel! Doch mein Gott, was geschieht nun mit den Unsrigen, was geschieht mit dem General!? Sie wird das ganze Hotel aus den Angeln heben!«

»Na, mein Lieber, was stehst du da und glotzt?«, hörte die Großmutter nicht auf, mich anzubrüllen. »Kannst du nicht guten Tag sagen, wie? Oder willst nicht, bist zu stolz geworden? Oder hast mich am Ende nicht erkannt? Sieh mal an, Potapytsch«, wandte sie sich an einen alten Mann im Frack mit weißer Krawatte und einer rosigen Glatze über den grauen Haaren, der ihr Haushofmeister war und sie auf der Reise begleitete, »sieh mal an, er erkennt mich nicht! Totgesagt haben sie mich! Telegramm um Telegramm geschickt: Lebt sie noch oder nicht? Ich weiß alles! Und bin, du siehst es ja, quicklebendig.«

»Ich bitte Sie, Antonida Wassiljewna, warum sollte ich Ihnen übelwollen?«, antwortete ich fröhlich, sobald ich wieder Herr meiner Sinne war. »Ich war lediglich überrascht ... Wie denn nicht ... so unerwartet ...«

»Was überrascht dich? Stieg in den Zug und fuhr los. Im Waggon ist's ruhig, kein Gerüttel. Warst du spazieren, oder?«

»Ja, beim Kurhaus.«

»Es ist schön hier«, sagte die Großmutter und blickte um sich, »so warm und die Bäume so üppig. Ich mag das! Sind die Unsrigen zu Hause? Der General?«

»Oh, bestimmt, um diese Zeit sind sicher alle zu Hause.«

»Halten sie sich auch hier an die Uhr und das ganze Zeremoniell? Und spielen sich auf? Hab gehört, sie halten eine Kutsche mit Pferden, les seigneurs russes! Mal das Geld durchgebracht, verzieht man sich ins Ausland! Ist Polina bei ihnen?«

»Auch Polina Alexandrowna.«

»Und der Franzmann? Na, ich werde schon selbst sehen. Alexej Iwanowitsch, führ mich hin, direkt zu ihm. Und dir? Geht's dir gut hier?«

»Halbwegs gut, Antonida Wassiljewna.«

»Und du, Potapytsch, sag diesem Tölpel von Kellner, er möge mir ein bequemes Logis geben, nicht zu hoch. Und lass die Sachen raufbringen. Na na, alle brauch ich nicht zum Tragen! Was drängeln sie? Nichts als Sklavenseelen! Wer ist das neben dir?«, wandte sie sich wieder an mich.

»Mister Astley«, sagte ich.

»Was für ein Mister Astley?«

»Ein Reisender, mein guter Bekannter; kennt auch den General.«

»Ein Engländer. Ach, drum glotzt er mich an und bringt den Mund nicht auf. Na ja, ich mag die Engländer. Also los, bringt mich rauf, geradewegs zu den Unsrigen. Wo finde ich sie?«

Die Großmutter wurde hochgehoben; ich ging über die breite Treppe des Hotels voraus. Unsre Prozession war überaus eindrucksvoll. Jedermann, dem wir begegneten, blieb stehen und starrte uns gebannt an. Unser Hotel galt als das beste, teuerste und aristokratischste am Platze. Auf der Treppe und in den Gängen begegnet man immerzu splendiden Damen und würdigen Engländern. Viele holten nun beim Oberkellner Erkundungen ein, der seinerseits zutiefst verblüfft war. Natürlich antwortete er auf alle Anfragen, es handle sich um eine bedeutsame Ausländerin, une russe, une comtesse, grande dame, welche die Suite beziehen werde, in der vor einer Woche la grande duchesse de N. logierte. Das gebieterische und majestätische Äußere der Großmutter in ihrem Tragsessel machte allein schon größtes Aufsehen. Begegnete sie unterwegs einem neuen Gesicht, musterte sie die Person sogleich mit neugierigem Blicke und fragte mich laut nach jedermann aus. Die Großmutter gehörte zum robusten Menschenschlag, und obwohl sie sitzen blieb, ahnte man bei ihrem Anblick, dass sie von hoher Statur war. Ihren Rücken hielt sie gerade, wie ein

Brett, und verzichtete darauf, sich auf die Armlehnen zu stützen. Ihren grauhaarigen, großen Kopf mit den scharfen, grobgeschnittenen Gesichtszügen hielt sie nach obenauf; ihr Blick und ihre Gesten waren vollkommen natürlich. Trotz ihrer fünfundsiebzig Jahre war ihr Gesicht recht frisch, und selbst die Zähne wiesen kaum Schäden auf. Gekleidet war sie in schwarze Seide mit einem weißen Spitzenhäubchen auf dem Haupt.

»Sie interessiert mich mächtig«, flüsterte mir im Hinaufgehen Mister Astley zu.

»Über die Telegramme weiß sie Bescheid«, überlegte ich. »Des Grieux kennt sie auch, aber Mademoiselle Blanche wohl wenig.« Ich teilte es sofort Mister Astley mit.

So ist die Schlechtigkeit des Menschen: kaum war meine erste Überraschung vorbei, freute ich mich wahnsinnig auf den Donnerschlag, den wir gleich beim General produzieren würden. Es war, als stachelte mich etwas auf, und ich marschierte frohgemut den anderen voran.

Die Unsrigen wohnten im dritten Stock; ohne sie anzumelden, sogar ohne anzuklopfen, riss ich einfach die Tür auf, und die Großmutter wurde im Triumph hineingetragen. Sie waren alle, wie bestellt, im Arbeitszimmer des Generals versammelt. Es war zwölf Uhr, es muss irgendeine Ausfahrt geplant gewesen sein, die einen in der Kutsche, die anderen zu Pferd, eine große Gesellschaft; außerdem waren noch von den Bekannten welche eingeladen worden. Außer dem General, Polina mit den Kindern, deren Kinderfrau, sah man: des Grieux, Mademoiselle Blanche, wieder im Reitkleid, deren Mutter, Madame veuve Cominges, den kleinen Fürsten und noch einen Deutschen, einen gelehrten Mann auf Reisen, den ich schon beim ersten Mal bei ihnen gesehen habe. Großmutter wurde von ihren Trägern in der Mitte des Zimmers abgesetzt, drei Schritt vor dem General. Gott im Himmel, ich werde diesen Effekt nie vergessen! Bevor wir eintraten, hatte der General etwas erzählt und des Grieux ihn korrigiert. Es sei vermerkt, dass sich Mademoiselle Blanche und des Grieux in den letzten Tagen, wer weiß warum, sehr viel mit dem kleinen Fürsten abgaben – à la barbe du pauvre général, und die ganze Gesellschaft befand sich in einer ausgelassenen und freundlich-familiären, wenn auch vielleicht etwas gekünstelten Stimmung. Beim Anblick der Großmutter verschlug dem General die Rede, er starrte sie mit offenem Munde und Glotzaugen an, so als wäre er von einem Basilisken verhext worden. Die Großmutter sah ihn ebenfalls schweigend und unbeweglich an – doch mit was für einem frohlockenden, herausfordernden und spöttischen Blick! So ließen sie einander gut zehn Sekunden nicht aus den Augen, tiefes Schweigen um sie. Des Grieux stand zuerst wie angewurzelt da, doch bald huschte eine ungewöhnliche Unruhe über sein Gesicht. Mademoiselle Blanche hob die Augenbrauen, öffnete den Mund und musterte mit wirrem Blick die Großmutter. Der Fürst und der Gelehrte betrachteten in tiefer Verwunderung das Bild. In Polinas Augen zeigte sich größtes Erstaunen und Befremden, plötzlich wurde sie weiß wie die Wand; kurz darauf schoss ihr das Blut ins Gesicht und ließ ihre Wangen erglühen. O ja, es war eine Katastrophe für alle! Ich tat nichts anderes, als meine Blicke von der Großmutter zu den Übrigen und wieder zurück wandern zu lassen. Mister Astley stand abseits, wie gewohnt ruhig und gesittet.

»Tja, da bin ich! Statt des Telegramms!«, donnerte endlich die Großmutter in die Stille. »Habt mich wohl nicht erwartet?«

»Antonida Wassiljewna ... Tantchen ... wie denn ...«, murmelte der unglückselige General. Hätte die Großmutter noch einige Sekunden geschwiegen, es hätte ihn möglicherweise der Schlag getroffen.

»Was heißt – wie? Stieg in den Zug und fuhr los. Wozu wär sonst die Eisenbahn gut? Da habt ihr alle gedacht, ich bin schon abgekratzt und hab euch was hinterlassen! Ich weiß ja, wie du Telegramme ausgeschickt hast. Muss viel Geld gekostet haben, vermute ich. Ist nicht billig von hier. Und ich nahm die Beine unter den Arm – und da seht ihr mich. Ist der da der Franzose? Monsieur des Grieux, wenn ich nicht irre?«

»Oui, Madame«, replizierte des Grieux, »et croyez, je suis si enchanté ... votre santé ... c'est un miracle ... vous voir ici, une surprise charmante ...«

»Na eben, charmante ... Ich kenne dich, du Taschenspieler, aber ich ... ich glaube dir nicht so ein bisschen!« Und sie zeigte ihm ihren kleinen Finger. »Und wer ist das?« Sie wies auf Mademoiselle Blanche. Die formidable Französin im Reitkleid und eine Gerte in der Hand machte ihr offensichtlich Eindruck. »Von hier jemand, oder?«

»Das ist Mademoiselle Blanche de Cominges mit ihrer Mutter, Madame de Cominges; sie logieren im selben Hotel«, meldete ich.

»Ist sie verheiratet, die Tochter?«, setzte die Großmutter ungeniert ihre Befragung fort.

»Mademoiselle de Cominges ist ledig«, antwortete ich möglichst respektvoll und mit Absicht leise.

»Ein fröhliches Mädchen?«

Ich verstand die Frage nicht gleich.

»Gibt's Kurzweil mit ihr? Versteht sie russisch? Der des Grieux hat ja bei uns in Moskau schlecht und recht ein paar Brocken aufgeschnappt.«

Ich erklärte ihr, dass Mademoiselle de Cominges niemals in Russland gewesen war.

»Bonjour!«, wandte sich die Großmutter mit einem Ruck an Mademoiselle Blanche.

»Bonjour, Madame.« Mademoiselle Blanche machte ein förmliches und graziöses Knickschen, wobei sie sehr trefflich Gesicht und Figur einsetzte, um unter dem Deckmantel ungewöhnlicher Bescheidenheit und Höflichkeit zu verstehen zu geben, in welch hohem Maße sie über eine derart merkwürdige Frage und Ansprache erstaunt war.

»Herrje, sie senkt den Blick, wie zierlich-manierlich; man sieht sofort das Vögelein; eine Schauspielerin wahrscheinlich. Ich werde im Hotel unten Quartier beziehen«, wandte sie sich unvermutet an den General, »eine Nachbarin also, freut's dich oder nicht?«

»O Tantchen! Ich versichere Sie meiner aufrichtigsten Gefühle ... meiner Freude«, fiel ihr der General ins Wort. Er hatte einigermaßen seine Contenance wieder, und da er sich darauf verstand, gelegentlich eine treffende, gewichtige und einigen Effekt beanspruchende Konversation zu führen, legte er auch jetzt los. »Wir waren derart besorgt und betroffen von den Nachrichten über Ihr schlechtes Befinden ... Wir erhielten derart hoffnungslose Telegramme, und plötzlich ...«

»Ha, nichts als Lügen!«, unterbrach die Großmutter sofort.

»Doch wie konnten Sie«, unterbrach seinerseits eiligst

der General, bemüht, lauter zu sprechen und das »Lügen« nicht zu beachten, »wie konnten Sie sich zu einer solchen Reise entschließen? Sie werden wohl zugeben ... in Ihrem Alter und bei Ihrer Gesundheit? ... Zum mindesten ist alles so unerwartet, dass unsre Überraschung verständlich erscheint. Aber ich freue mich ... und wir alle (er setzte ein zuckersüßes, verzücktes Lächeln auf) werden uns aus Kräften bemühen, Ihnen die hiesige Saison zum angenehmsten Zeitvertreib zu machen ...«

»Papperlapapp, leeres Geschwätz, wie immer. Ich komme schon allein zurecht. Im Übrigen auch mit euch, bin ja nicht nachtragend. Wie ich's konnte, fragst du. Was ist so wunderlich dran? Auf simpelste Art und Weise. Was gibt's da viel zu staunen? Sei mir gegrüßt, Polina! Was machst denn du hier?«

»Guten Tag, Großmutter«, sagte Polina und kam näher, »sind Sie schon lange unterwegs?«

»Seht, dieses Mädchen hat am klügsten gefragt, nicht nur lauter Ach und Och! Sieh mal: da bin ich im Bett gelegen und gelegen und verarztet worden und hab die Ärzte verjagt und den Küster von St. Nikolaj holen lassen. Der hat ein Frauenzimmer von der selben Krankheit mit Heupackungen geheilt. Na, und mich auch. Am übernächsten Tag schwitzte ich alles raus und stand auf. Dann versammelten sich meine Deutschen von neuem, setzten ihre Brillen auf und steckten die Köpfe zusammen. Käme dermaleinst, sagten sie, noch eine Kur im Ausland dazu, wäre die Sache ausgestanden. Warum auch nicht, dachte ich. Die Saschigins, die Dümmlinge, schrien Ach und Weh und dass ich niemals ans Ziel kommen würde. Schmecks! In einem Tag waren die Sachen gepackt, und vorigen Freitag nahm ich das

Mädchen, und Potapytsch, und den Lakaien Fjodor, den hab ich dann aus Berlin fortgeschickt, weil er nichts taugte und ich genauso gut allein hätte fahren können ... Ich nehme mir einen besondren Waggon, und Träger gibt's auf jeder Station, um zwanzig Kopeken tragen sie einen, wohin du willst. Na, ihr habt ein prachtvolles Logis!«, folgerte sie nach einem Rundblick. »Von welchem Geld denn, mein Lieber? Hast ja alles versetzt. Allein dem Franzmann da schuldest du einen Haufen! Mir entgeht nichts, gar nichts.«

»Tantchen, ich ...«, begann der General, ein Bild der Verlegenheit, »ich wundere mich, Tantchen ... ich brauche wohl keine Aufsicht ... und außerdem, meine Unkosten übersteigen nicht meine Mittel ... wir hier ...«

»Wie, sie übersteigen nicht? Habt ihr das gehört? Den Kindern hat er wohl schon das letzte gestohlen, der Vormund!«

»Nach alldem, nach solchen Worten ...« begann der General empört, »weiß ich nicht mehr ...«

»Das stimmt, nichts weißt du! Gehst wohl vom Spieltisch nicht fort? Bist du ganz pleite?«

Der General war derart verblüfft, dass er am Ansturm seiner überschäumenden Gefühle beinahe erstickt wäre.

»Vom Spieltisch! Ich? Bei meinem Rang ... Ich? Kommen Sie zur Vernunft, Tantchen, Sie sind noch unpässlich ...«

»Nichts als Lügen! In Wahrheit werden sie dich kaum vom Tisch wegkriegen. Lauter Lügen! Ich werd mir das Ding von Roulette schon anschaun, heute noch. Du, Polina, erzählst mir, was es hier so zu sehen gibt ... auch Alexej Iwanowitsch wird es mir zeigen, und du, Potapytsch, schreib alle Orte auf, die wir besuchen müssen. Was gibt es hier zu sehen?«, wandte sie sich plötzlich wieder an Polina.

»In der Nähe die Schlossruine, dann den Schlangenberg.«

»Schlangenberg? Ein Wald, oder?«

»Nein, kein Wald, ein Berg mit einem Aussichtspunkt ...«

»Was für ein Aussichtspunkt?«

»Ein eingezäunter Platz am Gipfel. Eine einmalige Aussicht.«

»Soll ich den Stuhl auf den Berg schleppen lassen? Ob sie das schaffen?«

»Träger werden sich finden«, antwortete ich.

Nun trat Fedossja, die alte Kinderfrau, hervor, um die Großmutter zu begrüßen und ihr die Kinder des Generals vorzuführen.

»Na, lasst das Küssen! Ich mag nicht, wenn mich Kinder küssen, alle Kinder haben die Nase voll Rotz. Und wie geht's dir, Fedossja?«

»Es ist sehr, sehr schön hier, gnädige Antonida Wassiljewna«, antwortete Fedossja. »Und wie geht es Ihnen? Wir haben so mit Ihnen mitgelitten.«

»Ich weiß, bist eine schlichte Seele. Und wer sind die anderen alle? Gäste, oder?«, fragte sie wieder Polina. »Wer ist das Männlein mit Brille?«

»Fürst Nikolskij, Großmutter«, flüsterte Polina.

»Ein Russe? Und ich hab geglaubt, er versteht's nicht! Vielleicht hat er's nicht gehört! Mister Astley habe ich bereits gesehen. Da ist er ja. Guten Tag!«, sprach sie ihn plötzlich an.

Mister Astley verneigte sich stumm.

»Was können Sie mir Schönes sagen? Sagen Sie etwas! Übersetze, Polina.«

Polina übersetzte.

»Dass ich Sie mit großem Vergnügen betrachte und mich

freue, Sie bei guter Gesundheit zu sehen«, antwortete Mister Astley ernst, aber mit größter Bereitwilligkeit. Man übersetzte es der Großmutter, es schien ihr zu gefallen.

»Wie doch die Engländer immer gute Antworten geben«, bemerkte sie. »Ich habe die Engländer, Gott weiß warum, immer gemocht, kein Vergleich mit den Franzmännern. Besuchen Sie mich«, wandte sie sich abermals an Mister Astley. »Ich will mich bemühen, Sie nicht allzu sehr zu belästigen. Übersetz ihm das, und sag, dass ich unten bin, hier unten, hören Sie, unten, unten«, wiederholte sie für Mister Astley und zeigte mit dem Finger abwärts.

Mister Astley war mit der Einladung außerordentlich zufrieden.

Die Großmutter ließ einen aufmerksamen und zufriedenen Blick über Polina gleiten.

»Ich hätte dich gern, Polina«, sagte sie plötzlich. »Bist ein nettes Mädchen, besser als alle, bloß dein Charakter – brrr. Na, der meinige ist nicht besser. Dreh dich mal um; hast du gar einen Dutt im Haar?«

»Nein, Großmutter, 's sind meine eigenen.«

»Recht so, ich mag die heutige blöde Mode nicht. Hübsch bist du, sehr hübsch. Ich tät mich in dich verlieben, wenn ich ein Kavalier wär. Was heiratest du nicht? Doch nun Schluss, für mich ist's Zeit. Würde auch gerne an die frische Luft, bin das ewige Sitzen in der Eisenbahn leid … Und du, bist du noch böse?«, wandte sie sich an den General.

»I wo, Tantchen, ich bitte Sie!«, sprudelte der General erfreut hervor. »Ich verstehe, in Ihrem Alter …«

»Cette vieille est tombée en enfance«, flüsterte mir des Grieux zu.

»Ich möchte mir alles hier ansehen. Borgst du mir den

Alexej Iwanowitsch?«, fuhr die Großmutter zum General
gewandt fort.

»Oh, so viel Sie wollen, aber ich kann selbst ... und Polina ... und Monsieur des Grieux ... Wir alle würden es als
Vergnügen erachten, Sie begleiten zu dürfen ...«

»Mais, Madame, cela sera un plaisir« warf des Grieux mit
einem betörenden Lächeln ein.

»Plaisir, plaisir ... Ich muss über dich lachen, mein Lieber.
Geld gebe ich dir übrigens keines«, setzte sie plötzlich für
den General hinzu. »Und jetzt in mein Zimmer: muss mich
mal umsehen, und dann geht's auf zu allen Plätzen. Also,
los!«

Die Großmutter wurde wieder in die Höhe gehoben,
und alles marschierte geschlossen dem Tragstuhl nach, die
Treppe hinunter. Der General ging, als hätte ihn wer mit
einem Prügel über den Kopf geschlagen. Des Grieux heckte
etwas aus. Mademoiselle Blanche wollte zuerst zurückblei-
ben, überlegte es sich aus irgendeinem Grunde und schloss
sich den anderen an. Ihr folgte umgehend der Fürst, und
oben, in der Suite des Generals, blieben nur der Deutsche
und Madame veuve Cominges zurück ...

Zehntes Kapitel

In den Kurbädern – wie wohl im ganzen übrigen Europa –
lassen sich die Hoteldirektoren und Oberkellner bei der Zu-
weisung von Quartieren nicht so sehr von den Ansprüchen
und Wünschen der Gäste leiten als von ihrer eigenen Taxie-
rung besagter Gäste; und nebenbei gesagt – sie irren selten.
Der Großmutter aber wurde, weiß der Himmel warum, ei-

ne so reiche Suite zugedacht, dass es entschieden zu viel des Guten war: vier prachtvoll möblierte Zimmer, ein Bad, ein Zimmer für die Dienerschaft, eins für die Zofe und so weiter, und so fort. Vor einer Woche logierte darin tatsächlich eine *grande duchesse*, wovon jeder nachfolgende Gast selbstredend sofort in Kenntnis gesetzt wurde: Der Preis stieg entsprechend in die Höhe. Die Großmutter wurde durch alle Zimmer getragen bzw. gerollt, sie inspizierte aufmerksam und streng. Der Oberkellner, ein älterer Mann mit Glatze, gab ihr bei dieser ersten Besichtigung das Ehrengeleit.

Ich weiß nicht, wofür sie die Großmutter hielten, jedenfalls müssen sie in ihr eine ungeheuer wichtige und vor allem reiche Persönlichkeit vermutet haben, die sie ins Gästebuch sofort als »Madame la générale princesse de Tarassevitcheva« eintrugen, obwohl die Großmutter zeit ihres Lebens keine Fürstin war. Das eigene Gesinde, das Sonderabteil in der Bahn, die Unmenge nutzloser Reisetaschen, Koffer und sogar Truhen in Großmutters Gepäck dienten wahrscheinlich als Grundlage für das hohe Ansehen, während der Rollstuhl, der scharfe Ton, die Stimme der Großmutter, ihre exzentrischen Fragen, das dazugehörende ungenierte und keinerlei Widerspruch duldende Auftreten, kurzum Großmutters ganze Erscheinung – stockgerade, scharf, gebieterisch – die allgemeine Ehrfurcht vollendeten. Bei der Zimmerbesichtigung ließ sie sich da und dort plötzlich absetzen, zeigte auf einen Gegenstand in der Möblierung und wandte sich mit unerwarteten Fragen an den Oberkellner, der respektvoll lächelte, aber es allmählich mit der Angst bekam. Die Großmutter fragte auf Französisch; da sie die Sprache nur leidlich beherrschte, musste ich meistens verdolmetschen. Die Antworten des Oberkellners gefielen ihr selten und ließen sie unbefriedigt. Sie fragte aber auch nicht eben zur Sache, sondern weiß Gott worüber alles. Da lässt sie plötzlich vor einem Bild Halt machen – einer recht schwachen Kopie eines bekannten Originals mythologischen Inhalts.

»Wer ist das?«

Der Oberkellner erläutert, dass es sich um das Konterfei irgendeiner Gräfin handeln müsse.

»Wieso weißt du's nicht genau? Lebst hier und weißt es nicht. Warum hängt sie da? Wieso schielt sie?«

All diese Fragen vermochte der Oberkellner nicht befriedigend zu beantworten und kam schließlich ganz durcheinander.

»Seht den Tölpel!«, verlautete die Großmutter auf Russisch.

Man trug sie weiter. Dieselbe Geschichte wiederholte sich mit einer kleinen sächsischen Statuette, die die Großmutter eingehend betrachtete und danach, weshalb immer, entfernen ließ. Schließlich nahm sie den Oberkellner in die Mangel: wie viel die Teppiche im Schlafzimmer kosteten und wo sie gefertigt würden. Der Oberkellner versprach, Erkundungen einzuholen.

»Seht die Esel!«, brummelte die Großmutter und wandte ihre ganze Aufmerksamkeit dem Bett zu.

»Was für ein Prachtstück von Baldachin! Ich will das Bett sehn!«

Das Bett wurde aufgedeckt.

»Weiter, weiter, alles. Die Kissen weg, die Bezüge runter, das Federbett …«

Alles wurde umgestülpt. Die Großmutter inspizierte gründlich.

»Gut, dass es bei denen keine Wanzen gibt. Alles abziehen! Nehmt mein Bettzeug und meine Kissen. Zu viel Prunk für mich. Wozu brauch ich Alte eine solche Behausung? Ich langweile mich allein. Alexej Iwanowitsch, du komm mich öfter besuchen, sobald der Unterricht mit den Kindern vorbei ist.«

»Seit gestern diene ich nicht mehr beim General«, erwiderte ich, »und wohne für mich allein im Hotel.«

»Wieso das?«

»Dieser Tage traf aus Berlin ein vornehmer deutscher Baron mit Gattin ein. Ich sprach sie gestern auf der Promenade auf Deutsch an, ohne auf die Berliner Aussprache zu achten.«

»Na und?«

»Er hielt es für Dreistigkeit und beschwerte sich beim General, und der hat mich auf der Stelle entlassen.«

»Hast du ihn vielleicht beschimpft, den Baron? (Und wenn, wen kümmert's!)«

»O nein, ganz im Gegenteil, der Baron hat mir mit dem Stock gedroht.«

»Und du, Angsthase, hast zugelassen, dass man mit deinem Lehrer so umspringt«, wandte sie sich jäh an den General, »und ihn dazu noch entlassen! Gimpel seid ihr, wie ich sehe, lauter Gimpel.«

»Beruhigen Sie sich, Tantchen«, antwortete der General in einem leicht herablassenden, familiären Tone, »ich komme selbst mit meinen Angelegenheiten zurecht. Außerdem war Alexej Iwanowitschs Darlegung nicht ganz korrekt.«

»Und du hast es dir gefallen lassen?«, wollte sie von mir wissen.

»Ich war drauf und dran, den Baron zu fordern«, antwortete ich möglichst bescheiden und ruhig, »doch der General untersagte es mir.«

»Warum hast du's nicht erlaubt?«, wandte sie sich abermals an den General. (»Und du, mein Lieber, lass uns jetzt allein, komm, wenn ich dich rufe«, wandte sie sich zugleich an den Oberkellner. »Stehst nur da und hältst Maulaffen feil. Hu, diese Nürnberger Visage, nicht zu ertragen!«) Der Oberkellner gehorchte und verzog sich, ohne freilich Großmutters Kompliment verstanden zu haben.

»Ich bitte Sie, Tantchen, sind denn Duelle zulässig?«, warf der General mit einem Lächeln ein.

»Warum denn nicht? Männer sind allesamt Streithähne, lasst sie raufen. Gimpel seid ihr alle, wie ich sehe, versteht es nicht, eurem Vaterland Ehre zu machen. Nun, los, hau ruck! Potapytsch, gib Order, dass immerzu zwei Träger bereitstehen, nimm welche in Dienst und mach den Preis aus. Mehr als zwei sind zu viel. Tragen brauchen sie mich nur über die Treppe. Wenn's eben ist, auf der Straße draußen, können sie schieben, das sag ihnen, und zahle im Voraus, das macht sie willfähriger. Du selbst aber bleibst immer bei mir, und du, Alexej Iwanowitsch, zeigst mir auf der Promenade den Baron: möchte ihn mir wenigstens ansehn, den Von-Baron. Und wo ist das Roulette?«

Ich erklärte ihr, dass sich die Roulettetische in den Spielsälen des Kurhauses befinden. Danach folgte Frage um Frage: ob es viele seien, ob viel gespielt werde, ob den ganzen Tag lang, und wie das so ablaufe. Ich meinte schließlich, es sei besser, sich das Ganze mit eignen Augen anzusehen, sintemal es sich recht schwer beschreiben lasse.

»Dann tragt mich geradewegs hin! Geh voraus, Alexej Iwanowitsch!«

»Wie denn, Tantchen, wollen Sie sich nicht vorerst von der Reise erholen?«, erkundigte sich fürsorglich der General. Er wurde ganz zappelig, ja, sie alle waren sichtlich verlegen und warfen sich gegenseitig Blicke zu. Wahrscheinlich schien es ihnen zu heikel, sogar beschämend, die Großmutter direkt zu den Spielsälen zu begleiten, wo sie sich durchaus, und diesmal coram publico, einen exzentrischen Streich erlauben könnte; dennoch erboten sich alle, sie zu begleiten.

»Wovon soll ich mich ausruhen? Bin nicht müde, hab ohnedies fünf Tage lang stillgesessen. Und danach wollen wir sehen, was es da für Quellen und Heilbäder gibt und wo. Und hinterher … diesen, wie war doch, Polina, der Berg?«

»Schlangenberg, Großmutter.«

»Na gut. Und was gibt's noch?«

»Es gibt vieles, Großmutter …« Polina wusste nicht gleich, was sie sagen sollte.

»Kennst dich also selbst nicht aus! Marfa, du kommst mit«, wies sie ihre Zofe an.

»Wozu denn das, Tantchen?«, stammelte plötzlich erschrocken der General. »Es geht gar nicht; auch den Potapytsch werden sie schwerlich ins Kurhaus reinlassen.«

»Dummes Zeug! Wenn sie in meinen Diensten steht, heißt's noch lange nicht, dass sie zu Hause bleiben muss. Ist auch ein Mensch. Sind ja seit einer Woche auf Rädern, da mag sie auch mal was sehen. Mit wem denn sonst als mit mir? Allein traut sie sich keinen Schritt vor die Tür.«

»Aber Großmutter …«

»Schämst du dich am Ende wegen mir? Dann bleib halt zu Hause, ich brauch dich nicht. Große Sache – ein General!

Ich bin selbst Generalin. Und wozu soll's gut sein, dass ihr alle im Gänsemarsch hinter mir hertrottet? Ich habe mit Alexej Iwanowitsch das Auslangen ...«

Des Grieux bestand indes darauf, dass alle mitkamen, und erging sich in liebenswürdigsten Komplimenten hinsichtlich des Vergnügens, sie begleiten zu dürfen, und dergleichen. Man setzte sich in Bewegung.

»Elle est tombée en enfance«, wiederholte des Grieux dem General, »seule elle fera des bêtises ...« – das Weitere verstand ich nicht, aber er hegte offenkundig irgendwelche Absichten, vielleicht sogar wieder neue Hoffnungen.

Bis zum Kurhaus war es etwa eine halbe Werst. Der Weg führte durch die Kastanienallee bis zu einer Grünanlage, die man umging, um direkt ins Kurhaus zu gelangen. Der General hatte sich halbwegs beruhigt, denn obzwar unser Aufmarsch recht exzentrisch aussah, blieb alles dennoch brav und schicklich. Was soll denn auch Erstaunliches an der Tatsache zu finden sein, dass eine kranke und geschwächte, ihrer Beine nicht mächtige Person zur Kur gekommen war? Allerdings fürchtete der General offensichtlich die Spielsäle: Was trieb eine kranke, ihrer Beine nicht mächtige Person, ein altes Weiblein zudem, zum Roulette? Polina und Mademoiselle Blanche gingen zu beiden Seiten des Tragstuhls. Mademoiselle Blanche lachte, tat bescheiden und munter und umschmeichelte die Großmutter durchaus liebenswürdig, so dass diese ihr schließlich Lob spendete. Polina auf der anderen Seite musste die unentwegten und unzähligen Fragen der Großmutter beantworten, wie etwa die: »Wer ist da vorbeigegangen? Und die Dame in der Kutsche? Ist die Stadt groß? Und der Garten? Was für Bäume sind das? Und dort die Berge? Gibt es hier

Adler? Was für ein komisches Dach!« Mister Astley neben mir flüsterte mir zu, er erwarte sich viel von diesem Vormittag. Potapytsch und Marfa folgten dem Rollstuhl, Potapytsch in Frack mit weißem Binder, aber einer russischen Schirmmütze auf dem Kopf, und Marfa, ein vierzigjähriges, rotbäckiges, aber langsam ergrauendes Mädchen, trug ein Spitzenhäubchen, ein Kattunkleid und knarrende Schuhe aus Ziegenleder. Die Großmutter drehte sich recht oft um und unterhielt sich mit ihnen. Des Grieux und der General, einige Schritte zurück, sprachen äußerst eifrig aufeinander ein. Der General wirkte niedergeschlagen, des Grieux blickte höchst entschlossen drein. Vielleicht sprach er dem General Mut zu; offensichtlich gab er ihm Ratschläge. Allerdings, den fatalen Satz hatte die Großmutter vorhin bereits ausgesprochen: »Geld gebe ich dir keines.« Mag sein, dass diese Ankündigung für des Grieux unglaubhaft klang, der General aber kannte sein Tantchen. Ich bemerkte, dass des Grieux und Mademoiselle Blanche nicht aufhörten, einander zuzuzwinkern. Den Fürsten und den deutschen Weltreisenden erspähte ich am Ende der Allee: Sie waren zurückgeblieben und hatten sich selbständig gemacht.

Der Einzug ins Kurhaus war triumphal. Portier und Lakaien bekundeten die gleiche Ehrfurcht wie die Bediensteten im Hotel. Allerdings auch Neugier. Die Großmutter ließ sich zuerst durch alle Säle tragen; manches wurde gelobt, anderes gleichgültig übersehen; sie wollte alles wissen. Endlich gelangten wir auch zu den Spielsälen. Der Lakai, der die geschlossene Türe zu bewachen hatte, war derart verblüfft, dass er sie sperrangelweit aufriss.

Großmutters Erscheinen beim Roulette machte aufs Publikum tiefen Eindruck. Um die Roulettetische und am anderen Saalende, wo Trente-et-quarante gespielt wurde, hatten sich in mehreren Reihen gut hundertfünfzig bis zweihundert Spieler zusammengerottet. Wer sich bereits an den Tisch vorgezwängt hatte, hielt die Stellung und räumte sie nicht eher, als bis alles verspielt war; denn bloß so herumzustehen und einen Spielplatz mit Beschlag zu belegen ist unstatthaft. Obwohl rund um den Tisch Stühle stehen, nehmen nur wenige Spieler darauf Platz, insbesondere dann nicht, wenn viel Publikum versammelt ist – denn stehend kann man enger zusammenrücken, also eher einen Platz ergattern und überdies auch die Einsätze bequemer platzieren. Die zweite und dritte Reihe wartete hinter der ersten und beobachtete genau, dass sich keiner vordrängelte; doch aus lauter Ungeduld wurde mitunter eine Hand hindurchgezwängt und ein Einsatz gemacht. Sogar aus der dritten Reihe brachten es welche zuwege, mitzuhalten; daher vergingen keine zehn oder sogar fünf Minuten, ohne dass mal an diesem, mal an jenem Tischende ein Geplänkel um strittige Einsätze ausbrach. Die Hauspolizei ist übrigens recht tüchtig. Das Gedränge lässt sich freilich nicht vermeiden; ganz im Gegenteil, der Ansturm des Publikums wird, weil gewinnbringend, begrüßt; doch die acht Croupiers, die am Tisch sitzen, beobachten mit Argusaugen das Geschehen, weisen die Gewinne zu und schlichten, wenn's not tut, entstehende Streitereien. In äußersten Fällen wird die Polizei geholt, die die Sache in Windeseile beilegt. Die Polizisten sitzen unter den Zuschauern im Saal, tragen Zivil und sind daher nicht zu erkennen. Ganz besonders halten sie auf Diebe und Raffer ein Auge, deren es beim Roulette wegen der besonders günstigen Arbeitsbedingungen ungewöhnlich viele gibt. In der Tat, überall sonst muss aus Taschen oder hinter Riegeln weg gestohlen werden, und das nimmt im Falle eines Misserfolgs ein böses und mühevolles Ende. Hier aber muss einer nur einfach ans Roulette treten, zu spielen beginnen und plötzlich offen und unverhohlen einen fremden Gewinn an sich ziehen und in die eigene Tasche stecken; sollte ein Streit ausbrechen, wird der Gauner laut und dezidiert erklären, dass der Einsatz von ihm kam. Wenn er sich geschickt anstellt und die Zeugen ins Wanken geraten, schafft es der Dieb sehr oft, das Geld zu erstreiten, vorausgesetzt freilich, es handelt sich nicht um eine übergroße Summe. In letzterem Falle lässt sie sicherlich schon vorher einen Croupier oder anderen Spieler aufmerken. Bei einer geringeren Summe gibt der wahre Besitzer aus Angst vor einem Eklat oft genug selbst auf und zieht sich vom Tisch zurück. Wenn es jedoch gelingt, den Dieb zu entlarven, wird er sofort unter größtem Aufsehen hinauseskortiert.

All das betrachtete die Großmutter mit ungestümer Neugier. Es gefiel ihr ausnehmend, dass die Diebe an die Luft gesetzt werden. An Trente-et-quarante fand sie wenig Interesse; besser gefiel ihr das Roulette und dass die Kugel rollt. Schließlich wünschte sie, das Spiel in näheren Augenschein zu nehmen. Ich weiß nicht, wie es geschah, aber die Lakaien und einige andere umherscharwenzelnde *agents* (vornehmlich polnischer Pöbel, der das Letzte verspielt hat und seine Dienste alsdann glücklicheren Spielern und Ausländern anbietet) machten trotz des Gedränges im Handumdrehen einen Platz für Großmutter frei, ganz in der Mitte des Tisches, neben dem Chefcroupier. Unzählige Besucher, die, ohne selbst zu spielen, das Geschehen beobachteten (vornehmlich Engländer samt Familien), drängten sofort zum Tisch, um über die Köpfe der Spieler die Großmutter zu sehen. Unzählige Lorgnons drehten sich in ihre Richtung. Die Croupiers schöpften Hoffnung: Eine derart exzentrische Spielerin versprach tatsächlich Ungewöhnliches. Eine siebzigjährige Frau, gehbehindert und spielfreudig – so was kam einem natürlich nicht alle Tage unter. Ich zwängte mich ebenfalls an den Tisch und fand neben Großmutters Stuhl Platz. Potapytsch und Marfa waren irgendwo weit hinten in der Menge geblieben. Der General, Polina, des Grieux und Mademoiselle Blanche saßen ebenfalls abseits, unter den anderen Zuschauern.

Die Großmutter besah sich fürs Erste die Spieler. Halblaut stellte sie mir schroffe, abgehackte Fragen: Wer ist der da? Wer ist die dort? Besonders gefiel ihr ein sehr junger Mann am Ende des Tisches, der ein sehr hohes Spiel spielte, Tausendfrancscheine setzte, und, wie rundum geflüstert wurde, bereits gut vierzigtausend Franc, die sich vor ihm in Gold und Banknoten auftürmten, gewonnen hatte. Er war blaß, seine Augen glühten, die Hände zitterten; er setzte ohne zu überlegen, so viel er mit der Hand greifen konnte – und gewann, gewann, gewann, und scheffelte und scheffelte. Die Lakaien liebdienerten um ihn, rückten ihm den Lehnstuhl zurecht, achteten darauf, dass er genug Platz hatte und nicht behindert wurde – all dies in Erwartung seines reichlichen Danks. Nach einem Gewinn geben ihnen manche Spieler ohne zu zählen, einfach aus Freude, ebenfalls so viel sie mit der Hand greifen können. Neben dem jungen Mann hatte bereits ein mickriger Pole Stellung bezogen, der sich aus allen Kräften nützlich machen wollte und dem Spieler respektvoll, aber unermüdlich etwas zuflüsterte, vermutlich gute Ratschläge und Tipps; es versteht sich von selbst, dass auch er in der Folge ein Trinkgeld erwartete. Der Spieler jedoch sah ihn kaum an, setzte drauflos und scheffelte. Offensichtlich verlor er die Beherrschung.

Die Großmutter beobachtete ihn einige Minuten.

»Sag ihm ...« Sie wetzte plötzlich unruhig herum und stieß mich an. »Sag ihm, er soll aufhören, rasch das Geld einstecken und gehen. Er verliert, er verliert gleich alles!«, rief sie, beinahe an ihrer Aufregung erstickend. »Wo ist Potapytsch? Potapytsch soll zu ihm! Sag mir, sag mir endlich, wo Potapytsch ist! Sortez, sortez!«, rief sie nun selbst dem jungen Mann zu. Ich beugte mich über sie und flüsterte ihr energisch zu, dass man hier nicht so schreien dürfe und es sogar verboten sei, laut zu sprechen, denn das störte beim Rechnen, und dass man uns im Nu hinausjagen würde.

»Ach, jammerschade! Um den ist's geschehen ... Muss es selbst so wollen ... Ich kann nicht hinschauen, mir wird ganz schwummerig. So ein Dümmling!« Und die Großmutter beeilte sich, ihren Blick in die andere Richtung zu wenden.

Dort, linker Hand an der entgegengesetzten Tischhälfte, sah man unter den Spielern eine junge Dame und neben ihr einen Zwerg. Wer der Zwerg war, weiß ich nicht: Ob mit ihr verwandt oder nur so, des Aufsehens wegen, mitgenommen. Die Dame hatte ich schon früher öfters bemerkt; sie erschien jeden Tag um ein Uhr nachmittags am Spieltisch und ging um Punkt zwei wieder fort; an jedem Tag eine Stunde Spiel. Man kannte sie bereits und rückte ihr eilfertig einen Stuhl zurecht. Sie nahm ein paar Goldstücke und ein paar Tausendfrancscheine aus ihrer Tasche und begann zu setzen, still, kaltblütig, genau kalkulierend, wobei sie auf ein Stück Papier Zahlen kritzelte und sich bemühte, das System zu erkennen, das im gegebenen Augenblick die besten Chancen barg. Ihre Einsätze waren hoch. Sie gewann Tag für Tag ein-, zwei-, wenn's viel war, dreitausend Franc, niemals mehr, und brach daraufhin sofort ab. Die Großmutter ließ sie lange nicht aus den Augen.

»Na, die wird nicht verlieren! Die nicht! Woher kommt sie? Du weißt nicht? Wer ist sie?«

»Eine Französin wahrscheinlich, von der Sorte ...«, zischelte ich.

»Ah, man merkt, wo's langgeht. Die kleinen Nägelchen sind scharf, das sieht man. Erklär mir aber nun, was jede Runde bedeutet und wie man setzen muss.«

Nach bestem Wissen und Gewissen erklärte ich, was all die zahlreichen Kombinationen bedeuteten: Rouge et Noir, Pair et Impair, Manque et Passe, und schließlich die verschiedenen Nuancen der Zahlensysteme. Die Großmutter hörte aufmerksam zu, merkte sich alles, fragte nach, eine gelehrige Schülerin. Zu jedem System fand sich sogleich auch ein Beispiel, so dass vieles leicht und sehr schnell gelernt und memoriert werden konnte. Die Großmutter zeigte sich höchst zufrieden.

»Und was heißt das – Zero? Der Croupier da, der kraushaarige, ihr Oberster, hat gerade ›Zero‹ gerufen. Und warum hat er alles eingesammelt, was am Tisch war? Einen solchen Geldberg, alles für sich? Was soll das?«

»Das Zero, Großmutter, ist der Gewinn der Bank. Fällt die Kugel auf Zero, gehört alles, was auf dem Tisch ist, ohne Ausnahme der Bank. Allerdings wird die Kugel noch einmal geworfen, aber die Bank zahlt nichts.«

»Da hast du's! Und ich kriege nichts?«

»Doch, Großmutter, wenn Sie vorher auf Zero gesetzt

haben, und es kommt, zahlt man Ihnen das Fünfunddreißigfache aus.«

»Fünfunddreißigmal so viel? Und das geschieht oft? Warum setzen sie dann nicht drauf, die Hohlköpfe?«

»Es stehen sechsunddreißig Chancen dagegen, Großmutter.«

»Papperlapapp! Potapytsch! Potapytsch! Wart mal, ich hab ja Geld bei mir – da!« Sie holte einen prallgefüllten Geldbeutel hervor und entnahm ihm einen Friedrichsdor. »Da hast du, setze sofort auf Zero!«

»Großmutter, das Zero war eben erst dran, jetzt dauert es lange, bis es wieder kommt. Es ist zu viel, warten Sie noch ein wenig.«

»Sei still! Setzen!«

»Stets zu Diensten, aber es kommt vielleicht bis zum Abend nicht mehr, Sie werden bis tausend setzen, so was ist schon vorgekommen.«

»Lass den Unsinn! Wer den Wolf fürchtet, darf nicht in den Wald hinein. Was? Verloren? Setze wieder!«

Wir verspielten auch den zweiten Friedrichsdor und setzten den dritten. Die Großmutter hatte Mühe, ruhig zu sitzen, sie verschlang geradezu mit brennenden Augen die über die Kerben der Drehscheibe hüpfende Kugel. Auch der dritte ging verloren. Die Großmutter war außer sich, sie konnte nicht mehr sitzen und schlug sogar mit der Faust auf den Tisch, als der Croupier statt des erwarteten Zero Trente-six verkündete.

»Potztausend!«, wetterte die Großmutter. »Wann kommt es endlich, dieses lumpige Zero, verflixt nochmal? Dass ich tot umfalle, wenn ich's nicht bis zum Zero durchstehe! Das ist alles dem verflixten Kraushaar sein Werk, der schafft es nie! Alexej Iwanowitsch, setze zwei Goldstücke auf einmal! Da verliert man am Ende so viel, dass einem auch bei einem Zero nichts übrig bleibt.«

»Großmutter!«

»Mach schon! Es gehört nicht dir.«

Ich setzte zwei Friedrichsdor. Die Kugel flog lange rundherum, endlich begann sie über die Nummernschalen zu hüpfen. Die Großmutter erstarrte und verkrallte sich in meine Hand. Und plötzlich – halt!

»Zéro«, verkündete der Croupier.

»Siehst du, siehst du!«, wandte sich die Großmutter rasch an mich, strahlend und zufrieden. »Hab ich's nicht gesagt! Der Herrgott selbst hat mir eingegeben, zwei Goldstücke auf einmal zu setzen. Alsdann, was bekomme ich jetzt? Worauf warten die noch? Potapytsch, Marfa, wo bleiben sie denn? Wohin sind denn die Unsrigen alle? Potapytsch, Potapytsch!«

»Später, Großmutter«, flüsterte ich, »Potapytsch steht an der Tür, er darf nicht rein. Schauen Sie, Großmutter, Ihr Geld …« Die Großmutter bekam einen schweren Packen mit fünfzig Friedrichsdor in einer gestempelten blauen Schleife, dazu wurden noch zwanzig lose Friedrichsdor hinzugelegt. Ich holte mit der Schaufel das Geld herbei.

»Faites le jeu, messieurs! Faites le jeu, messieurs! Rien ne va plus«, rief der Croupier die Spielenden auf und machte sich bereit, die Kugel rollen zu lassen.

»Mein Gott! Wir sind zu spät! Gleich geht's los! Den Einsatz, schnell!«, ereiferte sich die Großmutter. »Beeil dich doch, schneller!«, fuhr sie mich aufbrausend an.

»Worauf denn setzen, Großmutter?«

»Auf Zero, auf Zero! Wieder auf Zero! Setze möglichst

viel. Wie viel haben wir jetzt? Siebzig Friedrichsdor? Kein Schaden! Setze jedes Mal zwanzig.«

»Besinnen Sie sich, Großmutter! Das Zero kommt oft zweihundertmal nicht! Ich versichere Ihnen, Ihr Kapital ist bald dahin.«

»Dummes Zeug! Setz schon und lass das Schnattern! Ich weiß, was ich tue.« Die Großmutter zitterte wie im Rausch.

»Es ist nicht erlaubt, mehr als zwölf Friedrichsdor auf Zero zu setzen, Großmutter. Das ist Vorschrift, und ich halte mich dran.«

»Was heißt da – nicht erlaubt? Schwindelst du mich auch nicht an? Monsieur, Monsieur!«, stieß sie den Croupier an, der links neben ihr saß und im Begriff war, die Scheibe in Bewegung zu setzen. »Combien zéro? douze? douze?«

Ich beeilte mich, die Frage zu verdeutlichen.

»Oui, Madame«, bestätigte höflich der Croupier. »Und auch ein Einzeleinsatz darf nicht höher sein als viertausend Florin«, setzte er erklärend hinzu.

»Na gut, setze zwölf.«

»Le jeu est fait!«, rief der Croupier. Die Scheibe drehte sich, die Kugel hielt auf dreißig. Verloren!

»Weiter! Weiter! Setz weiter!«, schrie die Großmutter. Ich widersprach nicht mehr und setzte mit einem Achselzucken abermals zwölf Friedrichsdor. Die Scheibe drehte sich sehr lange. Die Großmutter bebte geradezu, während ihre Augen die Scheibe verfolgten. »Glaubt sie denn wirklich, wieder mit Zero zu gewinnen?«, dachte ich und sah sie erstaunt an. Ihr Gesicht strahlte entschiedene Siegesgewissheit aus, die sichere Erwartung, gleich wieder das Zero ausgerufen zu hören. Die Kugel hielt in einer Nummernschale.

»Zéro!«, schrie der Croupier.

»Na-a-a?«, brüllte mir die Großmutter ihren unbändigen Triumph ins Gesicht.

Ich war nicht minder ein Spieler; das fühlte ich in dieser selben Minute. Meine Hände und Beine zitterten, Blut stieg mir in den Kopf. Natürlich war es ein seltener Zufall, dass in rund zehn Spielen dreimal die Null kam, andererseits war es auch wieder nicht gar so erstaunlich. Ich bin selbst dabei gewesen, als vor zwei Tagen die Null dreimal *hintereinander* kam, wozu ein anderer Spieler, der sich eifrig Notizen machte, bemerkte, dass die Null am ganzen gestrigen Tag ein einziges Mal gekommen war.

Der Großmutter als der bedeutendsten Gewinnerin wurde mit besonderem Respekt und Hochachtung das Geld zugewiesen. Es standen ihr genau vierhundertzwanzig Friedrichsdor zu, das heißt viertausend Florin und zwanzig Friedrichsdor. Die zwanzig Friedrichsdor bekam sie in Gold, die viertausend in Banknoten.

Diesmal rief die Großmutter nicht mehr nach Potapytsch; sie war mit anderem beschäftigt. Sie stieß mich auch nicht mehr an und zitterte nicht mehr, äußerlich nicht. Sie zitterte, wenn man so sagen darf, innen drin. Sie hatte etwas im Sinne und nahm scharf Augenmaß.

»Alexej Iwanowitsch! Er sagte doch, man darf viertausend Florin auf einmal setzen? Da hast du, setze die ganzen vier auf Rot«, entschloss sich die Großmutter.

Es war nutzlos, ihr's ausreden zu wollen. Die Scheibe drehte sich.

»Rouge«, verlautbarte der Croupier.

Wieder hatte sie viertausend gewonnen, alles in allem somit achttausend. »Vier gib mir und vier setze wieder auf Rot«, kommandierte die Großmutter.

Ich setzte abermals viertausend.

»Rouge«, verkündete wieder der Croupier.

»Macht zusammen zwölf! Gib alles her. Das Gold kommt in meine Börse, die Banknoten verwahrst du. Schluss! Nach Hause! Bringt mich fort!«

Elftes Kapitel

Wir steuerten dem Ausgang am anderen Saalende zu. Die Großmutter strahlte. Sofort wurde sie von den Unsrigen mit Glückwünschen umdrängt. Wie exzentrisch Großmutters Auftreten auch gewesen sein mag, ihr Triumph machte vieles wett, und der General fürchtete nicht mehr, sich durch die Verwandtschaft mit einer so seltsamen Frau zu kompromittieren. Mit einem gönnerhaften und leutseligen Lächeln, wie man es für kleine Kinder bereithält, gesellte er sich zu den Gratulanten. Im Übrigen war er, scheint's, überrascht – wie die anderen Zuschauer auch. Rundherum wurde getuschelt und auf die Großmutter gedeutet. Viele zwängten sich an ihr vorbei, um sie genauer betrachten zu können. Etwas abseits unterhielt sich Mister Astley mit zwei befreundeten Engländern über sie. Von einigen gravitätischen Zuschauerinnen wurde sie mit gravitätischem Staunen geradezu als Weltwunder in Augenschein genommen. Des Grieux zerfloss in Glückwünschen und Nettigkeiten.

»Quelle victoire!«, sagte er.

»Mais, Madame, c'était du feu!«, fügte mit neckischem Lächeln Mademoiselle Blanche hinzu.

»Na ja, hab nicht lange gefackelt und zwölftausend Florin

gewonnen. Ja was red ich da? Und das Gold?! Mit dem Gold werden's fast dreizehn sein. Wie viel macht das in unsrem Geld? Rund sechstausend, oder?«

Ich erklärte ihr, dass es mehr als siebentausend waren, nach dem gegenwärtigen Wechselkurs vielleicht auch ganze acht.

»Sieh mal an! Achttausend! Und ihr lümmelt derweil faul rum. Potapytsch, Marfa, habt ihr's gesehen?«

»Wie Sie das bloß geschafft haben, Gnädigste!? Achttausend Rubel …«, eiferte sich Marfa.

»Da, nehmt jeder fünf Goldstücke!«

Potapytsch und Marfa beeilten sich, der Gnädigen die Hand zu küssen.

»Und den Trägern, Alexej Iwanowitsch, gib je einen Friedrichsdor. Ein Goldstück für jeden. Was will der Lakai da mit seinem Katzbuckeln, und der andere dort? Sie gratulieren? Einen Friedrichsdor für jeden!«

»Madame la princesse … un pauvre expatrié … malheur continuel … les princes russes sont si généreux«, umwedelte den Rollstuhl ein schnauzbärtiges männliches Wesen in abgetragenem Gehrock und bunter Weste, eine Schirmmütze in der vorgestreckten Hand und einem unterwürfigen Lächeln …

»Für den auch einen Friedrichsdor. Nein, gib ihm zwei. Na, genug, sonst nimmt's kein Ende. Hebt mich hoch, los!« Sie wandte sich an Polina Alexandrowna: »Ich kaufe dir morgen Stoff für ein Kleid, und der Mademoiselle … wie heißt sie nur … Mademoiselle Blanche, oder? … kauf ich auch welchen … Übersetze es ihr, Polina!«

»Merci, Madame.« Mademoiselle Blanche machte einen lieblichen Knicks, während sich ihr Gesicht in einem für des Grieux und den General bestimmten höhnischen Grinsen verzerrte. Der General war verlegen und schrecklich froh, als wir die Allee erreichten.

»Und Fedosja, Fedosja, die wird erst staunen«, fiel der Großmutter die Kinderfrau beim General ein. »Die muss auch was für ein Kleid kriegen. He, Alexej Iwanowitsch, Alexej Iwanowitsch, gib diesem Bettler!«

Ein zerlumpter, krummbuckliger Mann kam des Weges und betrachtete uns neugierig.

»Vielleicht ist's gar kein Bettler, sondern ein Schwindler, Großmutter.«

»Ach was! Gib ihm, gib ihm einen Gulden!«

Ich tat, wie mir geheißen. Er sah mich äußerst verblüfft an, nahm aber den Gulden schweigend an sich.

»Und du, Alexej Iwanowitsch, hast du noch nie dein Glück versucht?!«

»Nein, Großmutter.«

»Aber deine Augen glühten, hab's gesehen.«

»Ich werd's noch versuchen, Großmutter, später, unbedingt.«

»Und setz sofort auf Zero! Wirst schon sehen! Wie viel hast du?«

»Bloß zwanzig Friedrichsdor, Großmutter.«

»Ist nicht viel. Fünfzig Friedrichsdor borge ich dir, wenn du willst. Diese Rolle da, nimm sie gleich, und du, mein Lieber, brauchst nicht auf der Lauer liegen, du kriegst nichts!«, wandte sie sich brüsk an den General.

Der zuckte wie vom Blitz getroffen zusammen, verbiss sich aber eine Antwort. Des Grieux zog die Brauen hoch.

»Quelle diable, c'est une terrible vieille«, raunte er dem General zu.

»Ein Bettler, ein Bettler, wieder ein Bettler!«, rief die Großmutter. »Alexej Iwanowitsch, gib auch diesem einen Gulden.«

Diesmal war es ein weißhaariger Greis mit einem Holzbein, er trug einen langen blauen Gehrock und hielt einen langen Spazierstock in der Hand. Er erinnerte an einen altgedienten Soldaten. Als ich ihm jedoch den Gulden hinstreckte, wich er einen Schritt zurück und sah mich drohend an.

»Was ist's, der Teufel«, brüllte er auf Deutsch unter Hinzufügung weiterer Schimpfwörter.

»Ach, ein Tölpel«, rief die Großmutter und winkte ab. »Weiter, vorwärts! Hunger! Rasch zum Mittagessen, dann ein Nickerchen – und wieder zurück!«

»Sie wollen wieder spielen, Großmutter?«, rief ich.

»Was hast denn du gedacht? Wenn ihr da herumhockt und Grillen fangt, soll ich's am Ende auch so halten?«

»Mais, Madame«, ließ sich nähertretend des Grieux vernehmen, »les chances peuvent tourner, une seule mauvaise chance et vous perdrez tout … surtout avec votre jeu … c'était terrible.«

»Vous perdrez absolument«, zwitscherte Mademoiselle Blanche.

»Was schert's euch? Wär' ja nicht euer Geld – mein eignes. Wo ist denn dieser Mister Astley geblieben?«, fragte sie mich.

»Im Kurhaus, Großmutter.«

»Schade; der ist ein guter Mensch.«

Zu Hause angelangt, noch auf der Treppe, begegnete die Großmutter dem Oberkellner, rief ihn herbei und brüstete sich mit ihrem Gewinn; danach rief sie Fedosja, schenkte ihr drei Friedrichsdor und befahl, das Mittagsmahl aufzutragen. Fedosja und Marfa zerschmolzen geradezu.

»Da sehe ich Sie an, Gnädigste«, schnatterte Marfa während des Essens, »und sage dem Potapytsch, guck mal, was unsre Gnädige vorhat. Und das viele Geld, meiner Seel, das viele Geld auf dem Tisch! Hab all mein Lebtag nicht so viel Geld gesehen, und die Herrschaften rundherum, nur lauter Herrschaften. Wo, frage ich den Potapytsch, kommen denn die vielen Herrschaften her? Und denk bei mir: Muttergottes, hilf. Ich bete für Sie, Gnädigste, und das Herz stockt mir, und ich zittere am ganzen Leibe. Gib es ihr, lieber Gott, denke ich, und dann hat's der Herrgott erhört. Ich zittere noch immer, Gnädigste, ich zittere und zittere, es hört nicht auf.«

»Nach dem Essen, Alexej Iwanowitsch, sei so um vier bereit, wir gehen wieder los. Bis dahin leb wohl, und vergiss bloß nicht, irgendeinen Doktor für mich kommen zu lassen, muss ja auch an die Kur denken.«

Ich verließ die Großmutter wie betäubt. Ich bemühte mich, mir vorzustellen, was nun mit den Unsrigen geschehen und welche Wende die ganze Sache nehmen würde. Ich sah ganz klar, dass sie sich (vornehmlich der General) noch nicht mal vom ersten Schreck erholt hatten. Das leibliche Erscheinen der Großmutter statt des stündlich erwarteten Telegramms über ihren Tod (und folglich die Erbschaft) hat das ganze Gefüge ihrer Pläne und getroffenen Entscheidungen derart durcheinandergebracht, dass sie nun mit entschiedener Überraschung und gleichsam wie gelähmt Großmutters weiteren Eskapaden beim Roulette gegenüberstanden. Indes war dieses zweite Faktum beinahe gewichtiger als das erste, denn obwohl die Großmutter zweimal wiederholt hatte, dass sie dem General nichts geben würde, mussten die Hoffnungen noch nicht ganz begraben werden. Auch des Grieux, der bei allen Angelegenheiten des Generals mitmischte, gab sie ja nicht auf. Ich bin sicher, dass Mademoiselle Blanche, die nicht minder involviert war (wie denn nicht: Generalin und eine beachtliche Erbschaft), die Hoffnung ebenso wenig verloren und all ihre Koketterie eingesetzt hätte, um die Großmutter zu umgarnen – im Unterschied zur spröden und stolzen Polina, die sich so gar nicht einzuschmeicheln verstand. Doch nun, nun, nach Großmutters Husarenstücken beim Roulette, nun, da sich Großmutters Persönlichkeit so klar und typisch vor ihnen abzeichnete (eine störrische, herrschsüchtige Alte und tombée en enfance) – nun war wohl alles dahin: sie freute sich wie ein Kind ihres Spielzeugs und wird, wie gehabt, mit Pauken und Trompeten ihr Geld verspielen. Mein Gott! dachte ich (und Gott verzeih mir, mit schadenfrohem Lachen), mein Gott, war's nicht so, dass jeder Friedrichsdor, den die Großmutter setzte, dem General einen schmerzhaften Stich ins Herz verursachte, Monsieur des Grieux in Wut geraten ließ und Mademoiselle de Cominges, der man den Löffel am Mund vorbeitrug, zur Raserei brachte. Und noch ein Faktum: selbst nach dem Gewinn und im Freudentaumel, als die Großmutter jedermann Geld zusteckte und jeden Vorbeigehenden für einen Bettler hielt, selbst da fand sie für den General nur das barsche: »Du kriegst trotzdem nichts!« Es bedeutet: Sie hat sich in diesen Gedanken verkrallt, sich das geschworen – und Punktum; Gefahr im Anzug, Gefahr!

All diese Überlegungen wanderten durch meinen Kopf, während ich über die Haupttreppe zu meinem Kämmerlein im obersten Stock emporstieg. Es beschäftigte mich sehr stark; obzwar ich natürlich schon früher die dicksten Fäden, die alle Akteure verbanden, zu erahnen vermochte, so wusste ich dennoch nicht vollends über alle Mittel und Geheimnisse des Spiels Bescheid. Polina hat mir niemals ganz vertraut. Obwohl es, zugegeben, auch schon mal vorkam, dass sie mir gleichsam unbeabsichtigt ihr Herz eröffnete, so bemerkte ich doch, dass sie derlei Offenbarungen oft, ja fast immer entweder ins Lächerliche umkehrte oder verwirrte, alles Gesagte willentlich in ein falsches Licht tauchte. O, sie gab weniges preis. Jedenfalls sah ich das Finale dieses geheimnisvollen und spannungsgeladenen Zustands näher kommen. Ein Schlag noch – und alles wird zu Ende sein, zutage treten. Obwohl ebenfalls an den Dingen nicht unbeteiligt, war ich um mein eigenes Schicksal kaum besorgt. Eine seltsame Stimmung hatte mich übermannt: leidliche zwanzig Friedrichsdor in der Tasche, fern von der Heimat, stellungslos und ohne Einkommen, ohne Hoffnung, ohne Aussichten – kümmerte ich mich nicht im Geringsten darum! Nähme man mir die Gedanken an Polina, ich würde mich dem alleinigen komischen Interesse an dem bevorstehenden Finale hingeben und in lautes Gelächter ausbrechen. Doch Polina verwirrt mich; ihr Schicksal entscheidet sich, das ahne ich, bekenne jedoch, dass es mir gar nicht um ihr Schicksal geht. Ich möchte in ihre Geheimnisse eindringen, ich wünsche mir, dass sie zu mir käme und sagte: »Ich liebe dich ja«, und wenn nicht, wenn dieser Wahn undenkbar ist, dann … na, was wünsche ich mir dann? Als ob ich wüsste, was? Ich bin selbst wie verloren; könnt ich nur immer bei ihr sein, in ihrem Nimbus, ihrem Glanz, immer, ewig, mein Leben lang. Weiter weiß ich nichts! Und wie sollte ich sie verlassen können?

Im Stockwerk der Unsrigen angelangt, fühlte ich jäh etwas wie einen Stoß. Ich drehte mich um und sah in zwanzig oder mehr Schritten Entfernung Polina aus dem Zimmer kommen, geradezu, als hätte sie nach mir Ausschau gehalten; sie winkte mich sogleich herbei.

»Polina Alexandrowna …«

»Pst!«, warnte sie.

»Stellen Sie sich vor«, flüsterte ich, »mir war eben, als hätte mir jemand einen Stoß versetzt, und dann sehe ich – Sie! Es ist, als strömten Sie eine Art Elektrizität aus!«

»Nehmen Sie diesen Brief«, sprach Polina sorgsam und finster, wohl ohne gehört zu haben, was ich eben sagte, »und bringen Sie ihn geradewegs zu Mister Astley persönlich. Umgehend, ich bitte Sie darum. Keine Antwort. Er wird selbst …« Sie sprach nicht zu Ende.

»Zu Mister Astley?«, wiederholte ich ungläubig.

Doch Polina war bereits hinter der Tür verschwunden.

»Ha, die stehn demnach in Korrespondenz!« Natürlich lief ich sofort los, um Mister Astley zu suchen, zuerst in seinem Hotel, wo ich ihn nicht antraf, dann im Kurhaus, wo ich verzweifelt und ärgerlich alle Säle nach ihm durchstöberte, bis ich ihn schließlich zufällig auf dem Heimweg traf, zu Pferd, inmitten einer englischen Reitergruppe. Ich machte ihm ein Zeichen, er hielt, ich übergab den Brief. Wir hatten nicht mal Zeit, einen Blick zu wechseln. Allerdings hege ich den Verdacht, dass Mister Astley seinem Pferd absichtlich wieder rasch die Sporen gab.

Ob mich Eifersucht plagte? Ich befand mich ja in äußerst bedrückter Gemütsstimmung. Ich wollte nicht einmal wissen, worüber sie einander schrieben. Demnach ist er ihr Vertrauter! »Ein Freund, gewiss«, überlegte ich (wann hatte er es bloß geschafft, einer zu werden?). »Aber Liebe? Natürlich nicht«, flüsterte mir der Verstand zu. Mit dem Verstand allein ist's jedoch in solchen Fällen nicht getan. Wie immer, auch dies musste geklärt werden. Die Sache wurde leidig verworren.

Kaum war ich im Hotel zurück, da teilten mir der Portier und der Oberkellner, der aus seiner Kammer herauskam, mit, dass schon dreimal nach mir gefragt worden war, große Ungeduld herrsche und ich gebeten werde, mich möglichst schnell im Zimmer des Generals einzufinden. Ich war in übelster Laune. Im Arbeitszimmer des Generals fand ich außer dem General selbst noch des Grieux und Mademoiselle Blanche vor, allein, ohne Mutter. Die Mutter war entschieden Attrappe, lediglich zum Vorzeigen gebraucht; sobald es ums echt *Geschäftliche* ging, legte sich Mademoiselle Blanche allein ins Zeug. Auch wird Madame kaum etwas über die Geschäfte ihrer vorgeblichen Tochter gewusst haben.

Die drei waren in eine hitzige Debatte vertieft; das Arbeitszimmer war sogar abgesperrt, was sonst nie vorkam. Noch ehe ich an die Tür trat, vernahm ich laute Stimmen – das freche und giftige Gerede von des Grieux, das unbeherrscht-unverschämte Geschrei von Blanche und die jämmerliche Stimme des Generals, der sich offensichtlich zu rechtfertigen versuchte. Als sie mich sahen, hielten alle drei inne und nahmen gleichsam Haltung an. Des Grieux strich sich die Haare zurecht und wechselte den bösen Ausdruck gegen ein Lächeln, jenes fiese französische Lächeln förmlicher Politesse, das ich so sehr hasse. Der verstörte und vergrämte General richtete sich wie auf Knopfdruck würdevoll auf. Einzig Mademoiselle Blanche ließ ihr wutentbranntes Antlitz unverändert, verstummte bloß und starrte mich mit ungeduldiger Erwartung an. Lassen Sie mich erwähnen, dass sie bislang ganz unglaublich abschätzig mit mir umgegangen war, nicht mal dankte, wenn ich den Hut zog – mich kurzweg nicht beachtete.

5 »Alexej Iwanowitsch«, begann der General in behutsam tadelndem Tone, »erlauben Sie mir, Ihnen kundzutun, dass es seltsam, in höchstem Maße seltsam … mit einem Wort, Ihr Verhalten mir und meiner Familie gegenüber … mit einem Wort, in höchstem Maße seltsam …«

10 »Eh! ce n'est pas ça«, unterbrach ihn ungeduldig und verächtlich des Grieux. (Er führte entschieden das Kommando in der Runde.) »Mon cher Monsieur, notre cher général se trompe, wenn er diesen Ton anschlägt« (ich setze seine Rede auf Russisch fort), »aber er wollte Ihnen sagen … das
15 heißt, Sie warnen oder, noch besser, Sie inständigst darum bitten, ihn nicht ins Unglück zu stürzen, ja, ja, nicht ins Unglück! … Ich verwende mit Absicht diesen Ausdruck …«

»Ja wodurch denn, wodurch?«, fiel ich ihm ins Wort.

»Aber ich bitte Sie, Sie maßen sich an, der Lenker und
20 Berater (oder wie soll ich's nennen?) dieser Alten, de cette pauvre terrible vieille …« Auch des Grieux verhaspelte sich. »Aber sie wird verlieren, mit Pauken und Trompeten ihr Geld loswerden! Haben Sie nicht selbst gesehen, wie sie spielt? Sollte mal eine Pechsträhne beginnen, wird sie aus
25 Sturheit und Zorn justament nicht vom Tisch fortgehn und wieder und wieder setzen, aber wer so spielt, gewinnt nie etwas zurück, und dann … und dann …«

»Und dann«, setzte der General fort, »dann haben Sie die Familie zugrunde gerichtet! Ich und die Meinen, wir sind
30 ihre Erben, sie hat keine näheren Anverwandten. Ich sage Ihnen offen: Meine Finanzen sind zerrüttet, aufs schlimms-

te zerrüttet. Einiges wissen Sie selbst … Wenn sie eine wesentliche Summe oder gar das ganze Vermögen (mein Gott!) verspielt, was wird dann aus meinen Kindern! (Der General warf einen Blick auf des Grieux.) Aus mir! (Er sah zu Mademoiselle Blanche, die sich mit Verachtung abwandte.) Alexej Iwanowitsch, bewahren Sie uns vor dem Unheil, bitte!«

»Wie denn, General, sagen Sie mir, wie ich … Ich bin doch nur …«

»Schlagen Sie es ihr aus, lassen Sie sie allein!«

»Dann findet sich ein andrer!«, rief ich.

»Ce n'est pas ça, ce n'est pas ça«, unterbrach von neuem des Grieux, »que diable! Nein, bleiben Sie bei ihr, aber lenken Sie sie ab, reden Sie ihr ins Gewissen … Lassen Sie sie schließlich nicht zu viel verspielen, bringen Sie sie irgendwie davon ab.«

»Ja wie soll ich das denn schaffen? Würden Sie's nicht lieber selbst übernehmen, Monsieur des Grieux?«, tat ich möglichst naiv.

Da bemerkte ich einen raschen, feurigen, fragenden Blick von Mademoiselle Blanche in Richtung des Grieux'. Und über sein Gesicht huschte etwas Besonderes, etwas Unverhohlenes, was er nicht zurückzuhalten vermochte.

»Das ist es ja, dass sie mich jetzt nicht mehr nehmen will!«, erwiderte des Grieux resigniert. »Wenn … später …«

Des Grieux warf Mademoiselle Blanche einen raschen und bedeutsamen Blick zu.

»O mon cher Monsieur Alexis, soyez si bon …« Und da trat Mademoiselle Blanche *selbst* an mich heran, nahm mit verführerischem Lächeln meine beiden Hände und drückte sie fest. Himmel und Hölle! Dieses teuflische Gesicht verstand es, sich in Sekundenschnelle zu verändern. In diesem

Augenblick zeigte es sich bittend, sehr, sehr lieb, kindlich lächelnd und sogar verschmitzt; gegen Ende des Satzes zwinkerte sie mir schelmisch zu, ganz leise, dass die andren es nicht sahen. Wollte sie mich gar mit einem Schlag vereinnahmen? Nicht schlecht gespielt, aber alles dennoch zu plump, entsetzlich plump.

Nach ihr sprang der General auf mich zu, ja er sprang, genau.

»Alexej Iwanowitsch, verzeihen Sie, wie ich vorhin mit Ihnen sprach, ich meinte es ganz anders ... Ich bitte Sie, ich flehe Sie an – mit tiefer russischer Verbeugung – Sie allein, nur Sie können uns retten! Wir beknien Sie beide, ich und Mademoiselle Cominges, Sie verstehen doch, oder?«, flehte er und deutete mir mit den Augen auf Mademoiselle Blanche. Er konnte einem leid tun.

Da wurde dreimal leise und respektvoll an die Tür geklopft; draußen stand der Etagenkellner und einige Schritt dahinter Potapytsch, Boten der Großmutter, ausgesandt, mich zu suchen und unverzüglich zu ihr zu bringen. »Man ist verärgert«, meldete Potapytsch.

»Aber es ist doch erst halb vier!«

»Gnädige Frau haben nicht einschlafen können, dann standen sie plötzlich auf, verlangten nach dem Tragstuhl und nach Ihnen. Gnädige Frau warten bereits in der Auffahrt ...«

»Quelle mégère!«, rief des Grieux.

Ich fand die Großmutter tatsächlich bereits vor der Auffahrt, höchst ungehalten, dass ich nicht zur Stelle war. Bis vier zu warten hatte ihr die Geduld gefehlt.

»Also, los!«, befahl sie, und wir brachen wieder zum Roulette auf.

Zwölftes Kapitel

Die Großmutter befand sich in ungeduldiger und gereizter Gemütsverfassung; es war ihr anzusehen, dass sich das Roulette in ihrem Kopf festgesetzt hatte. Sie fand für nichts anderes Interesse und war überhaupt sehr zerstreut. Auch gab's kein neugieriges Fragen unterwegs, ganz anders als noch einige Stunden zuvor. Wohl hob sie die Hand, als eine überaus prunkvolle Kutsche an uns vorbeijagte, und wollte wissen, wer das sei, doch meiner Antwort hörte sie, scheint's, nicht mehr zu; ihre Nachdenklichkeit wurde in einem fort von schroffen und ungeduldigen Gesten und Ausfällen unterbrochen. Und als ich ihr, schon fast beim Kurhaus, von weitem Baron und Baronin Wurmerhelm zeigte, sah sie nur flüchtig hin und murmelte ein völlig gleichgültiges »Aha!«, drehte sich rasch zu Potapytsch und Marfa hinter uns um und fauchte:

»Was zottelt ihr uns nach?! Soll ich euch am Ende jedes Mal mitnehmen? Nach Hause mit euch! Mir reicht schon deine Begleitung«, fügte sie, an mich gewandt, hinzu, nachdem die beiden mit einer eiligen Verbeugung kehrtgemacht hatten.

Im Kurhaus wurde die Großmutter bereits erwartet. Sofort machte man für sie den alten Platz frei, jenen neben dem Croupier. Ich glaube, dass diese allemal steifen und manierlichen Croupiers, die sich den schlichten Anschein von Amtspersonen geben, denen es beinahe egal ist, ob die Bank gewinnt oder verliert – dass sie in Wahrheit gar nicht so gleichgültig gegenüber den Verlusten der Bank sind und zweifelsohne ihre Instruktionen hinsichtlich der Spielerbetreuung und Wahrung geschäftlicher Interessen haben, wofür sie gewisslich auch Prämien und Auszeichnungen einstecken. Die Großmutter jedenfalls war bereits als Opferlämmchen auserkoren. Danach geschah, was die Unsrigen vorausgesagt hatten.

5 Und zwar so:

Die Großmutter stürzte sich geradezu auf das Zero und ließ mich von Anbeginn jedes Mal zwölf Friedrichsdor darauf setzen. Einmal, zweimal, dreimal – kein Zero. »Weiter, weiter«, stieß mich die Großmutter ungeduldig an. Ich ge-
10 horchte.

»Wie oft haben wir gesetzt?«, fragte sie endlich, vor Ungeduld mit den Zähnen knirschend.

»Zwölfmal schon, Großmutter. Hundertvierundvierzig Friedrichsdor sind dahin. Glauben Sie mir, Großmutter, bis
15 zum Abend wird wohl …«

»Schweig!«, unterbrach sie. »Setze auf Zero und auch noch tausend Gulden auf Rot. Da hast du …«

Das Rot kam, aber das Zero war abermals geplatzt; sie erhielt tausend Gulden.

20 »Siehst du, siehst du!«, zischelte die Großmutter. »Fast alles ist wieder zurück. Setze wieder auf Zero, wir wollen's noch zehnmal versuchen, und dann ist Schluss.«

Doch beim fünften Mal war's die Großmutter leid.

»Schick das verfluchte Zero zum Teufel. Da hast du, setz
25 viertausend Gulden auf Rot«, befahl sie.

»Großmutter! Es ist zu viel; was, wenn Rot nicht kommt?«, flehte ich; beinah hätte sie mich geschlagen. (Im Übrigen stieß sie mich dauernd so heftig in die Seite, dass man's durchaus als Hiebe verstehen konnte.) Was sollte ich
30 tun? Ich setzte alle am Vormittag gewonnenen viertausend Gulden auf Rot. Die Kugel rollte. Die Großmutter saß ru-

hig und stolz aufgerichtet da, nicht im Geringsten am Erfolg zweifelnd.

»Zéro«, verlautete der Croupier.

Zunächst begriff die Großmutter nicht, doch als sie sah, wie der Croupier ihre viertausend Gulden samt allem, was sonst am Tisch lag, einkassierte, als sie erfuhr, dass das Zero, das so lange auf sich warten gelassen und fast zweihundert Friedrichsdor unsres Einsatzes verschlungen hatte, wie zum Fleiß gerade jetzt, nachdem sich die Großmutter schimpfend von ihm abgewandt hatte, gekommen war, schlug sie mit einem laut vernehmlichen Aufstöhnen die Hände zusammen.

»Gott im Himmel! Das verflixte Ding musste just jetzt kommen!«, brüllte die Großmutter. »Vermaledeite Null! Du, du bist schuld!«, fiel sie wütend über mich her. »Du hast's mir ausgeredet.«

»Großmutter, ich hab Ihnen zur Vernunft geraten, wie soll ich für alle Chancen haften?«

»Papperlapapp, ich werd's dir schon zeigen!«, zischte sie drohend. »Fort mit dir!«

»Leben Sie wohl, Großmutter.« Ich machte Anstalten, mich zurückzuziehen.

»Alexej Iwanowitsch, Alexej Iwanowitsch, wohin willst du denn? Ach bleib doch! Was denn? Bist gar böse? Dummkopf! Na, bleib schon, bleib, und ärgere dich nicht, bin selbst ein dummes Weibsbild! Sag mir lieber, was wir jetzt tun solln?«

»Ich will Ihnen keinen Rat geben, Großmutter, weil Sie mir hernach Vorwürfe machen. Spielen Sie aus eignem; Sie befehlen – ich setze.«

»Schon gut, schon gut. Wieder viertausend Gulden auf

Rot! Da hast du meine Brieftasche, nimm.« Sie zog das Geld hervor und reichte es mir. »Na, nimm schon, es sind zwanzigtausend Rubel in Scheinen drin.«

»Großmutter«, flüsterte ich, »solche Einsätze …«

»Dass mich der Blitz trifft – ich will alles zurückgewinnen. Setze!« Wir setzten und verloren.

»Setze, setze, die ganzen achttausend!«

»Das geht nicht, Großmutter, viertausend ist der Höchsteinsatz …«

»Dann nimm viertausend!«

Diesmal gewannen wir. Großmutters Gesicht hellte sich auf. »Siehst du, siehst du!«, stieß sie mich an. »Nimm nochmals vier!«

Wir setzten und verloren. Verloren immer wieder.

»Großmutter, die ganzen zwölftausend sind futsch«, meldete ich.

»Ich seh's ja selbst«, sagte sie – wie soll ich es ausdrücken? – gefasst und ruhig vor Wut. »Ich sehe, mein Lieber, ich sehe«, murmelte sie mit stierem Blick und scheinbar ganz in Gedanken. »Na ja, auf Teufel komm raus – setze nochmals viertausend Gulden!«

»'s ist ja kein Geld mehr übrig, Großmutter, in der Brieftasche sind Wertpapiere und irgendwelche Überweisungen, bloß kein Geld.«

»Und in der Börse?«

»Nur Kleingeld, Großmutter.«

»Gibt's hier Wechselstuben?«, fragte sie kurz entschlossen. »Man hat mir gesagt, sie nehmen alle unsre Papiere zum Wechseln.«

»O, so viel Sie wollen. Aber was Sie beim Wechseln verlieren, darüber würde sich selbst ein Jud grausen!«

»Unsinn! Ich gewinn's ja zurück! Los! Ruf diese Tölpel herbei!«

Ich schob sie vom Tisch weg, die Träger erschienen, und wir verließen die Spielsäle. »Schneller, schneller!«, kommandierte die Großmutter. »Zeig ihnen den Weg, Alexej Iwanowitsch, etwas in der Nähe. Ist's weit?«

»Sind gleich da, Großmutter.«

Als wir jedoch in die Allee einbogen, kam uns die ganze Partie entgegen: der General, des Grieux, Mademoiselle Blanche samt Mütterchen. Polina Alexandrowna war nicht dabei, auch Mister Astley fehlte.

»He, he, nicht stehen bleiben«, rief die Großmutter. »Was gibt's denn? Hab keine Zeit für euch!«

Ich ging hinter ihr, des Grieux sprang auf mich zu.

»Sie hat alles vom Vormittag verspielt und zwölftausend Gulden dazu. Jetzt sind wir auf dem Weg, die Wertpapiere einzuwechseln«, raunte ich ihm hastig zu.

Des Grieux stampfte auf und stürzte mit der Neuigkeit zum General. Wir schoben die Großmutter an.

»Halt, halt!«, flüsterte mir der General außer sich zu.

»Versuchen Sie mal, sie aufzuhalten«, flüsterte ich zurück.

»Tantchen! Tantchen! …« Seine Stimme zitterte und brach. »Wir wollten … wollten eben … Pferde mieten und ins Grüne fahren … Ein herrlicher Ausblick … die Aussichtswarte … wir wollten gerade zu Ihnen, Sie einladen.«

»Ach, lass mich mit deinem Ausblick!« Die Großmutter winkte ungnädig ab.

»Dort ist ein Dorf … Wir werden eine Jause …«, fuhr der General vollends verzweifelt fort.

»Nous boirons du lait, sur l'herbe fraîche«, fügte des Grieux mit zähneknirschender Wut hinzu.

Du lait, de l'herbe fraîche – das ist, was sich ein Pariser Bourgeois als Idylle vorstellt; seine allseits bekannte Auffassung von »la nature et la vérité«.

»Ach, lass mich mit deiner Milch in Frieden! Sauf sie selbst, ich krieg Bauchgrimmen davon. Und rück mir überhaupt vom Leib«, brüllte die Großmutter. »Sagte ich nicht, dass wir's eilig haben?«

»Angekommen, Großmutter«, schrie ich. »Wir sind da!«

Wir waren an einem Haus angelangt, in dem sich eine Bank befand. Ich ging wechseln; die Großmutter wartete vor dem Eingang; des Grieux, der General und Mademoiselle Blanche standen abseits, unentschlossen, was sie tun sollten. Die Großmutter warf ihnen einen zornigen Blick zu, worauf sie sich in Richtung Kurhaus in Bewegung setzten.

Mir wurde in der Bank ein so lausiges Angebot gemacht, dass ich zögerte und zurückging, um von Großmutter Anweisungen zu erbitten.

»So eine Räuberbande!«, schrie sie und schlug die Hände zusammen. »Na ja, macht nichts! Geh nur … Nein, halt, hol mir den Direktor raus!«

»'s sind nur Angestellte da, Großmutter.«

»Na dann einen Angestellten, ist egal. So eine Räuberbande!«

Als ich drinnen verlautete, dass eine alte, geschwächte und gehbehinderte Gräfin vor der Tür wartete, erklärte sich ein Angestellter bereit, herauszukommen. Die Großmutter erging sich lange in zornigen und lauten Beschuldigungen, nannte ihn einen Gauner und verhandelte in einem Mischmasch von Russisch, Französisch und Deutsch, wobei ich bei der Übersetzung helfen musste. Der gestrenge Angestellte sah von einem zum andren und schüttelte stumm den Kopf. Die Großmutter musterte er sogar mit geradezu penetranter Neugier, es war bereits unhöflich; schließlich feixte er.

»Dann verschwinde!«, rief die Großmutter. »Erstick an meinem Geld! Wechsle bei ihm, Alexej Iwanowitsch. Wenn wir Zeit hätten, könnten wir's anderswo versuchen ...«

»Er sagt, woanders kriegen wir noch weniger.«

Ich erinnere mich nicht mehr genau, wie viel man uns abknöpfte, aber es war schrecklich. Ich bekam zwölftausend Florin in Gold und Banknoten, nahm die Quittung und trat zur Großmutter hinaus.

»Na schön, brauchst nicht nachzählen«, winkte sie mit beiden Händen. »Schnell, schnell zurück!«

»Ich will nie wieder auf das verfluchte Zero setzen und auf Rot auch nicht«, sagte sie, als wir uns dem Kurhaus näherten.

Diesmal bemühte ich mich aus Kräften, ihr weiszumachen, dass sie zunächst wenig setzen möge, da es im Falle einer Glückswende noch immer Zeit war, größere Einsätze zu platzieren. Doch sie war so ungeduldig, dass sie zwar fürs Erste zustimmte, sich aber während des Spiels nicht und nicht bremsen ließ. Kaum begann sie Einsätze von zehn, zwanzig Friedrichsdor zu gewinnen, stieß sie mich sofort an: »Siehst du! Siehst du! Wir gewinnen. Hätten bloß viertausend statt zehn setzen müssen – und viertausend wären gewonnen, nicht so wie jetzt. Du, nur du bist schuld!«

Und so sehr mich ihr Spiel auch ärgerte, beschloss ich schließlich, den Mund zu halten und ihr keine Ratschläge mehr zu geben.

Plötzlich trat des Grieux zu uns. Sie hatten alle drei in der Nähe gestanden; ich bemerkte, dass sich Mademoiselle Blanche samt Mütterchen etwas abseits hielt und mit dem kleinen Fürsten flirtete. Der General war eindeutig in Ungnade gefallen, geradezu mit Bann belegt. Blanche mochte ihn nicht mal ansehen, obwohl er um sie scharwenzelte und aus der Haut fuhr, ihr zu gefallen. Der arme General! Er erbleichte, er errötete, er erbebte und beachtete nicht einmal mehr Großmutters Spiel. Blanche und der Fürst verließen schließlich den Saal, der General trottete ihnen nach.

»Madame, Madame«, flötete des Grieux, der sich bis zu Großmutters Ohr vorgezwängt hatte. »Madame, so man nicht setzt ... nein, nein, nicht möglich ...«, radebrechte er auf Russisch. »Njet!«

»Wie denn? Bring's mir halt bei!«, gab die Großmutter zurück. Des Grieux begann plötzlich hastig schnell auf Französisch zu sprechen, gab Ratschläge, unter anderem den, auf eine bessere Chance zu warten, drehte sich ungeduldig dahin und dorthin, rechnete ihr etwas vor ... die Großmutter verstand gar nichts. Er wandte sich jeden Augenblick zu mir, auf dass ich übersetzte; deutete mit dem Finger auf den Tisch; schnappte schließlich einen Bleistift und kritzelte Zahlen auf ein Stück Papier. Die Großmutter verlor schließlich die Geduld.

»Geh mir aus den Augen! Nichts als dummes Geplapper. Madame, Madame – aber verstehn tut er rein gar nichts! Fort!«

»Mais, Madame«, zwitscherte des Grieux und hob wiederum an zu stoßen und zu deuten. Die Sache setzte ihm doch sehr zu.

»Na, mach mal, wie er's sagt«, befahl mir die Großmutter, »wir werden ja sehen: vielleicht klappt's wirklich.«

Des Grieux wollte sie lediglich von den großen Einsätzen abbringen: Er schlug vor, auf Zahlen zu spielen, einzeln und kombiniert. Ich setzte nach seinen Anweisungen je einen Friedrichsdor auf einige Impair aus dem ersten Dutzend und je fünf Friedrichsdor auf Zahlengruppen in Pair; insgesamt machte es sechzehn Friedrichsdor.

Die Kugel rollte. »Zéro«, schrie der Croupier. Wir hatten alles verloren.

»Hohlkopf!«, herrschte die Großmutter des Grieux an. »Fieser Franzmann, der du bist. Ratschläge will er geben, der Halsabschneider. Mach, dass du fortkommst! Versteht keinen Deut und gibt groß an!«

Aufs tiefste gekränkt, zog des Grieux die Schultern hoch, warf der Großmutter einen kurzen Blick zu und ging. Es dauerte ihn bereits selbst, sich dreingemischt zu haben; die Versuchung war zu groß gewesen.

Nach einer Stunde hatten wir, so sehr wir auch dagegen anrannten, alles verloren.

»Nach Hause!«, kommandierte die Großmutter.

Bis zur Allee sagte sie kein Wort. In der Allee dann und schon kurz vor dem Hotel brachen Verwünschungen aus ihr hervor.

»Hat man schon eine solche Idiotin gesehen!?! Ein solches altes, altes blödes Weibsbild!?«

Kaum waren wir in ihrem Appartement angelangt, ließ sie Tee auftragen und sofort zu packen beginnen. »Wir fahren!«

»Wohin denn, Gnädige, beliebt es …« hob Marfa an.

»Was kümmert's dich? Nimmst dir schon zu viel heraus!

Potapytsch, mach das Gepäck fertig. Wir fahren heim, nach Moskau! Hab fünfzehntausend Silberrubel verspielt!«

»Gott im Himmel, fünfzehntausend!« Potapytsch schlug gefühlvoll die Hände zusammen, wohl hoffend, sich damit einschmeicheln zu können.

»Ha, Dummkopf! Noch ein Jammerer! Schweig! Das Gepäck! Die Rechnung, schnell, schnell!«

»Der baldigste Zug geht um halb zehn, Großmutter«, meldete ich, um das fulminante Wüten zu unterbrechen.

»Und wie spät haben wir's jetzt?«

»Halb acht.«

»Wie ärgerlich! Na ja, 's ist egal. Alexej Iwanowitsch, ich hab keine Kopeke mehr. Nimm noch die zwei Papiere und lauf auch sie wechseln. Sonst hätt ich nicht mal was für die Fahrt.«

Ich machte mich auf den Weg. Als ich nach einer halben Stunde ins Hotel zurückkam, traf ich die Unsrigen bei der Großmutter an. Die Nachricht von ihrer Rückfahrt nach Moskau hat sie, scheint's, noch mehr frappiert als das Debakel beim Spiel. Zugegeben, die Abreise rettete ihr Vermögen, aber was geschah nun hinwiederum mit dem General? Wer zahlte an des Grieux? Mademoiselle Blanche wird gewiss nicht auf Großmutters Tod warten und wahrscheinlich das Weite suchen, ob mit dem kleinen Fürsten oder irgendeinem anderen. Sie standen vor der Großmutter und redeten allesamt auf sie ein. Polina fehlte wieder. Die Großmutter brüllte zornig in die Runde.

»Ach, schert euch doch zum Teufel! Was bekümmert's euch? Was drängelt er da, der Ziegenbart?«, fuhr sie des Grieux an. »Und was willst du, du Hutzelweib?«, wandte sie sich an Mademoiselle Blanche. »Wozu das Getue?«

»Diantre!«, flüsterte Mademoiselle Blanche mit bösem Blick, brach aber plötzlich in Lachen aus und machte sich davon.

»Elle vivra cent ans!«, rief sie von der Tür dem General zu.

»Aha, du rechnest also mit meinem Tod?«, kreischte die Großmutter gegen den General. »Verzieh dich! Jag sie alle fort, Alexej Iwanowitsch! Was kümmert's euch? Hab mein eigenes Geld vertan, nicht eures!«

Der General zog resigniert die Schultern ein und entfernte sich, des Grieux ihm nach.

»Hol mir Polina her«, wies die Großmutter Marfa an.

Nach fünf Minuten kehrte Marfa mit Polina zurück. Die ganze Zeit über hatte Polina mit den Kindern in ihrem Zimmer gesessen, scheint's entschlossen, es an diesem Tag gar nicht mehr zu verlassen. Sie machte ein ernstes, trauriges und bekümmertes Gesicht.

»Polina«, begann die Großmutter, »stimmt es, was mir vorhin zu Ohren gekommen, dass nämlich dein Stiefvater, der Dummkopf, die Absicht hat, die dämliche französische Mamsell zu heiraten? Diese, wer weiß, Schauspielerin oder gar noch was Schlimmeres. Sag, stimmt es?«

»Genaues kann ich nicht sagen, Großmutter«, antwortete Polina, »doch aus den Worten von Mademoiselle Blanche, die daraus kein Geheimnis macht, schließe ich ...«

»Genug!«, unterbrach die Großmutter energisch. »Ich verstehe! Von dem war immer Schlimmes zu erwarten, hab ihn immer für den allerläppischten Leichtfuß gehalten. Will mit dem Generalsputz angeben, der Oberst, dem sie den General zum Abschied gaben. Ich weiß alles, meine Liebe, wie da Telegramm um Telegramm nach Moskau

ging; ›ob's noch lange dauert, bis die Alte den Löffel weg-
geschmissen hat‹. Aufs Erbe haben sie gewartet; ohne Geld
tät ihn das gemeine Frauenzimmer – na, diese de Cominges, oder? – nicht mal als Lakaien aufnehmen, schon gar mit
seinem falschen Gebiss. Es heißt, sie besitzt selbst ein statt-
liches Kapital, hat's durch Geldverleih zusammengetragen.
Ich gebe dir keine Schuld, Polina, mit den Telegrammen
hast du ja nichts zu tun, und was früher gewesen –
Schwamm drüber. Ich weiß, dein Charakter ist nicht gerade
von der sanften Art – hast weiß Gott Giftstacheln genug
parat, aber du dauerst mich, weil ich Katharina, deine Mutter selig, liebhatte. Also willst du? Lass alles liegen und stehen und komm mit. Du weißt ja sonst nicht wohin, und
dass du nach alldem bei ihnen bleibst, ziemt sich gar nicht.
Halt!«, unterbrach sie Polina, die zur Antwort ansetzte.
»Bin noch nicht fertig. Du bist mir zu nichts verpflichtet.
Mein Haus in Moskau, du weißt es selbst, ist schier ein Pa-
last; wenn du willst, kannst du ein ganzes Stockwerk in Beschlag nehmen und dich wochenlang nicht bei mir blicken
lassen, wenn dir mein Charakter lästig wird. Alsdann, ja
oder nein?«

»Erlauben Sie mir zuerst eine Frage: Wollen Sie wirklich
sofort abreisen?«

»Meinst du, ich scherze? Hab's gesagt und werd's auch
tun. Fünfzehntausend Silberrubel sind heute bei eurem
verfluchten Roulette in die Binsen gegangen. Auf meinem
Gut draußen vor Moskau hab ich vor fünf Jahren gelobt, die
Holzkirche in Stein umzubauen, und nun stattdessen so
viel verjubelt. Jetzt fahr ich heim, die Kirche bauen.«

»Und die Kur, Großmutter? Sie sind doch zur Kur hergekommen?«

»Ach, lass mich mit der Kur in Ruhe. Willst du mich absichtlich ärgern, Polina? Sag nun, kommst du mit oder nicht?«

»Ich bin Ihnen sehr, sehr dankbar, Großmutter«, begann Polina mit Gefühl, »dass Sie mir eine Bleibe anbieten. Sie haben meine Verhältnisse zum Teil erraten. Ich bin Ihnen so sehr verpflichtet, dass ich gewiss zu Ihnen kommen werde, vielleicht schon bald. Doch jetzt gibt es Umstände ... gewichtige ... und ich kann mich nicht so gleich, auf der Stelle entscheiden. Wenn Sie wenigstens noch zwei Wochen blieben ...«

»Das heißt, du willst nicht?«

»Das heißt, ich kann nicht. Überdies kann ich auch meine Geschwister nicht im Stich lassen, und weil ... weil ... weil es sich tatsächlich so fügen könnte, dass sie allein dastehn, dann ... wenn Sie mich mit den Kleinen aufnehmen, Großmutter, werde ich natürlich kommen und Ihnen meinen Dank redlich abstatten, das sollen Sie wissen«, fügte sie ungestüm hinzu. »Aber ohne die Kinder geht es nicht, Großmutter.«

»Na, lass das Greinen!« (Polina war weit entfernt davon, sie weinte überhaupt nie.) »Wir werden für die Küken auch noch Platz finden, der Hühnerstall ist groß. Zumal sie auch schon in die Schule müssen. Also, kommst du nun mit? Ach, Polina, sieh dich vor! Hab's gut mit dir gemeint, aber ich weiß ja, warum du bleibst. Ich weiß alles, Polina! Der Franzmann wird dir kein Glück bringen.«

Polina wechselte die Farbe. Ich fuhr zusammen. (Alle wissen es! Demnach weiß ich allein nichts!)

»Na, na, mach kein böses Gesicht. Ich schweige schon. Pass bloß auf, dass nichts Schlimmes geschieht, verstehst du? Bist ein kluges Mädchen, 's tät mir leid um dich. Uff, genug, möcht keinen von euch mehr sehen! Geh! Leb wohl!«

»Ich will Sie noch begleiten, Großmutter«, sagte Polina.

»Nicht nötig; stör mich nicht, ihr seid mir alle lästig.«

Polina küsste der Großmutter die Hand, doch die zog die Hand zurück und küsste Polina auf die Wange.

Als Polina an mir vorbeiging, warf sie mir einen raschen Blick zu.

»Leb wohl auch du, Alexej Iwanowitsch! In einer Stunde geht der Zug. Hab dir sehr zugesetzt, glaub ich. Da sind fünfzig Friedrichsdor, nimm sie dir.«

»Ihr ergebenster Diener, Großmutter, aber ich weiß nicht recht …«

»Na, schnell!«, rief sie, so energisch und drohend, dass ich mich nicht getraute zu widersprechen und das Geld annahm.

»In Moskau dann, wenn du ohne Stelle dastehst, klopf bei mir an; ich will dich weiterempfehlen. Und jetzt schau, dass du fortkommst!«

Ich stieg in mein Zimmer hinauf, legte mich aufs Bett und muss wohl eine halbe Stunde lang flach auf dem Rücken gelegen haben, die Hände im Nacken verschränkt. Die Katastrophe war ausgebrochen, es gab einiges, darüber nachzudenken. Ich beschloss, morgen ein eindringliches Gespräch mit Polina zu führen. Ha! das Französlein? Es stimmt also! Was konnte es indes sein? Polina und des Grieux! Mein Gott, was für eine Konstellation!

Es war schlicht und einfach unglaublich. Ich sprang plötzlich ungeduldig auf, um auf der Stelle nach Mister Astley zu suchen und ihn, koste es, was es wolle, zum Reden zu bringen. Natürlich weiß er auch darüber mehr als ich. Mister Astley? Noch ein Rätsel für mich!

Doch plötzlich klopfte es an der Tür. Es war Potapytsch.

»Zur Gnädigen, Alexej Iwanowitsch, man verlangt nach Ihnen!«

»Was ist? Bricht sie schon auf? Bis zur Abfahrt sind's noch zwanzig Minuten.«

»Sie ist außer sich, kann nicht ruhig sitzen. ›Schnell, schnell‹... Damit sind Sie gemeint, Alexej Iwanowitsch. Um Christi willen, beeilen Sie sich.«

Ich lief hinunter. Der Tragstuhl mit der Großmutter stand bereits auf dem Gang. In der Hand hielt sie ihre Brieftasche.

»Alexej Iwanowitsch, geh voraus, auf, auf ...«

»Wohin, Großmutter?«

»Der Schlag möge mich treffen, ich will mein Geld zurückgewinnen! Also, los, ohne viel Gefackel! Die spielen ja dort bis Mitternacht, oder?«

Ich war wie vom Blitz gerührt, überlegte kurz und traf einen Entschluss.

»Wie es Ihnen beliebt, Großmutter, aber ich gehe nicht mit.«

»Warum das? Wieder was Neues! Habt ihr alle den Verstand verloren?«

»Ganz wie Sie meinen, Großmutter, aber ich würde mir später selbst Vorwürfe machen. Ich will nicht! Will weder Zeuge noch Beteiligter sein; verschonen Sie mich damit, Großmutter. Da sind Ihre fünfzig Friedrichsdor; leben Sie wohl!« Ich legte das Bündel Geldscheine auf das Tischchen neben Großmutters Stuhl, machte eine Verbeugung und entfernte mich.

»Lauter dummes Zeug!«, rief mir die Großmutter nach. »Brauchst nicht mitgehn, ich find allein den Weg! Potapytsch, komm mit! Also, auf, los geht's.«

Ich konnte Mister Astley nirgends finden und kehrte nach Hause zurück. Später dann, schon nach Mitternacht, erfuhr ich von Potapytsch, wie Großmutters Tag zu Ende gegangen war. Sie hat alles verspielt, was ich für sie eingewechselt hatte, das heißt, in unsrem Geld nochmals zehntausend Rubel. Es hatte sich jener kleine Pole an sie herangemacht, dem sie tags zuvor zwei Friedrichsdor geschenkt hatte. Er war es, der sie beim Spielen anwies. Zuerst ließ sie den Potapytsch für sich setzen, jagte ihn aber bald davon; und eben da sprang der Pole in die Bresche. Obendrein verstand er russisch und palaverte in einer Dreisprachenmischung drauflos, so dass sie irgendwie miteinander zu Rande kamen. Die Großmutter überschüttete ihn mit Flüchen, und obwohl sich jener unentwegt erbötig machte, der *Pani* zu Füßen zu sinken, war's, wie Potapytsch berichtete, »ganz anders als mit Ihnen, Alexej Iwanowitsch. Mit Ihnen ging sie wie mit einem *Herrn* um, aber der da, hab's mit eigenen Augen gesehen, Gott möge mich Lügen strafen, stibitzte ihr noch vom Tisch das Geld. Sie hat ihn selbst zweimal dabei ertappt. Und wie sie ihn andonnerte, und wie sie ihn ausputzte, hat ihn einmal sogar an den Haaren gezaust, meiner Ehr, so dass rundum alle lachten. Sie hat alles verspielt, alles, was Sie für sie gewechselt haben. Dann brachten wir sie, die Gnädige, her, sie bat um ein Glas Wasser, bekreuzigte sich und ging zu Bett. Muss schlimm erschöpft gewesen sein, ist gleich eingeschlafen. Gott möge ihr Engelsträume bescheren! Pfui, dieses verflixte Ausland!«, schloss Potapytsch. »Das bringt nichts Gutes, hab ich immer gesagt. Ach, wären wir doch schon in unsrem Moskau! Was fehlt uns denn zu Hause, in Moskau? Ein Garten ist da, Blumen drin, wie es sie hier nicht gibt, überall duftet's, die Äpfel reifen, ein freier Blick, wohin das Auge reicht ... aber nein, uns zog's ins Ausland! Oje, ojemine! ...« 5

Dreizehntes Kapitel

Nun ist es bald einen ganzen Monat her, dass ich diese meine Notizen, wie ich sie unter dem verworrenen, aber starken Eindruck der damaligen Ereignisse niederzuschreiben begann, nicht angerührt habe. Die Katastrophe, deren Nahen ich damals erahnte, war tatsächlich eingetreten, indes hundertfach brutaler und unerwarteter, als ich gedacht hatte. Es bot sich alles so seltsam, hässlich, ja sogar tragisch dar, zumindest, was mich betrifft. Mir war einiges widerfahren, fast wundersame Begebenheiten, so sehe ich es zumindest noch heute, obwohl man bei anderer Betrachtungsweise und insbesondere unter Berücksichtigung des starken Sogs, der mich damals mitgerissen hatte, sie bestenfalls als nicht gerade alltäglich bezeichnen könnte. Doch am wundersamsten war für mich die Art, wie ich selbst diesen Ereignissen gegenüberstand. Ich verstehe mich bis heute nicht! Es flog alles wie ein Traum vorbei, sogar meine Leidenschaft, gewiss doch stark und echt damals ... wo ist sie geblieben? Auf Treu und Glauben, mitunter überkommt es mich: Ob ich damals nicht gar den Verstand verloren, vielleicht diese ganze Zeit lang im Irrenhaus gesessen habe und am Ende immer noch drin sitze? Dass ich mir demnach alles *eingebildet* habe und mir heute noch nur *einbilde* ...?«

Ich sammelte meine Notizen, las sie von neuem durch. (Wer weiß, vielleicht um draufzukommen, ob sie im Irrenhaus geschrieben worden sind.) Nun bin ich mutterseelenallein. Der Herbst naht, die Blätter verfärben sich. Ich sitze in dieser öden deutschen Kleinstadt (o wie öd deutsche Kleinstädte doch sein können!) und gebe mich, statt meine bevorstehenden Schritte zu überlegen, den vergangenen Empfindungen hin, den frischen Erinnerungen, der Wirkung dieses ganzen damaligen Wirbelwinds, in dessen Sog ich geraten war, ehe er mich wieder nach irgendwohin hinausstieß. Immer wieder kommt es mir vor, als würde ich immer noch darin herumgewirbelt, als bräche jeden Augenblick wieder jener Sturm los, der mich im Vorbeibrausen mit einem Flügel streifen wird, so dass ich wieder aus Ordnung und Angemessenheit herausfalle und dahinwirble und dahinwirble …

Im Übrigen mag es mir vielleicht auch irgendwie gelingen, Halt zu finden und dem Wirbel zu entkommen, wenn ich mir bloß möglichst genau über alle Geschehnisse dieses Monats Rechenschaft ablegen könnte. Das Schreiben lockt mich wieder; außerdem weiß ich oft gar nicht, was ich an den Abenden anfangen soll. Merkwürdig ist's, aber um mich mit irgendetwas zu beschäftigen, hole ich mir aus der hiesigen elendigen Bücherei Romane von Paul de Kock (in deutscher Übersetzung!), die ich beinahe nicht leiden kann und dennoch lese – und über mich selbst staune: als ob ich Angst hätte, den Zauber des Geschehenen durch ein seriöses Buch oder eine seriöse Beschäftigung zu zerstören. Gleich als wäre mir dieser garstige Traum samt allen Eindrücken, die er hinterließ, so teuer geworden, dass ich Angst habe, durch etwas Neues an ihn zu rühren, auf dass er sich nicht in Luft auflöse! Hängt mein Herz so sehr dran, wirklich? Ja natürlich, gewiss; vielleicht werde ich mich auch noch nach vierzig Jahren dran erinnern …

Kurzum, ich greife zur Feder. Im Übrigen lässt sich das alles nunmehr zum Teil auch kürzer berichten: Die Eindrücke sind andere geworden …

* * *

Fürs Erste, um das Kapitel Großmutter abzuschließen … Nächsten Tags verlor sie endgültig alles. Es musste so kommen: Sobald jemand von solchem Naturell auf diesen Pfad gerät, stürzt er wie mit dem Schlitten von einem verschneiten Hang hinab – immer schneller und schneller. Sie spielte den ganzen Tag bis acht Uhr abends; ich war nicht zugegen und weiß es nur vom Hörensagen.

Potapytsch hielt den Tag hindurch im Spielsaal Wache. Das polnische Gelichter, das ihr seine Dienste anbot, wechselte mehrmals. Die Großmutter begann damit, dass sie jenen gestrigen Polen, den sie an den Haaren gezaust hatte, fortjagte und sich einen anderen nahm; allerdings erwies sich der als beinah noch schlimmer. Nachdem Letzterer fortgejagt war und sie wieder den Ersten nahm, der die Zeit der Ungnade in ihrer Nähe überdauert hatte, sich hinter ihren Rollstuhl drängte und fort und fort seinen Kopf zu ihr durchzwängte, verfiel sie schließlich vollends in Verzweiflung. Der vertriebene zweite Pole war ebenso wenig gesonnen, das Feld zu räumen; der eine saß also zu ihrer Rechten, der andre zur Linken. Sie stritten und zankten ununterbrochen wegen der Einsätze, bedachten einander mit »Lajdak« und sonstigen polnischen Komplimenten, versöhnten sich wieder, schoben wild das Geld hin und her und gaben unnütze Anweisungen. Waren sie zerstritten, setzte jeder von seiner Seite, der eine beispielsweise auf Rot, der andre daraufhin auf Schwarz. Zu guter Letzt war die Großmutter derart verwirrt und verstört, dass sie sich beinahe weinend an den alten Croupier wandte und ihn um Schutz bat, dass er die beiden verjagen möge. Tatsächlich wurden sie, so sehr sie auch schrien und protestierten, sogleich hinausbefördert. Sie brüllten unisono und behaupteten beide auch noch, von der Großmutter um ihr Geld gebracht und gemein betrogen worden zu sein. Noch am selben Abend, nach dem Debakel, wurde mir dies alles von dem unglücklichen Potapytsch erzählt. Er berichtete unter Tränen, dass sich die beiden die Taschen mit Geld vollstopften und er selbst gesehen habe, wie sie die Großmutter hemmungslos beklauten und jeden Augenblick etwas einsteckten. Wenn einer der Großmutter beispielsweise als Lohn für die Mühen fünf Friedrichsdor abbettelte, setzte er sogleich neben Großmutters Zahl. Gewann die Großmutter, brüllte er, dass es sein Einsatz war, der gewonnen, und ihrer, der verloren hatte. Als sie hinausgejagt wurden, trat Potapytsch vor und meldete, dass sie die Taschen voller Gold hatten. Die Großmutter bat den Croupier sofort um Beistand, und sosehr die zwei Polen auch brüllten (wie zwei gefesselte Hähne), erschien die Polizei, und ihre Taschen wurden zu Großmutters Gunsten entleert. Solange sie nicht alles verspielt hatte, genoss die Großmutter den ganzen Tag lang bei den Croupiers und der ganzen Kurhausobrigkeit sichtbare Achtung. Allmählich verbreitete sich die Mär von der vieille comtesse russe, tombée en enfance in der ganzen Stadt; sie habe bereits »mehrere Millionen« verspielt.

Der Großmutter nutzte es aber reichlich wenig, dass sie die zwei polnischen *Lajdaks* los war. Deren Platz wurde sofort von einem dritten Polen eingenommen, der nunmehr bereits perfekt russisch sprach, als Gentleman gekleidet war – und trotzdem eher wie ein Lakai aussah, einen riesigen Schnurrbart und eine gute Portion Hoffart zur Schau trug. Auch er küsste der *Pani* die Füße, auch er zerfloss vor ihr, doch gegen die Übrigen gab er sich anmaßend, erteilte despotische Befehle – etablierte sich, kurz gesagt, sofort nicht als Großmutters Diener, sondern als ihr Besitzer. Bei jedem Einsatz wandte er sich umgehend an sie und schwor die furchtbarsten Schwüre, dass er selbst ein »ehrenwerter« *Pan* sei und von Großmutters Geld keine Kopeke annehmen würde. Er wiederholte die Schwüre so oft, dass sie es mit der Angst bekam. Da dieser Pan jedoch anfangs tatsächlich Glück in ihr Spiel brachte und zu gewinnen begann, konnte die Großmutter schon nicht mehr von ihm lassen. Nach einer Stunde tauchten die beiden hinausbeförderten früheren Polen wieder hinter Großmutters Stuhl auf und meldeten, ihr notfalls auch als Laufburschen dienen zu wollen. Potapytsch schwor hoch und heilig, dass der »ehrenwerte Pan« ihnen zugeblinzelt und sogar etwas zugesteckt hatte. Da die Großmutter nicht zu Mittag gegessen und ihren Platz kaum verlassen hatte, kam ihr das Angebot tatsächlich zupass: sie schickte den einen in den Speisesaal des Kurhauses und ließ sich eine Tasse Bouillon und später auch Tee bringen. Im Übrigen liefen sie beide hin. Doch gegen Ende des Tages, als allen schon klar war, dass sie ihre letzte Banknote versetzte, standen bereits bis zu sechs bis dahin unsichtbare und unhörbare Polen hinter ihrem Stuhl. Als die Großmutter dann im Begriff war, ihre letzten Münzen zu verspielen, hatten sie längst aufgehört, ihr zu gehorchen, sie überhaupt zur Kenntnis zu nehmen; sie langten über ihren Kopf hinweg auf den Tisch, schnappten selbst das Geld, trafen selbst Entscheidungen, setzten, stritten und schrien, wandten sich vertraulich an den »ehrenwerten Pan«, während jener Großmutters Existenz so gut wie vergessen hatte. Sogar dann, als alles samt und sonders verspielt war und sich die Großmutter um acht Uhr abends auf den Heimweg ins Hotel machte, wollten drei oder vier Polen noch immer nicht von ihr ablassen; sie liefen neben dem Tragstuhl einher und behaupteten, einander überschreiend, dass die Großmutter sie übers Ohr gehauen habe und ihnen etwas schuldig sei. So erreichte man das Hotel, von wo sie endlich mit Tritten geschasst wurden.

Nach Potapytschs Schätzung hatte die Großmutter an diesem Tag, den gestrigen Verlust nicht eingerechnet, insgesamt gut neunzigtausend Rubel verspielt. Die Wertpapiere – fünfprozentige Pfandbriefe, Binnenanleihen, Aktien, alles, was sie bei sich trug, hatte sie eins nach dem anderen wechseln lassen. Auf meinen Einwand, wie sie denn die sieben oder acht Stunden fast dauernd am Tisch eingeklemmt hatte aushalten können, berichtete Potapytsch, dass sie ein paarmal tatsächlich im Begriff war, kräftig zu gewinnen, und es darum, von neuen Hoffnungen mitgerissen, nicht über sich brachte, den Tisch zu verlassen. Ein Spieler versteht ja, wie's einem Menschen möglich ist, auch vierundzwanzig Stunden lang mit nicht erlahmender Wachsamkeit am Kartentisch zu verbringen.

Indessen begaben sich an diesem Tag bei uns im Hotel ebenfalls überaus entscheidende Ereignisse. Schon am Morgen vor elf, die Großmutter war noch zu Hause, entschlossen sich die Unsrigen, will heißen der General und des Grieux, zu einem letzten Schritt. Nachdem sie erfahren hatten, dass die Großmutter nicht dran dachte heimzureisen, vielmehr wieder in die Spielsäle zu gehen beabsichtigte, erschienen sie bei ihr in versammeltem Konklave (außer Polina), um ein endgültiges und sogar *offenes* Gespräch zu führen. Der General, dem das Herz ob der für ihn so schrecklichen Folgen stillstand, tat sogar des Guten zu viel: nach einer halben Stunde Flehens und Bittens, als er letztlich alles offen eingestand, nämlich seine Schulden gleichwie die Leidenschaft für Mademoiselle Blanche (seine Selbstbeherrschung war dahin), verfiel er plötzlich in einen drohenden Ton und begann die Großmutter sogar anzuschreien und mit den Füßen aufzustampfen; er schrie, dass sie Schande über die Familie bringe, in der ganzen Stadt skandalöses Aufsehen errege und schließlich … schließlich: »Sie besudeln den russischen Namen!«, schrie der General und: »Man sollte die Polizei holen!« Die Großmutter vertrieb ihn mit einem Stock (wahrhaftig mit einem Stock). Der General und des Grieux berieten sich an diesem Morgen noch ein- oder zweimal, wobei ihre Gedanken um eben die Frage kreisten, ob es nicht möglich wäre, die Polizei einzuschalten. Tja, etwa so, dass da eine bedauernswerte, jedoch ehrwürdige alte Dame den Verstand verloren habe, ihr letztes Geld verspielen würde u. s. f. Mit einem Wort, ob sich nicht so etwas wie Amtsaufsicht oder Spielverbot erwirken ließe? … Des Grieux zuckte indessen nur die Schultern und lachte dem bereits völlig wirr daherredenden und unrastig auf und ab laufenden General offen ins Gesicht. Schließlich brach er das Gespräch ab und verschwand. Am Abend erfuhr man, dass er nach einer entscheidenden und höchst geheimnisvollen Unterredung mit Mademoiselle Blanche aus dem Hotel gezogen war. Was jedoch Mademoiselle Blanche anlangt, so hatte sie schon am Morgen endgültige Maßnahmen getroffen: Dem General wurde unsanft der Laufpass erteilt, er durfte sie nicht mal mehr sehen. Als er ihr zum Kurhaus nachlief und sie Hand in Hand mit dem kleinen Fürsten antraf, wollten ihn weder Mademoiselle noch Madame veuve Cominges erkennen. Auch der kleine Fürst würdigte ihn keines Grußes. Den ganzen Tag lang hatte Mademoiselle Blanche dem kleinen Fürsten auf den Zahn gefühlt und alles drangesetzt, ein entscheidendes Wort aus ihm herauszulocken. Am Abend jedoch trat die Katastrophe ein: Sie hatte sich hinsichtlich des Fürsten arg verrechnet. Wie sich plötzlich herausstellte, war er arm wie eine Kirchenmaus und hatte seinerseits darauf gebaut, von ihr Geld fürs Roulette geliehen zu bekommen. Blanche jagte ihn empört davon und sperrte sich in ihrem Zimmer ein.

Am Morgen desselben Tages hatte ich mich zu Mister Astley begeben, oder, genauer gesagt, mich auf die Suche nach ihm gemacht, indes ohne Erfolg. Er war weder zu Hause noch im Kurhaus oder Park. In seinem Hotel hatte er an diesem Tag nicht zu Mittag gegessen. Es ging bereits auf fünf, als ich ihn plötzlich auf halbem Wege vom Bahnhof zum Hotel d'Angleterre erblickte. Er war in Eile und äußerst besorgt, obwohl seine Miene kaum so etwas wie Besorgtheit oder sonst eine andere Art Verwirrung erkennen ließ. Er streckte mir herzlich, jedoch ohne stehen zu bleiben, die Hand entgegen, murmelte sein übliches »Ah« und setzte seinen Weg eiligen Schritts fort. Ich blieb ihm auf den Fersen; er schaffte es jedoch, mir solcherart zu antworten, dass ich nichts zu fragen vermochte. Zudem war es mir irgendwie furchtbar peinlich, das Gespräch auf Polina zu bringen; er selbst aber erwähnte sie mit keinem Wort. Ich berichtete ihm über die Großmutter, er hörte ernst und aufmerksam zu und zuckte die Achsel.

»Sie wird alles verspielen«, bemerkte ich.

»O ja, gewiss«, antwortete er, »sie war ja schon dort, ehe ich abfuhr, drum wusste ich genau, dass sie verspielen würde. Wenn mir Zeit bleibt, schaue ich im Kurhaus vorbei, es ist interessant.«

»Wo sind Sie gewesen?«, rief ich laut, verwundert, noch nicht danach gefragt zu haben.

»In Frankfurt.«

»In Geschäften?«

»Ja, in Geschäften.«

Tja, was hätte ich weiter fragen sollen? Im Übrigen ging ich noch immer neben ihm einher, bis er plötzlich zum Hotel De quatre saisons einbog, das auf unserem Weg lag, und mit einer kleinen Verbeugung darin verschwand. Auf dem Heimweg begriff ich allmählich, dass ich auch nach zwei Stunden Unterhaltung absolut nichts von ihm erfahren hätte, weil … ich nichts zu fragen hatte! So war's, natürlich. Meine Frage zu formulieren wäre mir jetzt völlig unmöglich.

Den ganzen Tag hatte Polina abwechselnd zu Hause oder mit den Kindern und der Kinderfrau im Park verbracht. Dem General ging sie seit langem aus dem Weg, sprach kaum noch mit ihm, zumindest nicht über Ernstes. Es ist mir seit langem aufgefallen. Da ich jedoch wusste, in welcher Lage sich der General heute befand, dachte ich, eine Begegnung sei unvermeidlich. Jedenfalls müssten gemeinsam wichtige familiäre Überlegungen angestellt worden sein. Doch als ich auf dem Heimweg von Mister Astley Polina mit den Kindern begegnete, drückte ihr Gesicht ungetrübteste Ruhe aus, so als hätten alle familiären Stürme just um sie einen Bogen gemacht. Auf meine Verbeugung nickte sie mit dem Kopf. Ich war ganz verärgert, als ich in meinem Zimmer anlangte.

Natürlich hatte ich ein Gespräch mit ihr gemieden und war nach der Episode mit den Wurmerhelms auch nicht mit ihr zusammengekommen. Natürlich war's meinerseits teils Angeberei und Affektiertheit gewesen; doch je länger es dauerte, desto mehr echte Empörung staute sich in mir auf. Selbst wenn sie mich kein bisschen liebte, dürfte sie sich nicht erlauben, meine Gefühle in solcher Weise mit Füßen zu treten und sich mit derartiger Verachtung meine Liebesbeteuerungen anzuhören. Als ob sie nicht wüsste, dass ich sie wahrhaftig liebe, nicht selbst zugelassen und geduldet hat, dass ich so mit ihr sprach!? Zugegeben, es hatte irgendwie seltsam mit uns begonnen. Vor längerer Zeit, zwei Monate müssen es her sein, merkte ich, dass sie mich zu ihrem Freund, ihrem Vertrauten machen möchte, ja bereits ein wenig auf die Probe stellte. Doch aus irgendeinem Grunde nahm es damals mit uns nicht diesen Lauf, und es blieben stattdessen unsere seltsamen heutigen Beziehungen übrig; das war's, warum ich jetzt so mit ihr spreche. Wenn sie aber meine Liebe leid ist, weshalb verbietet sie mir nicht, darüber zu sprechen?

Es wird mir nicht verboten, ganz im Gegenteil, sie stachelt mich mitunter selbst zu einem Gespräch an … zur eigenen Belustigung, versteht sich. Ich bin mir darin ganz sicher, ich habe es genau beobachtet: Es bereitet ihr Vergnügen, mich anzuhören und zu reizen und zu peinigen, um mich daraufhin plötzlich durch eine Ladung geballter Verachtung und Gleichgültigkeit völlig niederzuschmettern. Dabei weiß sie doch, dass ich ohne sie nicht leben kann. Drei Tage sind seit des Vorfalls mit dem Baron nun vergangen, und schon ertrage ich unsere *Trennung* nicht. Als ich ihr eben beim Kurhaus begegnete, kriegte ich solches Herzklopfen, dass ich erblasste. Aber sie, sie kommt ja ohne mich auch nicht aus! Sie braucht mich und … ob wirklich nur als Hofnarren? Ich will's nicht glauben.

Sie hat ein Geheimnis – klar! Ihr Gespräch mit der Großmutter traf mich ins Herz. Hab ich sie nicht tausendmal angefleht, offen mit mir zu sein? Wusste sie denn nicht, dass ich wirklich bereit war, ihr zuliebe mein Leben hinzugeben? Sie aber quittierte es immer mit fast so was wie Verachtung und wollte von mir nicht das Leben geopfert, das ich ihr anbot, sondern allerlei Streiche wie damals mit dem Baron! Ist das nicht empörend? Bedeutet der Franzose wirklich die ganze Welt für sie? Und Mister Astley? Hier beginnt die Sache vollends unverständlich zu werden, aber ich … mein Gott, wie groß war meine Pein!

Zu Hause angelangt, griff ich in rasender Wut zur Feder und schrieb in einem Zug:

»Polina Alexandrowna, ich sehe nun das Finale anbrechen, welches natürlich auch Sie nicht verschonen wird. Ich wiederhole zum letzten Mal: Wollen Sie mein Leben oder nicht? Wenn Sie mich auch nur für *irgendetwas* brauchen – befehlen Sie. Ich sitze unterdessen – die meiste Zeit jedenfalls – in meinem Zimmer und fahre nirgendwohin fort. Wenn nötig – Sie brauchen nur zu schreiben oder zu rufen.«

Ich versiegelte den Brief und schickte den Hausdiener mit dem Befehl aus, das Couvert persönlich auszuhändigen. Eine Antwort erwartete ich nicht, der Lakai kam jedoch nach drei Minuten mit »besten Grüßen von Mademoiselle« zurück.

Nach sechs wurde ich zum General gerufen.

Ich fand ihn im Arbeitszimmer, wie zum Ausgehen gekleidet. Hut und Spazierstock lagen auf dem Diwan. Als ich eintrat, stand er grätschbeinig und gesenkten Kopfs mitten im Zimmer und sprach, so kam es mir vor, laut mit sich selbst. Doch sobald er meiner gewahr wurde, sprang er fast schreiend auf mich zu, so dass ich unwillkürlich zurückwich und schon die Flucht ergreifen wollte; er packte mich jedoch an beiden Händen und zerrte mich zum Diwan, setzte sich, hieß mich gegenüber in einem Lehnstuhl Platz nehmen und begann, ohne meine Hände freizugeben, mit zitternden Lippen, Tränentropfen auf den Wimpern und flehender Stimme auf mich einzureden:

»Alexej Iwanowitsch, bitte retten Sie mich, haben Sie Erbarmen!«

Lange vermochte ich rein gar nichts zu verstehen: Er sprach und sprach und sprach und wiederholte immerzu »Erbarmen! Erbarmen!« Schließlich dämmerte mir, dass er irgendwie Rat bei mir suchte, richtiger gesagt, dass er sich, mit seinem Kummer und seinen Ängsten alleingelassen, meiner erinnert hatte und mich kommen ließ, um zu sprechen, zu sprechen, zu sprechen.

Er war nicht bei Sinnen, zumindest aber in höchstem Maße verwirrt. Er faltete bittend die Hände und war bereit, sich vor mir auf die Knie zu werfen, auf dass ich (was glauben Sie wohl?) ... auf dass ich zu Mademoiselle Blanche eile und ihr ins Gewissen rede, kurzum, sie dazu bewege, zu ihm zurückzukehren und ihn zu heiraten.

»Aber ich bitte Sie, General«, rief ich, »Mademoiselle Blanche hat bislang vielleicht noch gar nicht Notiz von mir genommen. Was könnte ich erreichen?«

Widerspruch war jedoch vergeblich: Er nahm nicht auf, was man ihm sagte. Auch über die Großmutter wollte er ein Gespräch anspinnen, redete jedoch nur verworrenes Zeug; er hielt noch immer am Gedanken an die Hilfe der Polizei fest.

»Bei uns, bei uns«, begann er in jähem Zornesausbruch, »mit einem Wort, bei uns, in einem wohlgesitteten Staat, wo Befehle von oben was gelten, würde man ein altes Weib wie die sofort unter Kuratel stellen! Jawohl, werter Herr, Sie wussten es noch nicht« ... Sein Ton wurde plötzlich forscher, er war aufgesprungen und schritt das Zimmer ab. »Sie sollten es aber wissen, werter Herr«, wandte er sich an einen imaginären werten Herrn in der Zimmerecke, »jawohl, bei uns werden solche alten Weiber in die Mangel genommen, in die Mangel ... jawohl ... Teufel nochmal!«

Und er warf sich wieder auf den Diwan und erzählte, nach Atem ringend und beinahe schluchzend, dass ihn Mademoiselle Blanche nicht heirate, weil statt des Telegramms die Großmutter eingetroffen und es nunmehr ganz klar war, dass er keine Erbschaft bekäme. Er meinte, ich wüsste noch nichts von alldem. Ich erwähnte den Namen des Grieux; er winkte ab: »Abgereist! Alles, was mein war, ist bei ihm versetzt. An den Bettelstab bin ich gekommen! Das Geld, das Sie mir brachten ... jenes Geld – ich weiß nicht, wie viel, aber etwa siebenhundert Franc müssten davon übrig sein – und Schluss, und aus, und was weiter kommt, weiß ich nicht … jawohl! …«

»Und die Hotelrechnung?«, rief ich erschrocken aus. »Und … was dann?«

Er sah mich nachdenklich an, hatte aber wohl nicht verstanden, vielleicht meine Frage auch gar nicht gehört. Ich versuchte, das Gespräch auf Polina Alexandrowna und die Kinder zu bringen – er antwortete kurz »ja, ja!« und kehrte zu Mademoiselle Blanche zurück, und dass sie nun mit dem Fürsten fortfahren würde und dann … und dann … »Was soll ich bloß tun, Alexej Iwanowitsch«, wandte er sich plötzlich an mich. »Bei allen Heiligen, was soll ich tun? Sagen Sie, ist das nicht undankbar? nicht furchtbar undankbar?«

Endlich brach er in Tränen aus.

Mit einem solchen Menschen ist nichts anzufangen, doch auch ihn allein zu lassen war gefährlich; wäre ja möglich, dass ihm etwas zustößt. Im Übrigen wurde ich ihn irgendwie los, gab aber der Kinderfrau Nachricht, sie möge öfters nach ihm sehen, und sprach außerdem mit dem Hoteldiener, einem aufgeweckten Burschen, der sich anheischig machte, ebenfalls ab und zu ein Auge auf den General zu werfen.

Kaum hatte ich den General verlassen, erschien Potapytsch bei mir: die Großmutter lasse bitten. Es war acht, sie war – nach dem endgültigen Debakel – gerade eben vom Kurhaus zurück. Ich ging hinunter. Sie saß in ihrem Tragstuhl, völlig erschöpft und sichtlich krank. Marfa hatte Tee gebracht und zwang die Alte beinahe mit Gewalt, eine Tasse auszutrinken. Großmutters Stimme und ihr Ton hatten sich deutlich verändert.

»Seid mir gegrüßt, lieber Alexej Iwanowitsch«, sprach sie langsam und neigte förmlich den Kopf. »Entschuldigt die nochmalige Belästigung, verzeiht es einer alten Frau. Hab alles dortgelassen, mein Freund, fast hunderttausend Rubel. Du hast gestern recht getan, nicht mit mir zu gehen. Jetzt sitze ich da, keinen Groschen in der Tasche. Will nicht mehr warten, um halb zehn geht der Zug. Ich habe nach deinem Engländer geschickt, Astley, nicht wahr? Will ihn um dreitausend Franc für eine Woche bitten. Sprich du mit ihm, dass er es nicht falsch versteht und mir nicht abschlägt. Ich bin, mein Freund, noch immer recht vermögend. Nenne drei Dörfer und zwei Häuser mein, und auch Geld wird sich finden, hab nicht alles auf die Reise mitgenommen. Ich sage es, damit er nicht zu zweifeln braucht ... Ha, da ist er ja! Ein guter Mensch, man sieht es.«

Mister Astley war Großmutters Ruf sofort gefolgt. Ohne zu zögern und viele Worte zu machen, zählte er dreitausend Franc ab und stellte einen Wechsel aus, den sie unterschrieb. Sobald das erledigt war, verabschiedete er sich und eilte davon.

»Nun geh auch du, Alexej Iwanowitsch. 's ist noch eine Stunde Zeit, möchte ein bisschen ausruhen, die Knochen tun mir weh. Ärgere dich nicht über mich alte Idiotin. Will jungen Leuten niemals mehr Leichtsinn vorwerfen, und auch der Unglücksrabe, euer General, soll keinen Vorwurf mehr von mir hören. Geld kriegt er von mir trotzdem nicht, wie er's möchte, in meinen Augen bleibt er ein vollendeter Dümmling, bloß, dass auch ich alte Idiotin nicht gar klüger bin. Wahrlich, der Herrgott treibt auch bei den Alten die Rechnung für zu viel Hochmut ein. Leb wohl also. Marfa, heb mich auf.«

Ich wollte die Großmutter aber zur Bahn bringen. Außerdem befand ich mich in einer Art Erwartung, wartete, dass jeden Augenblick etwas geschehen müsste. Es trieb mich aus dem Zimmer in den Gang hinaus, dann ging ich sogar kurz in den Park spazieren. Mein Brief an sie war klar und entschieden, und die eingetretene Katastrophe natürlich endgültig. Im Hotel hatte ich von des Grieux' Abreise erfahren. Und schließlich konnte sie mich zwar als Freund zurückweisen, aber vielleicht als ihren Diener akzeptieren. Sie braucht mich doch, wenn nicht anders, dann als Laufburschen; ich kann ihr nützlich sein, wie denn nicht!

Ich brachte die Großmutter zur Bahn und half ihr in den Zug. Sie fanden alle im Familienwaggon Platz. »Hab vielen Dank, mein Lieber, für deine selbstlose Anteilnahme«, verabschiedete sie sich von mir, »und wiederhole Polina, was ich ihr gestern sagte – ich werde auf sie warten.«

Ich machte mich auf den Heimweg. Als ich an des Generals Zimmer vorbeiging, traf ich die Kinderfrau und erkundigte mich nach ihm. »Es geht«, gab sie verdrossen zur Antwort. Dennoch wollte ich beim General eintreten, blieb aber an der Schwelle total verblüfft stehen. Ich fand Mademoiselle Blanche und den General in einträchtiger Heiterkeit über etwas schallend lachen; Madame veuve Cominges saß daneben auf dem Diwan. Der General war offensichtlich irr vor Glück, plapperte sinnloses Zeug und überschlug sich in nervösem, langem Lachen, das über sein Gesicht eine Unzahl von Fältchen ausbreitete und die Augen verschwinden ließ. Später erfuhr ich von selbiger Blanche, dass sie, sobald sie den Fürsten vor die Tür gesetzt und vom Wehklagen des Generals erfahren hatte, den Beschluss fasste, ihn zu trösten und kurz, einen Augenblick nur, bei ihm vorbeizuschauen. Indes blieb es dem armen General verborgen, dass zu dieser Zeit sein Schicksal bereits entschieden war und Blanche bereits zu packen begonnen hatte, um nächsten Morgens mit dem ersten Zug nach Paris zu sausen.

Ich stand eine Weile an der Schwelle, änderte meine Absicht und entfernte mich unbemerkt. Als ich oben war und die Tür aufmachte, erblickte ich im Dämmer plötzlich eine Gestalt, die auf dem Stuhl beim Fenster saß. Sie rührte sich bei meinem Eintritt nicht. Ich ging rasch auf sie zu, sah und – der Atem stockte mir: Es war Polina!

Vierzehntes Kapitel

Ich stieß wahrhaftig einen Schrei aus.

»Und? Und?«, fragte sie seltsam. Sie war blaß und sah finster drein.

»Was – und? Sie? Hier, bei mir?«

»Wenn ich komme, dann schon *ganz*. So halte ich es. Sie werden gleich sehen; zünden Sie eine Kerze an.«

Ich zündete die Kerze an. Sie erhob sich, trat an den Tisch und schob mir einen aufgebrochenen Brief hin.

»Lesen Sie«, befahl sie kurz.

»Es ist … es ist die Handschrift von des Grieux!«, rief ich aus. Der Brief in meinen Händen zitterte, die Zeilen tanzten vor meinen Augen. Ich habe den genauen Wortlaut des Briefes nicht behalten, kann ihn aber wiedergeben – wenn nicht Wort für Wort, so doch Gedanke für Gedanke. Hier ist er:

»Mademoiselle«, schrieb des Grieux, »widrige Umstände

zwingen mich, unverzüglich abzureisen. Es ist Ihnen natürlich nicht entgangen, dass ich absichtlich das endgültige Gespräch mit Ihnen mied, um zuerst abzuwarten, wie sich die Dinge entwickeln würden. Die Ankunft Ihrer alten (de la vieille dame) Verwandten und ihre törichte Eskapade hoben alle meine Bedenken auf. Eigene zerrüttete Vermögensverhältnisse verbieten es mir, mich fürderhin den betörenden Hoffnungen hinzugeben, welche zu hegen ich mir eine Zeit lang erlaubte. Ich bedaure, was vorbei ist, hoffe indes, dass Sie an meinem Verhalten nichts finden können, was eines Mannes von Ehre und Anstand (gentilhomme et honnête homme) unwürdig wäre. Indem ich nahezu mein ganzes Geld an Ihren Stiefvater verliehen und verloren habe, sehe ich mich der dringendsten Notwendigkeit ausgesetzt, zu tun, was allein mir zu tun bleibt: Ich habe bereits Freunden in Petersburg Vollmacht erteilt, das belehnte Vermögen unverzüglich zu verkaufen. Weil mir indes nicht unbekannt, dass Ihr Stiefvater in seinem Leichtsinn Ihr eigenes Geld vergeudete, entschloss ich mich, ihm fünfzigtausend Franc nachzulassen, auf welche Summe ich ihm folglich Schuldscheine zurückgebe, wodurch sich Ihnen die Möglichkeit bietet, das Verlorene auf dem Gerichtswege von ihm zurückzufordern. Ich hoffe, Mademoiselle, dass meine Vorgehensweise Ihnen beim gegenwärtigen Stand der Dinge durchaus Vorteile bringen wird. Ich hoffe weiterhin, dass ich damit den Pflichten eines ehrenwerten Mannes genüge. Seien Sie versichert, dass die Erinnerung an Sie ewig in meinem Herzen aufbewahrt bleibt.«

»Na ja, das ist klar«, sagte ich, zu Polina gewandt. »Haben Sie etwas anderes erwartet?«, fügte ich zornig hinzu.

»Nichts habe ich erwartet«, antwortete sie scheinbar ruhig, doch etwas zuckte in ihrer Stimme. »Mein Entschluss stand seit langem fest; ich habe seine Gedanken gelesen und erfahren, was er dachte. Er dachte, dass ich mich bemühe ... dass ich beharren werde ... (Sie hielt mitten im Satz inne und biss sich auf die Lippen.) Ich habe meine Verachtung für ihn mit Absicht verdoppelt«, begann sie von neuem, »ich wollte sehen, wie er sich verhalten würde. Wäre das Telegramm über die Erbschaft gekommen – ich hätte ihm die Schulden dieses Idioten, meines Stiefvaters, vor die Füße geworfen und ihm dann den Laufpass gegeben! Er war mir seit langem verhasst. O, er war nicht derselbe Mann früher, nie und nimmer, und jetzt, und jetzt! ... O wie glücklich ich doch wäre, ihm jetzt die fünfzigtausend vor die Füße zu werfen und hintendrein in die gemeine Visage zu spucken ... pfui und Schluss!«

»Aber der Pfandbrief, den er zurückgab, der Pfandbrief über die fünfzigtausend Franc, der muss doch beim General sein? Sie könnten sich ihn holen und des Grieux geben.«

»O nein, das wäre es nicht! Nicht so ...«

»Ja, das stimmt: Das wäre es nicht! Und ob der General jetzt noch zu etwas fähig ist? Und die Großmutter?«, rief ich plötzlich aus.

Polina sah mich irgendwie zerstreut und ungeduldig an.

»Die Großmutter?«, wiederholte sie verdrossen. »Ich kann nicht zu ihr ... Und will überhaupt niemanden um Verzeihung bitten«, fügte sie unwillig hinzu.

»Was also tun?«, rief ich. »Ja wie konnten, wie konnten Sie bloß diesen des Grieux lieben! O, der Schurke, der Erzschurke! Sagen Sie, soll ich ihn zum Duell fordern und töten? Wo ist er jetzt?«

»In Frankfurt, dort bleibt er drei Tage.«

»Ein Wort aus Ihrem Munde, und ich fahre los, morgen, mit dem ersten Zug!«, sprach ich in irgendwie dummem Überschwang.

Sie lachte.

»Was denn, er wird am Ende zuerst die fünfzigtausend Franc zurückverlangen ... Warum auch sollte er sich duellieren? ... Unsinn!«

»Und wo, wo nehmen wir die fünfzigtausend her?«, begann ich widerstrebend von neuem – als ob sie wirklich so plötzlich vom Boden aufzuklauben wären. »Warten Sie mal: Und Mister Astley?«, wandte ich mich mit dem Ansatz eines seltsamen Gedankens an sie.

Ihre Augen flackerten auf.

»Was denn, *du selbst* willst, dass ich von dir zu diesem Engländer gehe?«, sprach sie mit einem bitteren Lächeln, die Augen durchdringend auf mein Gesicht geheftet. Zum ersten Mal im Leben hatte sie *du* zu mir gesagt.

Es muss ihr in diesem Augenblick schwindelig geworden sein vor Aufregung, plötzlich ließ sie sich, wie total erschöpft, auf den Diwan fallen.

Mir war, als hätte mich ein Blitz gestreift; ich stand da und traute meinen Augen und Ohren nicht! Sie liebt mich also! Ist zu *mir* gekommen und nicht zu Mister Astley! Ist allein zu mir gekommen, ein junges Mädchen, zu mir ins Hotelzimmer – hat sich also in aller Öffentlichkeit kompromittiert, und ich, ich stehe vor ihr und begreife noch nicht!

Ein wilder Gedanke durchzuckte mein Gehirn.

»Polina! Gib mir eine Stunde Zeit! Warte hier, nur eine Stunde und ... ich bin zurück! Es ... es muss sein! Du wirst sehen! Sei hier, sei hier!«

Und ich stürzte aus dem Zimmer, ohne ihren erstaunten

fragenden Blick zu beachten; sie rief mir etwas nach, doch ich kehrte nicht um.

O ja, mitunter kann sich einem der wildeste, der scheinbar unmöglichste Gedanke so stark im Gehirn festsetzen, dass man ihn schließlich erfüllbar glaubt … Mehr noch: Wenn sich die Idee mit einem mächtigen, leidenschaftlichen Wollen vereint, nimmt man sie bald als etwas Fatales an, etwas, was notwendig und vorausbestimmt ist, als etwas unbedingt zu Geschehendes! Vielleicht fügt sich noch anderes hinzu, eine Kombination von Ahnungen, eine ungewöhnliche Willensanstrengung, die Selbstvergiftung durch die eigene Phantasie oder noch etwas – ich weiß es nicht; wie immer, mir war an diesem Abend (den ich mein Leben lang nicht vergessen werde) Wunderbares geschehen. Obgleich ganz und gar durch die Arithmetik begründbar, bleibt es für mich bis heute wunderbar. Von woher denn, von woher kam damals diese Sicherheit, die sich so tief und seit so langer Zeit in mir festgesetzt hatte? Und ich versichere Ihnen nochmals: Ich habe darin wahrhaftig nicht eine Episode gesehen, die sich neben mehreren anderen ereignet (folglich geschehen kann oder auch nicht), sondern als etwas Besonderes, was sich ereignen *muss*!

Es war viertel nach zehn; ich betrat das Kurhaus mit einer so festen Hoffnung und zugleich einer solchen Erregung, wie ich sie noch nie erfahren hatte. In den Spielsälen tummelte sich noch reichlich viel Publikum, allerdings halb so viel wie vormittags.

Nach zehn Uhr bleiben an den Spieltischen die wahren, die verbissenen Spieler zurück, für sie besteht das Kurbad allein aus dem Roulette, dem zuliebe sie allein hergekommen sind, und sie nehmen kaum wahr, was um sie herum geschieht, und haben während der ganzen Saison für nichts anderes Interesse als für das Spiel von früh bis spät, das sie gerne, wäre dies bloß möglich, die ganze Nacht lang bis zum Morgengrauen fortsetzen würden. Und nur widerwillig brechen sie auf, wenn um zwölf die Säle geschlossen werden. Und sobald der Chefcroupier kurz vor der Sperrstunde sein »Les trois derniers coups, messieurs« kundtut, sind sie gerüstet, bei diesen letzten drei Spielen auch mal alles zu setzen, was sie in der Tasche haben – und eben dann wird am meisten verloren. Ich steuerte auf den Tisch zu, an dem die Großmutter gesessen hatte, und konnte, weil's kein Gedränge gab, rasch einen Platz – stehend – am Tisch ergattern. Direkt vor mir stand auf dem grünen Tuch das Wort »Passe« geschrieben. Das Wort »Passe« bedeutet die Zahlenreihe von neunzehn bis einschließlich sechsunddreißig. Die erste Reihe hingegen, von eins bis einschließlich achtzehn, heißt Manque. Allein – was kümmerte es mich? Ich kalkulierte nicht, hatte nicht mal gehört, auf welche Zahl die Kugel vorher gefallen war, und fragte nicht danach, als ich das Spiel begann, wie es jeder auch nur ein bisschen kalkulierende Spieler getan hätte. Ich zog meine zwanzig Friedrichsdor aus der Tasche und warf sie auf das Passe vor mir.

»Vingt-deux«, verlautbarte der Croupier.

Ich hatte gewonnen und setzte abermals das ganze, das frühere Geld und den Gewinn, ein.

»Trente-et-un«, rief der Croupier. Wieder gewonnen! Ich besaß somit bereits achtzig Friedrichsdor! Ich schob alle achtzig auf das mittlere Dutzend (dreifacher Gewinn, aber eine Chance gegen zwei) – die Scheibe drehte sich, die Kugel fiel auf vierundzwanzig. Mir wurden drei Bündel zu fünfzig Friedrichsdor und zehn Goldmünzen zugeteilt; alles in allem fand ich mich als Besitzer von zweihundert Friedrichsdor wieder.

Ich war wie von Fieber geschüttelt und schob den ganzen Haufen Geld auf Rot – und kam plötzlich zur Besinnung! Ein einziges Mal an diesem Abend, bei diesem Spiel, fuhr mir kalter Schrecken durch die Glieder und ließ Hände und Beine erzittern. Mit Entsetzen wurde mir plötzlich bewusst, *was* es für mich jetzt bedeuten würde, zu verlieren! Der Einsatz war mein Leben!

»Rouge!«, verlautete der Croupier – und ich konnte wieder atmen, spürte ein feuriges Prickeln am ganzen Körper. Man zahlte mir Banknoten aus; somit waren es bereits viertausend Florin und achtzig Friedrichsdor! (Da vermochte ich noch mitzuzählen.)

Danach setzte ich, wie ich mich erinnere, zweitausend Florin wieder auf das mittlere Dutzend – und verlor; setzte mein Gold und achtzig Friedrichsdor – und verlor. Wut packte mich: Ich schnappte die übrigen letzten zweitausend Florin und setzte auf das erste Dutzend, einfach so, auf gut Glück, ohne lange zu überlegen! Nein, doch: es gab einen Augenblick des Wartens, der vielleicht – Eindruck vom Eindruck – mit dem zu vergleichen ist, was Madame Blanchard empfand, als sie damals in Paris mit dem Luftballon zur Erde stürzte.

»Quatre!«, rief der Croupier. Wieder besaß ich samt dem Vorigen sechstausend Florin. Schon blickte ich in Siegerpose um mich, schon fürchtete ich nichts, aber auch gar nichts mehr, und warf viertausend Florin auf Schwarz. Gut ein halbes Dutzend Spieler beeilten sich, mir gleichzutun, und setzten ebenfalls auf Schwarz. Die Croupiers warfen sich Blicke zu und tuschelten. Die Umsitzenden unterhielten sich und warteten.

Es kam Schwarz. Von nun an erinnere ich mich an nichts mehr, weder an meine Kalkulationen noch an die Reihenfolge der Einsätze. Ich erinnere mich lediglich wie im Traum, dass ich bereits etwa sechzehntausend Florin gewonnen hatte, ehe ich durch dreimal Pech auch schon wieder zwölftausend verlor; danach setzte ich die letzten viertausend auf Passe (kaum etwas dabei empfindend; ich wartete bloß, stumpf, ohne einen Gedanken im Kopf) – und gewann wieder; danach gewann ich abermals, viermal hintereinander. Ich erinnere mich nur, dass ich das Geld zu Tausenden an mich zog; erinnere mich noch, dass am häufigsten das mittlere Dutzend kam, das ich mir denn auch zu eigen machte. Es kam irgendwie regelmäßig, immerzu drei- bis viermal hintereinander, blieb danach zweimal aus und tauchte wieder auf – drei-, viermal. Derlei Regelmäßigkeit beobachtet man mitunter in Serien, und eben dadurch werden notorische Spieler, jene, die mit dem Bleistift in der Hand Berechnungen anstellen, verwirrt. Und was für grausame Streiche einem das Schicksal hier manchmal spielt!

Ich glaube, seit meiner Ankunft war nicht mehr als eine halbe Stunde vergangen. Plötzlich teilte mir der Croupier mit, dass ich dreißigtausend Florin gwonnen hatte und das Roulette, weil die Bank für nicht mehr als einmal hafte, bis morgen Früh geschlossen werde. Ich verstaute mein Gold in der Tasche, packte alle Banknoten und machte mich unverzüglich zu einem anderen Roulettetisch in einem anderen Saal auf; die ganze Meute lief mir nach; dort wurde wiederum ein Platz für mich freigemacht, und ich legte los, ohne zu überlegen, ohne zu rechnen. Ich verstehe nicht, wie ich da heil davongekommen bin!

Im Übrigen flackerten in meinem Kopf manchmal doch so was wie rechnerische Überlegungen auf. Ich hielt mich an bestimmte Zahlen und Chancen, ließ sie jedoch bald wieder fallen und setzte von neuem aufs Geratewohl. Ich muss sehr zerstreut gewesen sein; weiß noch, dass die Croupiers mehrmals Fehler von mir, grobe Fehler, korrigierten. Meine Schläfen waren schweißnass, die Hände zitterten. Immer wieder drängte sich dienststeifrig das Polengelichter an mich heran, doch ich hörte auf niemand. Das Glück riss nicht ab! Plötzlich kam rundum lautes Gemurmel und Gelächter auf. »Bravo! Bravo!«, schrien alle, manch einer klatschte gar in die Hände. Ich habe auch hier dreißigtausend Florin eingeheimst, und die Bank wurde wieder bis morgen geschlossen.

»Schluss, machen Sie Schluss!«, flüsterte mir eine Stimme von rechts ins Ohr. Es war ein Frankfurter Jude, er hatte die ganze Zeit neben mir gestanden und mir, glaub ich, manchmal beim Spielen geholfen.

»Um Himmels willen, machen Sie Schluss«, flüsterte mir eine andere Stimme ins linke Ohr. Ich sah kurz hin. Es war eine äußerst bescheiden und züchtig gekleidete Dame um die dreißig, mit einem krankhaft blassen, müden Gesicht, das jedoch durchaus erahnen ließ, wie wunderbar schön es früher gewesen sein musste. Ich war eben dabei, das Gold vom Tisch aufzuklauben und mir die Taschen mit hastig zusammengeknüllten Banknoten vollzustopfen. Als ich beim letzten Bündel mit fünfzig Friedrichsdor ankam, gelang es mir, das Geld ganz unauffällig der blassen Dame zuzustecken; ich hatte ein ganz starkes Verlangen damals, dies zu tun, und weiß noch, wie ihre zarten, dünnen Finger zum Zeichen tiefster Dankbarkeit meine Hand drückten. Es dauerte nicht länger als einen Augenblick.

Sobald alles eingesammelt war, machte ich mich zum Trente-et-quarante auf.

Beim Trente-et-quarante spielt das erlauchte Publikum. Es ist etwas anderes als Roulette, es sind Karten. Hier haftet die Bank für hunderttausend Taler auf einmal. Der Höchsteinsatz ist ebenfalls mit viertausend Florin festgesetzt. Ich kannte mich bei diesem Spiel und den Einsätzen überhaupt nicht aus, wusste nur von Rot und Schwarz, die es auch dabei gab. Daran hielt ich mich denn auch. Alles, was noch im Kurhaus war, drängte sich um mich. Ich weiß nicht, ob ich während der ganzen Dauer auch nur einmal an Polina dachte. Ich erfuhr damals den unüberwindlichen Genuss am Geldnehmen und Geldeinstecken – die Banknoten türmten sich vor mir auf.

Wahrhaftig, es war, als drängte mich mein Schicksal an den Tisch. Diesmal ereignete sich wie absichtlich ein Vorkommnis, wie es im Übrigen recht oft beim Spielen passiert. Da wählt sich die Fortüne sagen wir Rot aus und bleibt zehn-, ja fünfzehnmal hintereinander dabei. Schon vor zwei Tagen hörte ich, dass es in der Vorwoche zwanzigmal hintereinander Rot gegeben hat; es wurde mit Verwunderung herumerzählt. Klarerweise wendet sich alsbald alles vom Rot ab, nach dem zehnten Mal gibt es kaum noch jemanden, der darauf zu setzen wagt. Doch auch auf Schwarz, den Widerpart des Rot, werden erfahrene Spieler nicht setzen. Ein erfahrener Spieler weiß, was er von dieser »Laune des Zufalls« zu halten hat. Man sollte doch beispielsweise meinen, dass nach sechzehnmal Rot beim siebzehnten Mal unbedingt Schwarz kommen müsse. Neulinge stürzen sich en masse darauf, verdoppeln und verdreifachen die Einsätze – und verlieren haushoch.

Ich aber folgte einer seltsamen Laune und hängte mich absichtlich ans Rot, nachdem es siebenmal gekommen war. Ich bin überzeugt, dass eine gute Portion Eitelkeit mit dabei war; die Zuschauer sollten meinen wahnwitzigen Wagemut bewundern. Und dann, o seltsames Empfinden, ich erinnere mich genau, bemächtigte sich meiner plötzlich ein schrecklich starkes und wirklich durch keinerlei Eitelkeit hervorgerufenes Verlangen, einen großen Coup zu wagen. Mag sein, dass die Seele nach einer solchen Kette von Empfindungen nicht gesättigt wird, sondern nur gereizt und nach immer neueren und stärkeren Empfindungen verlangt, ehe am Ende die vollkommene Erschöpfung eintritt. Glauben Sie mir, 's ist wahr: Wenn es die Spielregeln erlaubt hätten, fünfzigtausend Florin auf einmal zu setzen – ich hätte es zweifellos getan. Von rundherum wurde mir zugerufen, es sei Wahnsinn, und Rot käme bereits zum vierzehnten Mal!

»Monsieur a gagné déjà cent mille florins«, vernahm ich eine Stimme neben mir.

Plötzlich kam ich zur Besinnung. Wie? Ich habe an diesem Abend hunderttausend Florin gewonnen! Ja wozu brauche ich mehr? Ich beugte mich über die Banknoten, stopfte sie, ohne zu zählen, in die Tasche, raffte mein ganzes Gold und alle Geldbündel auf und stürzte zum Ausgang. Alles lachte, als ich durch die Säle ging: mit prallvollen Taschen und wankenden Schritts – wegen des Goldgewichts, gut ein halbes Pud wird es gewesen sein. Etliche Hände streckten sich mir entgegen; ich teilte aus, so viel ich auf einmal greifen konnte. Zwei Juden hielten mich am Ausgang an.

»Sie sind kühn! Sehr kühn«, sagten sie, »aber beeilen Sie sich abzureisen, morgen früh, möglichst zeitig, sonst verspielen Sie alles ...«

Ich hörte nicht zu. Die Allee war dunkel, man konnte seine Hand nicht sehen. Bis zum Hotel war es eine halbe Werst. Vor Dieben oder Wegelagerern hatte ich mich schon als Kind nicht gefürchtet; dachte auch jetzt nicht an sie. Im Übrigen weiß ich gar nicht mehr, woran ich unterwegs dachte; da hat es keinen Gedanken gegeben. Ich empfand nichts als eine schrecklich starke, lustvolle Befriedigung: über den Erfolg, den Sieg, meine Allmacht – ich weiß nicht, wie ich es ausdrücken soll. Auch Polinas Antlitz schwebte vor meinen Augen; ich war mir bewusst, auf dem Weg zu ihr zu sein, sie jetzt gleich sehen, ihr berichten, ihr zeigen zu können ... doch ich erinnerte mich kaum daran, was sie vorhin zu mir gesagt hatte und warum ich losgezogen war, und all diese Empfindungen von vor knappen anderthalb Stunden erschienen mir nun als etwas, was längst vergangen, veraltet und überholt war, als etwas, was wir nicht mehr erwähnen werden, weil von nun an alles von neuem beginnt. Fast am Ende der Allee angelangt, wurde ich plötzlich von Angst gepackt: »Was, wenn man mich jetzt umbringt und beraubt!?« Mit jedem Schritt verdoppelte sich meine Angst. Ich lief beinahe. Da tauchte am Ende der Allee mit all seinen unzähligen Lichtern das Hotel auf – Gott sei Dank: Ich war zu Hause!

Flugs stieg ich zu meiner Etage hoch und öffnete rasch die Tür. Polina war da und saß auf meinem Diwan, eine angezündete Kerze vor sich, die Arme gekreuzt. Sie sah mich erstaunt an, meine äußere Erscheinung muss in diesem Augenblick natürlich seltsam gewesen sein. Ich trat vor sie und ging daran, den ganzen Haufen meines Geldes auf dem Tisch auszuschütten.

Fünfzehntes Kapitel

Sie sah mir, ich weiß es noch, mit schrecklicher Spannung ins Gesicht, blieb jedoch sitzen, änderte nicht mal ihre Haltung.

»Ich habe zweihunderttausend Franc gewonnen«, brach es aus mir hervor, während ich das letzte Bündel auf den Tisch warf. Der riesige Geldberg, Banknoten und Goldstücke, nahm den ganzen Tisch ein, ich konnte den Blick nicht mehr davon lassen; für Augenblicke vergaß ich Polina. Mal versuchte ich, den Geldhaufen in Ordnung zu bringen und die Banknoten zu stapeln, mal machte ich mich daran, die Goldstücke getrennt aufzutürmen; dann wieder ließ ich alles liegen, sprang auf, schritt hastig das Zimmer ab und versank in Gedanken, um mich kurz darauf wieder dem Tisch zuzuwenden und von neuem das Geld zu zählen. Plötzlich stürzte ich, wie aus einer Betäubung erwacht, zur Tür und sperrte hastig zu, drehte den Schlüssel zweimal um. Daraufhin blieb ich nachdenklich vor meinem kleinen Koffer stehen.

»Soll ich's vielleicht bis morgen im Koffer verwahren?«, fragte ich plötzlich an Polina gewandt, und ich erinnerte mich plötzlich an sie. Sie saß unverändert auf ihrem Platz, rührte sich nicht, folgte mir mit dem Blick. Irgendwie seltsam war ihr Gesichtsausdruck; er gefiel mir nicht, dieser

Gesichtsausdruck! Ich gehe nicht fehl, wenn ich sage, dass Hass darin lag.

Ich ging rasch auf sie zu.

»Polina, hier sind fünfundzwanzigtausend Florin, das macht fünfzigtausend Franc, sogar mehr. Nehmen Sie, werfen Sie ihm das Geld morgen ins Gesicht.«

Sie erwiderte nichts.

»Wenn Sie wünschen, bringe ich es selbst hin, am frühen Morgen. Ja?«

Sie lachte plötzlich. Sie lachte lange.

Ich sah sie mit Verwunderung und Trauer an. Dieses Lachen glich sehr stark jenem früheren höhnischen Lachen, das stets die Antwort auf meine leidenschaftlichen Gefühlsausbrüche war. Endlich hörte sie auf, zog finster die Brauen zusammen und musterte mich streng.

»Ich nehme Ihr Geld nicht«, sagte sie verächtlich.

»Wie? Was soll das?«, rief ich. »Warum denn nicht, Polina?«

»Ich lasse mir kein Geld schenken.«

»Ich biete es Ihnen als Freund. Wie ebenso mein Leben.«

Sie sah mich mit einem langen, forschenden Blick an, gleichwie als wollte sie mich damit durchbohren.

»Sie zahlen viel«, sagte sie hämisch, »die Maitresse von des Grieux ist fünfzigtausend Franc nicht wert.«

»Polina, wie können Sie auf diese Art mit mir sprechen!«, rief ich vorwurfsvoll. »Ich bin doch nicht des Grieux!«

»Ich hasse Sie! Ja … ja! … Ich liebe Sie nicht mehr als des Grieux«, rief sie aus, ihre Augen funkelten plötzlich.

Im selben Augenblick schlug sie beide Hände vors Gesicht, ein Weinkrampf schüttelte sie. Mit einem Sprung war ich bei ihr.

Es musste ihr, das begriff ich, in meiner Abwesenheit etwas widerfahren sein. Sie war wie ganz von Sinnen.

»Kauf mich! Willst du? Um fünfzigtausend Franc, wie des Grieux?«, stieß sie unter krampfhaftem Schluchzen hervor. Ich umfing sie, küsste ihr Hände, Füße, sank vor ihr auf die Knie.

Das Schluchzen ließ nach. Sie legte mir beide Hände auf die Schultern und durchforschte angespannt mein Gesicht, als wollte sie etwas davon ablesen. Sie hörte mir zu, nahm aber, was ich ihr sagte, offensichtlich nicht wahr. Etwas Besorgtes und Nachdenkliches zeigte sich in ihren Zügen. Ich hatte Angst um sie; mir kam es entschieden so vor, als trübte sich ihr Verstand. Bald zog sie mich leise an sich, und ihr Gesicht wurde von einem zutraulichen Lächeln erhellt, bald stieß sie mich plötzlich fort und starrte mich wieder mit ihrem verdüsterten Blick an.

Plötzlich warf sie sich mir in die Arme.

»Du liebst mich doch, du liebst mich doch?«, sprach sie. »Hast du denn nicht … mir zuliebe den Baron fordern wollen?« – Sie lachte plötzlich laut auf – als wäre etwas Komisches und Liebgewonnenes aus ihrer Erinnerung aufgetaucht. Sie weinte und lachte, alles in einem. Was hätte ich tun sollen, der ich selbst wie von Fieber geschüttelt war? Ich weiß noch: Sie sprach zu mir, doch ich konnte fast gar nichts verstehen. Sie stammelte hastige Worte, als wollte sie mir dringend etwas erzählen, es war eine Art Trance, doch immer wieder von einem durchaus fröhlichen Lachen unterbrochen, das mir Angst einzujagen begann. »Nein, nein, du bist mein Lieber, mein Liebster«, wiederholte sie, »mein treuer Liebster!« Und wieder legte sie mir ihre Hände auf die Schultern, wieder sah sie mich prüfend an und fragte wieder und wieder: »Liebst du mich ... liebst du mich ... wirst du mich lieben?« Ich ließ nicht die Augen von ihr; solche Ausbrüche von Zärtlichkeit und Liebe hatte ich bei ihr noch nie gesehen; zugegeben, sie war natürlich nicht bei Sinnen, aber ... sobald sie meinen leidenschaftlichen Blick bemerkte, setzte sie allemal ein schelmisches Lächeln auf; unvermittelt sprach sie plötzlich über Mister Astley.

Auf Mister Astley kam sie übrigens unentwegt zu sprechen (besonders, als sie mir eingangs mühsam etwas mitzuteilen versuchte), doch worum es im Detail ging, konnte ich nicht ganz erfassen; mir scheint, sie hat sogar über ihn gelacht und wiederholte immerzu, dass er wartete ... und ob ich wisse, dass er in diesem Augenblick sicherlich vor dem Fenster stehe. »Doch, doch, vor dem Fenster – na, mach es schon auf, schau runter, er ist da, ganz gewiss!« Sie stieß mich an, ich möge zum Fenster gehen, doch sobald ich eine Bewegung machte, lachte sie hell auf, und ich blieb bei ihr, und sie umarmte mich wieder.

»Lass uns wegfahren! Morgen, ja?«, kam ihr plötzlich ein unrastiger Gedanke. »Na ja ... (sie überlegte) na ja, glaubst du, dass wir die Großmutter einholen könnten? Was glaubst du, wird sie sagen, wenn wir sie einholen und vor ihr stehen? Und Mister Astley? Na, der wird schon nicht vom Schlangenberg runterspringen, was meinst du? (Sie schüttelte sich vor Lachen.) Hör mir mal zu: Weißt du, wohin er im nächsten Sommer fährt? Er will zum Nordpol, um dort wissenschaftlich zu forschen – und ich soll mit! Ich lache mich krumm! Er sagt, dass wir Russen ohne die Europäer nichts wissen und zu nichts taugen ... Aber er hat auch ein gutes Herz! Weißt du, er nimmt den General in Schutz; er sagt, dass Blanche ... dass die Leidenschaft ... na, ich weiß nicht, weiß nicht«, wiederholte sie plötzlich wie aus Verlegenheit, als hätte sie sich verplappert. »Sie tun mir ja so sehr leid, die Großmutter auch ... Hör zu, hör mal zu, wie wolltest du's denn schaffen, den des Grieux umzubringen? Hast du wirklich, ganz echt gedacht, du könntest es? O mein dummer Liebster! Hast du wirklich glauben können, ich hätte dir erlaubt, dich mit des Grieux zu schlagen? Du hättest ja nicht mal den Baron umbringen können«, fügte sie lachend hinzu. »O wie komisch du damals warst, bei der Sache mit dem Baron; ich sah euch beiden von der Bank aus zu; und wie unwillig du damals hingingst, nachdem ich's dir befohlen hatte. Wie habe ich doch damals gelacht«, schloss sie aufjauchzend.

Und dann küsste sie mich plötzlich wieder und umarmte mich, schmiegte ihr Gesicht wieder leidenschaftlich und zärtlich an das meine. Schon dachte ich an nichts mehr ... hörte nichts. Mir drehte sich der Kopf ...

Es muss so sieben Uhr am Morgen gewesen sein, als ich zu mir kam; im Zimmer war es hell. Polina saß neben mir und blickte seltsam um sich, so als tauchte sie aus einer Finsternis auf und klaubte Erinnerungen zusammen. Auch sie war gerade erst aufgewacht und betrachtete angespannt den Tisch und das Geld. Mein Kopf war schwer und schmerzte. Ich wollte eben Polinas Hand ergreifen, doch sie stieß mich plötzlich von sich und sprang auf. Der beginnende Tag war trüb, vor Sonnenaufgang hatte es geregnet. Sie ging zum Fenster, öffnete es, streckte Kopf und Brust hinaus und verweilte gut drei Minuten so, das Kinn auf die Hände gestützt und die Ellenbogen aufs Fensterbrett. Sie sah sich nicht nach mir um und beachtete nicht, was ich zu ihr sprach. Mit Schrecken dachte ich daran, was nun geschehen und womit es enden würde. Plötzlich richtete sie sich auf, trat an den Tisch, sah mich mit dem Ausdruck unendlichen Hasses an und sagte mit vor Zorn bebenden Lippen:

»Alsdann, krieg ich nun meine fünfzigtausend Franc!?«

»Polina, schon wieder, schon wieder!«, hob ich an.

»Oder hast du dir's anders überlegt? Es ist zum Lachen! Tut's dir gar schon leid drum?«

Die fünfundzwanzigtausend Florin lagen, noch gestern abgezählt, auf dem Tisch; ich nahm das Geld und reichte es ihr.

»Sie gehören doch jetzt mir, nicht wahr? Sag!«, herrschte sie mich böse an.

»Sie haben dir immer gehört«, sagte ich.

»Ach, da hast du sie, deine fünfzigtausend Franc!« Sie holte aus und klatschte mir das Geldbündel mit aller Wucht ins Gesicht. Die Banknoten zerflatterten über dem Fußboden. Dies getan, stürzte Polina aus dem Zimmer.

Ich weiß natürlich, dass sie in jenem Augenblick nicht bei vollem Verstand war, trotzdem kann ich die zeitweilige Sinnesverwirrung nicht verstehen. Allerdings ist sie bislang, wo doch schon ein Monat vergangen ist, noch immer nicht gesund. Was aber mag die Ursache dieses ihres Zustands und vor allem jenes Ausbruchs gewesen sein? Verletzter Stolz? Verzweiflung, dass sie sich entschlossen hatte, zu mir zu kommen? Habe ich sie gar glauben lassen, dass das Glück meiner Eitelkeit schmeichelte, und dass ich mich tatsächlich, genau wie des Grieux, von ihr loskaufen wollte mit den fünfzigtausend Franc? Aber so war es ja nicht, mein Gewissen sagt es mir. Ich denke, es war auch ihre Eitelkeit mit schuld daran; ihre Eitelkeit hatte ihr eingeflüstert, mir nicht zu trauen und mich zu beleidigen, obwohl es auch ihr nicht ganz bewusst gewesen sein mag. In diesem Falle habe ich freilich für des Grieux herhalten müssen, schuldig geworden vielleicht ohne große Schuld. Zugegeben, es war alles nur Wahnwitz, zugegeben, ich wusste, dass sie von Sinnen war … und hatte es nicht beachtet. Vielleicht kann sie mir das jetzt nicht verzeihen? O ja, jetzt nicht, gewiss, aber damals, damals? Denn so arg verwirrt und krank konnte sie nicht gewesen sein, dass sie gar nicht erkannte, was sie tat, als sie mit des Grieux' Brief zu mir kam? Also wusste sie, was sie tat.

Ich stopfte meine Banknoten und Goldstücke allesamt eilends unter die Bettdecke und verließ etwa zehn Minuten nach Polina das Zimmer. Ich war überzeugt, sie bei sich anzutreffen, und wollte leise in den Vorraum der Generalssuite schleichen, um mich bei der Kinderfrau nach der Gesundheit des Fräuleins zu erkundigen. Wie groß war also mein Erstaunen, als ich von eben der Kinderfrau, die mir auf der Treppe in die Arme lief, erfuhr, dass Polina noch nicht heimgekehrt und die Kinderfrau selbst zu mir unterwegs war, um nach ihr zu suchen.

»Sie ist eben von mir fort«, gab ich Auskunft, »zehn Minuten sind's her, wo sollte sie sein?«

Die Alte sah mich vorwurfsvoll an.

Es hatte, stellte sich heraus, großes Aufsehen gegeben, die Geschichte machte im Hotel bereits die Runde. In der Portierloge und beim Oberkellner wurde getuschelt, dass das Fräulein frühmorgens, im Regen, aus dem Haus gestürzt und in Richtung des Hotel d'Angleterre gelaufen war. Wie ihre Worte und Andeutungen verrieten, wussten sie bereits, dass Polina die Nacht in meinem Zimmer verbracht hatte. Im Übrigen war die ganze Generalsfamilie im

Gerede: Man erzählte sich, der General habe gestern völlig die Fassung verloren und so laut geschluchzt, dass es das ganze Hotel hörte. Überdies hieß es, die abgereiste alte Gräfin sei seine Mutter gewesen, die eigens aus Russland herbeigeeilt war, um ihrem Sohn unter Androhung der Enterbung die Ehe mit Mademoiselle de Cominges zu verbieten, und danach – als er tatsächlich nicht gehorchen wollte – mit voller Absicht und vor seinen Augen ihr ganzes Geld beim Roulette durchbrachte, bloß um ihm nur ja nichts übrig zu lassen. »Diese Russen!«, wiederholte der Oberkellner mit entrüstetem Kopfschütteln. Die anderen lachten. Der Oberkellner stellte die Rechnung fertig. Mein Spielglück war bereits ruchbar geworden; Karl, der Etagendiener, gratulierte als Erster. Doch ich hatte andere Sorgen. Ich machte mich eiligst zum Hotel d'Angleterre auf.

Es war noch zeitig; Mister Astley empfing nicht; als er erfuhr, dass ich der Besucher war, trat er auf den Gang, pflanzte sich schweigend vor mir auf, heftete seinen bleiernen Blick auf mich und wartete ab, was ich vorzubringen hatte. Ich fragte sofort nach Polina.

»Sie ist krank«, antwortete Mister Astley, ohne den starren Blick von mir zu nehmen.

»Demnach ist sie wirklich bei Ihnen?«

»O ja, sie ist hier.«

»Und Sie ... Sie haben die Absicht, sie bei sich zu behalten?«

»O ja, das habe ich.«

»Mister Astley, das wird einen Skandal geben; lassen Sie es nicht zu. Außerdem ist sie ganz und gar krank, vielleicht haben Sie es nicht bemerkt?«

»O doch, habe ich ... und Ihnen ja schon gesagt, dass sie

krank ist. Wäre sie nicht krank, hätte sie nicht die Nacht bei Ihnen verbracht.«

»Also wissen Sie auch davon?«

»Allerdings. Sie war gestern auf dem Weg zu mir, und ich hätte sie zu meiner Verwandten gebracht, doch weil sie krank war, irrte sie sich und kam zu Ihnen.«

»Das stell sich einer vor! Nun ja, ich beglückwünsche Sie, Mister Astley. Apropos, da fällt mir etwas ein: Sind Sie nicht gar die ganze Nacht bei uns vor dem Fenster gestanden? Miss Polina ließ mich die ganze Nacht lang immerzu das Fenster öffnen und rausschauen, ob Sie nicht unten stehen. Sie hat schrecklich gelacht.«

»Tatsächlich? Nein, vor dem Fenster stand ich nicht; aber auf dem Gang habe ich gewartet und meine Runden gedreht.«

»Aber sie braucht einen Arzt, Mister Astley!«

»O ja, ich habe bereits nach einem geschickt, und wenn sie stirbt, werde ich Sie für ihren Tod zur Rede stellen.«

Ich staunte. »Aber ich bitte Sie, Mister Astley, was haben Sie vor?«

»Stimmt es, dass Sie gestern am Abend zweihunderttausend Taler gewonnen haben?«

»Bloß hunderttausend Florin.«

»Na sehen Sie! Nehmen Sie den Morgenzug nach Paris.«

»Wozu das?«

»Alle Russen fahren nach Paris, sobald sie zu Geld kommen«, erklärte Mister Astley in einem Tonfall und mit einer Stimme, als lese er aus einem Buch vor.

»Was soll ich jetzt, im Sommer, in Paris? Ich liebe Polina, Mister Astley. Sie wissen es ja.«

»Tatsächlich? Ich bin überzeugt, dass es nicht so ist. Und

obendrein würden Sie, wenn Sie hier bleiben, alles wieder verlieren und nichts mehr besitzen, um damit nach Paris zu fahren. Also leben Sie wohl, ich bin ganz sicher, Sie werden heute nach Paris aufbrechen.«

»Na schön, leben Sie wohl, aber nach Paris fahre ich nicht. Bedenken Sie, Mister Astley, was wird nun aus uns? ... Mit einem Wort, der General ... und nun dieses Abenteuer mit Miss Polina – es wird die Runde durch die ganze Stadt machen.«

»Gewiss, durch die ganze Stadt; aber den General kümmert es wenig, er hat andere Sorgen. Zudem steht es Miss Polina völlig frei, zu wohnen, wo es ihr beliebt. Was nun die Familie anlangt, so wäre es richtig zu sagen, dass diese Familie zu bestehen aufgehört hat.«

Ich ging heimwärts und grinste innerlich über die seltsame Überzeugtheit des Engländers, ich würde mich nach Paris fortmachen. »Immerhin möchte er mich beim Duell niederschießen«, dachte ich, »falls Mademoiselle Polina sterben sollte. Eine schöne Bescherung!« Ich schwöre es, Polina tat mir leid, doch merkwürdig: Von jenem Augenblick an, da ich gestern den Spieltisch berührte und die Geldbündel zu raffen begann – war meine Liebe gleichsam in den Hintergrund getreten. Das sage ich jetzt; damals war es mir noch nicht so klar. Bin ich wirklich ein Spieler, liebte ich Polina wirklich ... auf so seltsame Weise? Nein, ich liebe sie heute noch, Gott ist mein Zeuge! Damals aber, als ich von Mister Astley nach Hause ging, habe ich aufrichtig gelitten und mich schuldig gefühlt. Doch da ... da geschah mir etwas überaus Merkwürdiges und Dummes.

Ich steuerte eilig auf die Generalssuite zu, als sich nahebei plötzlich eine Tür öffnete und jemand meinen Namen rief. Die Witwe Madame de Cominges war es, die mich im Auftrag von Mademoiselle Blanche einzutreten bat.

Das Appartement war nicht groß: zwei Zimmer. Aus dem Schlafzimmer war das Lachen und die laute Stimme von Mademoiselle Blanche zu hören. Sie war im Begriff aufzustehen.

»A, c'est lui! Viens donc, bêta! Stimmt es, que tu as gagné une montagne d'or et d'argent? J'aimerais mieux l'or.«

»Es stimmt«, erwiderte ich lachend.

»Wie viel?«

»Hunderttausend Florin.«

»Bibi, comme tu es bête. Na, komm schon rein, ich kann ja nichts verstehen. Nous ferons bombance, n'est-ce pas?«

Ich trat ins Schlafzimmer. Sie rekelte sich unter einer rosa Atlasdecke und streckte ihre braunhäutigen, gesunden, fulminanten Schultern hervor – Schultern, wie man sie sonst bestenfalls im Traum sieht –, die nur spärlich durch ein spitzenbesetztes schneeweißes Hemdchen verhüllt waren; es passte erstaunlich zu ihrer dunklen Haut.

»Mon fils, as-tu du cœur?«, juchzte sie bei meinem Anblick und brach in Lachen aus. Ihr Lachen klang immer sehr vergnügt und manchmal aufrichtig.

»Tout autre …« begann ich, das Zitat von Corneille aufgreifend.

»Na, siehst du, vois-tu«, ging plötzlich ihr Mundwerk los, »such fürs Erste meine Strümpfe und hilf mir rein, und zweitens, si tu n'es pas trop bête, je te prends à Paris. Weißt du, ich fahre gleich.«

»Gleich?«

»In einer halben Stunde.«

Es war in der Tat bereits alles gepackt. Die Koffer und

Reisetaschen standen bereit. Der Kaffee war serviert und wartete.

»Eh bien! Tu verras Paris. Dis donc qu'est-ce que c'est qu'un outchitel? Tu étais bien bête, quand tu étais out-chitel. Wo bleiben denn meine Strümpfe? Hilf mir doch, los!«

Sie hielt mir ein wahrhaft entzückendes Füßchen entgegen, braunhäutig, zart und nicht verunstaltet wie fast all diese Füßchen, die in Schuhen so possierlich dreinschauen. Ich lachte und machte mich mit dem Seidenstrumpf ans Werk. Mademoiselle Blanche saß währenddessen auf dem Bett und plapperte.

»Eh bien, que feras-tu, si je te prends avec? Erstens je veux cinquante mille francs. Du gibst sie mir in Frankfurt. Nous allons à Paris: dort leben wir zusammen, et je te ferai voir des étoiles en plein jour. Du wirst Frauen sehen, wie du sie noch nie gesehen hast. Hör zu …«

»Halt, halt, ich soll dir fünfzigtausend Franc geben und selbst mit leeren Taschen sitzenbleiben?«

»Et cent cinquante mille francs, hast du die vergessen? Und obendrein bin ich bereit, bei dir zu wohnen, einen Monat, zwei, que sais-je! In zwei Monaten haben wir die hundertfünfzigtausend längst durchgebracht. Siehst du, je suis bonne enfant und sage es dir im Vorhinein, mais tu verras des étoiles.«

»Was, alles Geld in zwei Monaten?«

»Das erschreckt dich?! Ah, vil esclave! Weißt du überhaupt, dass einen Monat lang so zu leben mehr wiegt als deine ganze Existenz? Ein Monat – et après de déluge! Mais tu ne peux comprendre, va! Mach, dass du fortkommst, du bist es nicht wert! Au, que fais-tu?«

Eben zog ich den Strumpf über das zweite Füßchen, konnte mich aber nicht beherrschen und küsste es. Sie zog es zurück und schlug mir mehrere Male mit der Fußspitze ins Gesicht. Schließlich schickte sie mich ganz fort. »Eh bien, mon outchitel, j'attends, si tu veux; in einer Viertelstunde breche ich auf!«, rief sie mir nach.

Zurück in meinem Zimmer, fühlte ich mich bereits – wie durcheinandergewirbelt. Was soll's, bin ich denn schuld, dass Mademoiselle Polina mir den Geldpacken ins Gesicht geworfen und mir schon gestern den Mister Astley vorgezogen hatte. Ein paar Banknoten lagen noch am Boden verstreut; ich sammelte sie ein. In diesem Augenblick ging die Tür auf, es war der Oberkellner höchstpersönlich (der mich früher keines Blickes würdigte) mit dem Angebot, ein vorzügliches Appartement im unteren Stock zu beziehen, welches eben nach dem Grafen W. freigeworden war.

Ich richtete mich auf, überlegte kurz.

»Die Rechnung!«, verlangte ich laut. »Ich reise ab, in zehn Minuten!«

»Nach Paris also, es komme was kommt!«, dachte ich bei mir. »Das Schicksal hat entschieden …«

Eine Viertelstunde später saßen wir tatsächlich zu dritt in einem gemeinsamen Familienabteil; ich, Mademoiselle Blanche und Madame veuve Cominges. Mademoiselle Blanche lachte Tränen bei meinem Anblick. Die Witwe Cominges sekundierte ihr. Das Leben brach entzwei; doch ich war's ja seit gestern gewohnt, alles auf eine Karte zu setzen. Mag sein, dass ich wirklich dem vielen Geld nicht standhalten konnte und den Kopf verlor. Peut-être, je ne demandais pas mieux. Ich glaubte, es sei ein vorübergehender – nicht mehr als ein vorübergehender – Kulissenwechsel. »In einem

Monat bin ich zurück, und dann … dann nehm ich's wieder mit Ihnen auf, Mister Astley!« Nein, wenn ich mich jetzt erinnere, war ich auch damals schrecklich traurig, obwohl ich mit diesem Gänschen Blanche um die Wette lachte.

»Was willst du denn? Wie dumm du bist! O wie dumm du doch bist!«, kreischte Blanche, unterbrach ihr Lachen und hob an, mich allen Ernstes zu belehren. »Na ja, na ja, wir werden deine zweihunderttausend durchbringen, mais tu seras heureux, comme un petit roi, ich werde dir selbst das Halstuch binden und dich mit Hortense bekannt machen. Und sobald unser Geld verprasst ist, kehrst du hierher zurück und sprengst von neuem die Bank. Was haben dir die Juden gesagt? Mut zeigen, das ist die Hauptsache, und den hast du und wirst mir noch viele Male Geld herbeischaffen. Quant à moi, je veux cinquante mille francs de rente et alors …«

»Und der General?«

»Der General geht, wie du weißt, jeden Tag um diese Zeit für mich Blumen besorgen. Diesmal habe ich mit Absicht ganz seltene Blumen bestellt. Der Ärmste wird das Nest leer vorfinden. Und uns nachfliegen, glaub mir. Haha! Mir soll's recht sein. In Paris wird er mir nützlich sein; seine Rechnung hier wird Mister Astley bezahlen.«

So begab es sich, dass ich damals nach Paris fuhr.

Sechzehntes Kapitel

Was lässt sich über Paris sagen? Es war natürlich Wahnsinn und dazu alberne Kinderei, alles in einem. Nicht viel mehr als drei Wochen blieb ich in Paris, dennoch langte es, meine hunderttausend Franc durchzubringen. Ich spreche nur von hunderttausend; die übrigen hunderttausend hatte ich Mademoiselle Blanche gegeben: fünfzigtausend in bar in Frankfurt und weitere fünfzigtausend drei Tage danach in Paris als Wechsel, den sie übrigens schon nach einer Woche in Geld einforderte, »et les cent mille francs, qui nous restent, tu les mangeras avec moi, mon outchitel!« Sie nannte mich dauernd *outchitel*, Lehrer. Es fällt schwer, sich berechnendere, geizigere und raffgierigere Wesen vorzustellen als jene, zu denen Mademoiselle Blanche gehörte. Allerdings in betreff ihres eigenen Geldes. Was meine hunderttausend Franc anlangt, so eröffnete sie mir später überaus freimütig, dass sie sie gebraucht hatte, um in Paris fürs Erste festen Fuß zu fassen. »Nun ich mich ein für allemal ordentlich eingerichtet habe, bin ich gegen alle Welt gefeit, die nötigen Verfügungen sind jedenfalls getroffen«, setzte sie hinzu. Im Übrigen habe ich von den hunderttausend kaum überhaupt was gesehen; das Geld blieb stets in ihrer Börse verwahrt, während in meiner Brieftasche, die sie tagtäglich persönlich in Augenschein nahm, niemals mehr als hundert Franc zusammenkamen, ja fast immer viel weniger.

»Ja was willst du denn mit dem Geld?«, fragte sie mitunter im Tone schlichtester Einfalt, und ich beließ es dabei. Immerhin schaffte sie es, sich für das Geld recht aufwendig ihre Wohnung einzurichten, und als sie mich zum Einstand lud und durch die Zimmer führte, meinte sie zufrieden, wie viel man doch »mit Kalkül und Geschmack trotz bescheidenster Mittel erreichen« könne. Die bescheidensten Mittel machten allerdings exakt fünfzigtausend Franc aus. Für die restlichen fünfzigtausend legte sie sich eine Kutsche samt Pferden zu, und außerdem wurden zwei Bälle

gegeben, einfacher gesagt, feuchtfröhliche Abendgesell-
schaften, mit Hortense und Lisette und Cléopâtre dabei,
durchwegs beachtenswerte und keineswegs üble Damen.
An beiden Abenden war ich gezwungen, die läppische Rolle des Hausherrn zu spielen, die Gäste zu begrüßen und zu
unterhalten, diese dummen neureichen Kaufleute, diese
Armeeleutnants, unerträglich, weil ignorant und schamlos,
dazu die armseligen Schreiberlinge und Zeitungsfritzen
mit ihren modischen Fracks, gelben Handschuhen und einer solchen Portion von Eitelkeit und Blasiertheit, wie sie –
was schon einiges besagen will – selbst bei uns in Petersburg undenkbar wäre. Sie gefielen sich sogar darin, über
mich zu spötteln, aber ich ließ mich mit Champagner voll-
laufen und verkroch mich ins hintere Zimmer. Es war mir
alles in höchstem Maße widerwärtig. »C'est un outchitel«,
präsentierte mich Blanche, »il a gagné deux cent mille francs
und wüsste ohne mich gar nicht, was er damit anfangen
sollte. Und wenn sie mal weg sind, verdingt er sich wieder
als Hauslehrer. Weiß jemand eine freie Stelle? Wir müssen
etwas für ihn tun.« Der Champagner half mir damals recht
häufig, denn ich fühlte mich dauernd sehr traurig und über
alle Maßen gelangweilt. Ich lebte im allermerkantilsten Milieu von *petit bourgeois*, wo jeder Sou sorgsamst ins Kalkül
gezogen wurde. Mademoiselle Blanche konnte mich in den
ersten zwei Wochen gar nicht ausstehen; zwar kleidete sie
mich aufs eleganteste ein und band mir allmorgendlich
selbst das Halstuch, aber im Grunde hatte sie nichts als auf-
richtige Verachtung für mich übrig, es war mir nicht entgangen, doch ich ignorierte es geflissentlich. Und da ich
traurig und bedrückt war, ging ich Tag für Tag ins »Château
des Fleurs«, wo ich mich regelmäßig betrank und in den

Cancan einweihen ließ (der dort recht abstoßend getanzt wird), ja später darin sogar Berühmtheit erlangte. Schließlich begriff Blanche, wie ich eigentlich war: Anfangs muss sie die Vorstellung gehabt haben, ich würde während der ganzen Dauer unseres Zusammenlebens mit Bleistift und Papier hinter ihr herlaufen und alles festhalten, was sie verprasst und gestohlen hatte und noch verprassen und stehlen würde. Kein Zweifel auch, dass sie überzeugt war, es würde jedes Mal schon wegen zehn Franc eine Bataille geben. Zu jedem vermuteten Angriff meinerseits hatte sie sich rechtzeitig Gegenargumente zurechtgelegt; da von mir aber keine Angriffe kamen, setzte sie von sich aus zu Konterattacken an und legte eifrig los, ein ums andere Mal, bis sie merkte, dass ich schwieg – meist auf dem Diwan ausgestreckt, den starren Blick auf den Plafond –, und endlich verwundert innehielt. Zuerst glaubte sie, ich sei einfach dumm, un outchitel, und brach ihre Erläuterungen einfach ab, dachte sich wahrscheinlich: »Wozu ihn drauf aufmerksam machen, wenn er aus purer Dummheit nicht von selbst draufkommt.« So geht sie denn fort, kommt aber nach einer Weile zurück (es geschah in den Zeiten wüstester Verschwendung, als ihre Ausgaben unsere Mittel bei weitem überstiegen: um sechzehntausend Franc schaffte sie sich, ein Beispiel nur, statt des früheren ein neues Pferdegespann für die Kutsche an).

»Na, wie steht's, Bibi, bist du mir böse?«, ist ihre erste Frage, und sie geht auf mich zu.

»Nein, nein, lass mich in Frieden!«, sage ich dann und strecke die Arme aus, um sie von mir fernzuhalten, aber just das kommt ihr so kurios vor, dass sie sich sofort neben mich setzt.

»Versteh doch, es war ein billiges Angebot, ich musste zugreifen. Man kann sie um zwanzigtausend weiterverkaufen.«

»Schon gut, ich weiß: Prachtstücke von Rössern, eine schicke Equipage; alles bestens, und nun genug davon!«

»Bist du also nicht böse?«

»Weshalb sollte ich? Du tust gut daran, dir dies und jenes zuzulegen. Du wirst es später brauchen können. Ich sehe ja ein, dass du dich angemessen etablieren musst, sonst kommst du nie an deine Million. Was sind schon unsre hunderttausend Franc? Nicht mehr als ein Anfang, ein Tropfen im Meer.«

Blanche, die auf derlei Überlegungen aus meinem Munde am allerwenigsten gefasst war (sie erwartete Vorwürfe und Gezeter!), schien aus allen Wolken gefallen.

»Du bist also ... so anders ...! Mais tu as l'esprit pour comprendre! Sais-tu, mon garçon, obwohl du ein Hauslehrer bist, hättest du als Prinz geboren werden sollen! Dauert's dich also nicht, dass unser Geld so rasch zu Ende geht?«

»Mir ist's gleich, wär's nur schon soweit!«

»Mais ... sais-tu ... mais dis donc, bist du denn reich? Mais sais-tu, deine Verachtung fürs Geld geht zu weit ... Qu'est-ce que tu feras après, dis donc?«

»Après ziehe ich nach Homburg und gewinne nochmals hunderttausend Franc.«

»Oui, oui, c'est ça, c'est magnifique! Und ich bin ganz sicher, dass du gewinnst und mit dem Geld zurückkommst. Dis donc, du wirst es wahrhaftig noch schaffen, dass ich mich in dich verliebe! Eh bien, dafür, dass du so bist, werde ich dich diese ganze Zeit lang lieben und mich mit keinem andren einlassen. Ja, weißt du, ich hab dich zwar nicht geliebt in dieser Zeit, parce que je croyais, que tu n'est qu'un outchitel (quelque chose comme un laquais, n'est-ce pas?), aber untreu war ich dir auch nicht, parce que je suis bonne fille.«

»Dass ich nicht lache! Und Albert, das gelackte Bürschlein in Uniform, als ob ich nichts gemerkt hätte letztes Mal?«

»Oh, oh, mais tu es …«

»Was – aber? Lass das Lügen. Glaubst du gar, ich ärgere mich darüber? Ich pfeif drauf; il faut que jeunesse se passe. Warum solltest du ihm den Laufpass geben, wenn er vor mir da war und du ihn liebst. Dass du ihm aber kein Geld gibst, hörst du!«

»Also bist du auch deswegen nicht böse? Mais tu es un vrai philosophe, sais-tu? Un vrai philosophe!«, rief sie begeistert. »Eh bien, je t'aimerai, je t'aimerai – tu verras, tu seras content!«

In der Tat, seither fand ich so was wie Zuneigung bei ihr, ja sogar Freundschaft, und so verlebten wir unsere letzten zehn Tage. Von den versprochenen »Sternen« sah ich nichts, aber in anderer Beziehung hat sie durchaus Wort gehalten. Außerdem führte sie mich mit Hortense zusammen, welche sogar eine überaus bemerkenswerte Person war und in unserem Kreis mit »Thérèse-philosophe« angesprochen wurde …

Wozu im Übrigen das viele Gerede … Es ließe sich aus dem Ganzen eine eigene Erzählung mit einem eigenen Kolorit machen, doch ich mag sie in diesen Aufzeichnungen nicht haben. Ich wünschte mir nämlich nichts mehr, als die Affäre baldigst hinter mich zu bringen. Indes reichten, wie ich bereits erwähnte, unsere hunderttausend Franc beinah für einen ganzen Monat, worüber ich mich nur aufrichtig wundern konnte: mindestens achtzigtausend verbrauchte Blanche für eigene Anschaffungen, uns blieben bestenfalls zwanzigtausend – und trotzdem reichte es. Blanche, gegen Ende fast aufrichtig zu mir (jedenfalls log sie nicht mehr immer drauflos), gestand mir, dass ich zumindest für ihre Schulden nicht haftete, die zu machen sie gezwungen gewesen sei. »Ich habe dich keine Rechnungen oder Wechsel unterschreiben lassen«, sagte sie oftmals, »weil du mir leid tatest; eine andre hätte nicht gezögert und dich dadurch ins Gefängnis gebracht. Siehst du also ein, wie sehr ich dich geliebt habe und wie gut ich zu dir war? Allein schon die verflixte Hochzeit kostet mich ein Vermögen.«

Es gab tatsächlich eine Hochzeit, schon ganz am Ende unseres Monats, und ich darf wohl annehmen, dass die letzten Überbleibsel meiner hunderttausend Franc dabei draufgingen; damit hatte sich's auch, das heißt, damit war unser Monat um, und ich nahm in aller Form meinen Hut.

Es geschah so: eine Woche nach unserem Einzug in Paris erschien der General. Er begab sich geradewegs zu Blanche und blieb vom ersten Besuch an so gut wie ganz bei uns wohnen. Irgendwo hatte er immerhin eine eigene Wohnung. Blanche bereitete ihm einen freudigen Empfang, sie kreischte und lachte und warf sich ihm gar um den Hals; in der Folge ließ sie ihn nicht mehr fort, er musste sie überallhin begleiten, wann immer sie ausging oder ausfuhr, ins Theater oder zu Bekannten. Bei derlei Verwendung leistete der General noch recht gute Dienste, imposant und stattlich wie er war, mit seiner leidlich hohen Statur, dem gefärbten Backenbart und dem Schnauzer (er hatte ehedem bei den Kürassieren gedient), dem würdevollen, wenn auch etwas verwelkten Gesicht. Seine Manieren waren exzellent, der Frack saß perfekt. In Paris trug er auch seine Orden zur Schau. Sich mit einem solchen Mann auf dem Boulevard zu zeigen war nicht nur möglich, sondern, wenn man so sagen darf, sogar *rekommandabel*. Der General in seiner Herzensgüte und Einfalt war mit alldem ungemein zufrieden; er hatte mit so etwas nicht gerechnet, als er bei uns in Paris auftauchte. Er zitterte damals geradezu vor Angst; er dachte, Blanche würde zetern und ihn vor die Tür setzen lassen; und weil die Dinge den nunmehrigen Lauf nahmen, geriet er in helle Begeisterung und verweilte den ganzen Monat lang im Zustand gleichsam dämlicher Inbrunst, in welchem ich ihn denn auch verließ. Erst hier erfuhr ich in allen Einzelheiten, dass er nach unserer damaligen überstürzten Abreise von Roulettenburg am selben Morgen eine Art Anfall hatte. Er war zusammengebrochen, führte sich danach die ganze Woche lang wie ein Irrer auf und sprach wirres Zeug. Er stand in Behandlung, ließ aber plötzlich alles liegen und stehen, stieg in den Zug und dampfte nach Paris ab. Der Empfang, den Blanche ihm bereitete, erwies sich verständlicherweise als beste Medizin; dennoch machten sich trotz seiner Frohgestimmtheit noch lange Zeit Anzeichen einer Erkrankung bemerkbar. Vernünftig zu reden, ja einfach ein halbwegs ernstes Gespräch zu führen war er bereits völlig außerstande; er zog sich nur noch mit einem »Hm, hm!« nach jedem Wort aus der Affäre und nickte dazu. Er lachte oft, doch es war ein irgendwie nervöses, krankhaftes Lachen und klang, als ringe er nach Atem; mitunter stierte er, finster wie die Nacht, die buschigen Augenbrauen zusammengezogen, stundenlang düster vor sich hin. Vieles konnte er gar nicht mehr im Kopf behalten, war bestürzend vergesslich geworden und hatte sich die Gewohnheit zugelegt, Selbstgespräche zu führen. Einzig Blanche vermochte ihn aufzuheitern, wie überhaupt die Anfälle von düsterer, grausiger Stimmung, während deren er sich in einem Winkel verkroch, lediglich zu bedeuten hatten, dass er Blanche längere Zeit nicht gesehen hatte oder dass Blanche ausgefahren war und ihn nicht mitgenommen oder beim Abschied nicht umschmeichelt hatte. Dabei hätte er wohl selbst nicht erklären können, was er wollte und warum er missgelaunt und traurig war. So hockt er eine Stunde, zwei Stunden da (ich habe es ein paarmal beobachtet, wenn Blanche einen ganzen Tag lang abwesend, das Heißt wahrscheinlich bei Albert war), beginnt plötzlich herumzuwetzen, umherzublicken, versucht, sich an etwas zu erinnern, und hält scheint's nach jemandem Ausschau; da er aber niemanden erspäht und ihm nicht einfällt, wonach er fragen wollte, versinkt er von neuem in seinen Dämmerzustand, aus dem er erst wieder erwacht, wenn die flotte, elegante Blanche mit ihrem lauten, vergnügten Lachen wiederkommt; sie stürzt auf ihn zu, tätschelt, küsst ihn gar, eine im Übrigen seltene Auszeichnung für ihn. Einmal freute sich der General so sehr über das Wiedersehen, dass er in Tränen ausbrach – ich konnte nur staunen.

Seit er bei uns aufgetaucht war, legte sich Blanche sogleich ins Zeug, mir gegenüber seinen Anwalt zu spielen. Sie bot sogar große Beredsamkeit auf, erinnerte mich daran, dass sie den General meinetwegen verlassen hatte, dass sie um ein Haar seine Braut geworden wäre, ihm ihr Wort gegeben hatte, dass er um ihretwillen die Familie verließ und schließlich: dass ich als sein vormaliger Bediensteter mehr Verständnis aufbringen müsste und … mich schämen sollte. Ich schwieg immerzu, sie redete schrecklich schnell auf mich ein, bis ich schließlich zu lachen begann und die Sache damit endete, dass sie zuerst meinte, ich sei ein Idiot, und nach einer Weile zu der Ansicht kam, ich sei ein sehr guter und gelungener Mensch. Mit einem Wort, mir widerfuhr das Glück, zu guter Letzt der Gunst jener edlen Jungfrau im vollen Umfang teilhaftig zu werden. (Übrigens war Blanche tatsächlich ein überaus gutherziges Mädchen, in ihrer Art, versteht sich; ich wusste das anfangs nicht richtig zu schätzen.) »Du bist ein kluger und gütiger Mann«, sagte sie mir gegen Ende öfters, »schade bloß, dass du so dumm bist! Du wirst es nie und nimmer zu Reichtum bringen!«

»Un vrai russe, un calmouk!« Mehrmals schickte sie mich aus, den General spazieren zu führen, geradezu wie einen Lakaien mit dem Schoßhündchen. Ich führte ihn übrigens auch ins Theater, auch ins Bal-Mabile und in Restaurants. Zu diesem Zwecke händigte mir Blanche auch Geld aus, obwohl der General eigenes hatte und nichts lieber tat, als vor aller Augen sein Portemonnaie zu zücken. Einmal musste ich beinahe Gewalt anwenden, um zu verhindern, dass er für siebenhundert Franc eine Brosche kaufte, die ihm beim Palais Royale in die Augen stach und die er Blanche unbedingt schenken wollte. Wirklich, was sollte sie mit einer Brosche für siebenhundert Franc? Der General hatte ja alles in allem nicht mehr als tausend. Mir blieb unverständlich, woher er die hatte. Ich vermute, von Mister Astley, zumal jener seine Hotelrechnungen beglich. Was nun die Art betrifft, wie ich diese ganze Zeit lang in den Augen des Generals aussah, so glaube ich, dass er nicht mal eine Ahnung über meine wahren Beziehungen zu Blanche hatte. Er mag wohl irgendetwas über meinen enormen Gewinn vernommen haben, glaubte jedoch, wie ich vermute, dass ich als eine Art Privatsekretär, wenn nicht gar als Bediensteter bei Blanche war. Jedenfalls sprach er mit mir wie ehedem von oben herab, als wäre er mein Vorgesetzter, und legte es mitunter sogar darauf an, mir die Leviten zu lesen. Eines Morgens, beim Frühstückskaffee, brachte er uns beide, mich und Blanche, geradezu zum Lachen. Er war ja kein streitsüchtiger oder nachtragender Mann, aber an diesem Morgen erweckte ich seinen Unmut – wodurch? Ich weiß es bis heute nicht. Freilich wusste auch er es nicht recht. Mit einem Wort, er setzte zu einer Rede an, ohne Anfang und ohne Ende, à bâtons-rompus, schimpfte mich einen Grünschnabel, drohte, mir zu verstehen zu geben … etc., etc. Keiner konnte etwas begreifen. Blanche lachte aus vollem Halse. Endlich gelang es, ihn zu beruhigen und spazieren zu führen. Viele Male hatte ich übrigens beobachtet, wie er in Traurigkeit verfiel, irgendjemanden, irgendetwas bedauerte, jemanden vermisste, dies auch dann, wenn Blanche zugegen war. In solchen Augenblicken suchte er das eine oder andere Mal von sich aus ein Gespräch mit mir, konnte sich indes niemals klar ausdrücken, erinnerte sich an die Militärzeit, an seine verstorbene Gattin, an den Besitz und sein Gut. Entdeckte er plötzlich ein Wort, das ihm gefiel, wiederholte er es freudig ein dutzendmal am Tage, obwohl es weder seinen Gefühlen noch seinen Gedanken Ausdruck gab. Ich versuchte, mit ihm über seine Kinder zu sprechen; er wehrte ab, verhaspelte sich, wechselte eiligst das Thema: »Ja, ja, die Kinder, wie Recht Sie haben, die Kinder …!« Ein einziges Mal nur zeigte er Gefühl – wir waren auf dem Weg ins Theater. »Diese unglücklichen Kinder!«, sagte er plötzlich. »Jawohl, mein Herr, es sind unglückliche Kinder!« Im weiteren Verlauf des Abends wiederholte er mehrmals diese Worte: unglückliche Kinder! Einmal kam ich auf Polina zu sprechen, er geriet geradezu in Rage. »Diese undankbare Person«, rief er, »böse und undankbar! Ein Schandfleck für die Familie! Gäbe es hier Gesetze, hätte ich sie windelweich gemacht! Jawohl!« Was aber des Grieux betraf, so brachte ihn schon dessen Namen aus der Fassung. »Vernichtet hat er mich, beraubt, abgeschlachtet! Mein Alptraum zwei ganze Jahre lang! Monatelang erschien er mir jede Nacht im Traum! Er ist… er ist … Oh, sprechen Sie mir niemals von ihm!«

Ich bemerkte, dass mit den beiden etwas im Gange war, schwieg jedoch, wie sonst auch. Blanche verkündete es mir als Erste: Es war genau eine Woche, bevor wir uns trennten. »Il a de la chance«, schnatterte sie. »Großmutter ist nun tatsächlich krank und wird mit Sicherheit sterben. Von Mister Astley ist ein Telegramm gekommen. Gib zu, dass er trotz allem ihr Erbe ist. Und wenn nicht – er wird nicht stören, hat erstens seine eigene Pension und kann zweitens im Nebenzimmer wohnen; er wird ganz und gar glücklich sein. Und ich bin Madame la générale. Und werde in besten Kreisen verkehren. (Ihr Wunschtraum von ehedem.) Und später eine russische Gutsfrau sein, j'aurai un château, des moujiks, et puis j'aurai toujours mon million.«

»Na und wenn er eifersüchtig wird, Gott weiß was verlangt … du verstehst?«

»O nein, non, non, non! Wie könnte er sich unterstehen! Ich habe Vorkehrungen getroffen, da sei ganz unbesorgt. Auch musste er auf Alberts Namen einige Wechsel unterschreiben. Beim leisesten Aufmucken folgt die Strafe sofort; aber dazu fehlt ihm ja der Mumm!«

»Na, dann heirate ...«

Die Hochzeit wurde ohne großen Aufwand, en famille und still gefeiert. Unter den Geladenen waren Albert und der eine oder andere noch aus dem engsten Kreis. Hortense, Cléopâtre und die Übrigen wurden entschieden abgewiesen. Der Bräutigam war voll und ganz von seinem Status eingenommen. Blanche band ihm eigenhändig die Krawatte, strich ihm selbst Pomade ins Haar, und so sah er in seinem Frack mit der weißen Weste très comme il faut aus.

»Il est pourtant très comme il faut« erklärte mir Blanche, als sie aus dem Zimmer des Generals kam, so als wäre sie von der Vorstellung, der General sei très comme il faut, selbst überrascht. Ich war, spielte ich doch bei dem ganzen Geschehen die Rolle eines trägen Zuschauers, so wenig an den Einzelheiten interessiert, dass ich vieles schon wieder vergessen habe. Ich entsinne mich nur, wie wir erfuhren, dass Blanche keineswegs de Cominges hieß, auch ihre Mutter keineswegs eine veuve Cominges war, sondern beide auf den Namen du-Placet hörten. Warum sie sich bislang Cominges nannten, weiß ich nicht. Der General war auch damit zufrieden, ja, »du-Placet« gefiel ihm sogar besser als »de Cominges«. Am Hochzeitsmorgen schritt er, bereits fein herausgeputzt, im Saal auf und ab und wiederholte mit überaus ernster und gewichtiger Miene: »Mademoiselle Blanche du-Placet! Blanche du-Placet. Jungfer Blanca du-Placet! ...« Und sein Gesicht strahlte etwas wie Selbstzufriedenheit aus. In der Kirche, beim Bürgermeister und zu Hause bei Tisch war er nicht bloß vergnügt und zufrieden, sondern sogar stolz. Mit beiden war etwas geschehen. Blanche blickte ebenfalls besonders würdevoll drein.

»Ich muss mir von nun an ein ganz neues Gehabe zulegen«, erläuterte sie mir mit größtem Ernst, »mais, vois-tu, ich habe etwas sehr Lästiges außer Acht gelassen, stell dir vor, ich kann mir bis heute nicht meinen jetzigen Namen merken: Sagorjanski, Sagosianski, Madame la générale de Sago-Sago, ces diables des noms russes, enfin madame la générale a quatorze consonnes! comme c'est agréable, n'est-ce pas?«

Schließlich kam der Abschied, und Blanche, die dumme Blanche, vergoss sogar ein paar Tränen dabei. »Tu étais bon enfant«, lamentierte sie, »je te croyais bête et tu en avais l'air, aber es steht dir gut.« Und schon als wir uns endgültig die Hände gedrückt hatten, schrie sie plötzlich: »Attends!«, lief in ihr Boudoir und kam einen Augenblick später mit zwei Tausendfrancscheinen für mich zurück. Ich hätte es nie erwartet! »Du wirst sie brauchen können, bist vielleicht ein sehr gelehrter outchitel, aber doch ein schrecklich dummer Junge. Mehr als zweitausend kriegst du nicht, weil du sie sowieso verspielen wirst. Adieu also! Nous serons toujours bon amis, und wenn du wieder gewinnst, komm zu mir, et tu seras heureux!«

Ich hatte noch eigene fünfhundert Franc übrig, besitze außerdem eine prachtvolle Uhr im Wert von tausend Franc, Manschettenknöpfe mit Brillanten und sonstiges noch, was mir helfen wird, eine längere Zeit sorgenfrei zu überdauern. Ich habe mich absichtlich in diesem Nest von Kleinstadt niedergelassen, um mich zu sammeln, vor allem aber, um Mister Astley abzufangen, der hier, wie ich verlässlich erfuhr, auf seiner Reise Station machen soll. Sobald ich über alles Bescheid weiß, geht's geradewegs nach Homburg. Nach Roulettenburg fahre ich nicht, es sei denn im nächsten Jahr. Es gilt tatsächlich als schlechtes Omen, zweimal hintereinander an ein und demselben Tisch sein Glück zu versuchen, und in Homburg, da finde ich es erst, das richtige Spiel.

Siebzehntes Kapitel

Nun sind bereits ein Jahr und acht Monate um, seit ich diese Aufzeichnungen zum letzten Mal in Händen hielt; erst jetzt, als ich einmal vor Langeweile und Trübsinn Ablenkung suchte, las ich sie zufällig wieder. Ja, an dieser Stelle hatte ich damals abgebrochen – dass ich mich nach Homburg aufmachte. Gott im Himmel! mit welch einem, vergleichsweise gesagt, leichten Herzen schrieb ich damals diese letzten Zeilen nieder! Das heißt, nein, nicht gerade mit leichtem Herzen, vielmehr mit einer ungeheuren Selbstsicherheit, mit felsenfesten Hoffnungen! Hatte ich auch nur einen Schimmer an mir gezweifelt? Und nun habe ich mehr als anderthalb Jahre herumgebracht, und ich stehe, finde ich, gar schlimmer als ein Bettler da! Ach was, Bettler! Was schert mich die Armut? Einfach zugrunde gerichtet habe ich mich! Im Übrigen lässt sich damit nichts vergleichen, zudem ist's sinnlos, sich selbst Moralpredigten zu halten. Nichts kann in solchen Zeiten törichter sein als die Moral! Selbstgefällige Menschen ... Mit wie viel stolzer Selbstgefälligkeit halten diese Schwätzer ihre Sprüchlein parat! Wenn sie bloß wüssten, bis zu welchem Grade ich mir selbst der Schändlichkeit meiner jetzigen Lage bewusst bin – sie würden sich ihre Unterweisungen verkneifen. Was, ja was könnten sie mir denn Neues sagen, was ich nicht ohnehin wüsste? Als ob es überhaupt darum ginge. Es geht darum, dass – eine Drehung der Scheibe und alles verändert sich, und die nämlichen Moralisten stellen sich als Erste (da bin ich sicher) mit ihren freundschaftlichen Gratulationen an. Und keiner wird sich von mir abwenden, wie jetzt. Ach, ich pfeif auf sie alle! Was bin ich heute? Ein Zero. Was kann ich morgen sein? Morgen kann ich von den Toten auferstehen und von neuem zu leben beginnen! Kann den Menschen in mir wiederfinden, solang er noch nicht ganz abhanden gekommen ist!

Ich fuhr damals tatsächlich nach Homburg … aber danach war ich wieder in Roulettenburg, und in Spa, und sogar in Baden, wohin ich als Kammerdiener des Herrn Rates Hinze reiste, eines Erzlumpen und meines damaligen Brotgebers. O ja, ich diente auch als Lakai, ganze fünf Monate lang. Es geschah gleich nach dem Gefängnis. (Ich saß ja im Gefängnis in Roulettenburg, wegen einer dortigen Schuld. Ein Unbekannter hat mich freigekauft. Wer es war? Mister Astley? Polina? Ich weiß es nicht, aber das Geld wurde hinterlegt, ganze zweihundert Taler, und ich kam frei.) Wohin hätte ich sollen? Also verdingte ich mich bei diesem Hinze. Ein junger Luftikus ist das, der der Arbeit aus dem Weg geht, ich aber beherrsche drei Sprachen in Wort und Schrift. Zuerst trat ich bei ihm als Sekretär ein, für dreißig Gulden im Monat; am Ende war ich zum echten Lakaien hinabgesunken: für einen Sekretär reichten seine Mittel nicht mehr, er kürzte mir das Salär; und da ich nirgendwo sonst hinwusste, blieb ich und wurde wie selbstverständlich sein Lakai. Mit Speis und Trank war es in seinen Diensten schlecht bestellt, dafür aber konnte ich mir in den fünf Monaten siebzig Gulden ersparen. Eines Abends in Baden erklärte ich ihm, ihn verlassen zu wollen; am selben Abend ging ich zum Roulette. O wie mein Herz hoch schlug! Nein, nicht um Geld ging's mir. Damals wollte ich nichts anderes, als dass all diese Hinzes, diese Oberkellner und splendiden Badener Damen – dass sie samt und sonders über mich sprachen, einander meine Geschichte erzählten, mich bestaunten, mit Lob überschütteten und meinem neuen Gewinn huldigten. Es waren kindische Träume und Besorgnisse, jedoch … wer weiß, vielleicht hätte ich auch Polina getroffen und ihr erzählt, und sie hätte sich davon überzeugt, dass ich über all diese widersinnigen Schicksalsschläge erhaben bin … Ach, nicht um Geld geht es mir! Gewiss hätte ich es wieder irgendeiner Blanche vor die Füße geworfen und wäre wieder drei Wochen lang mit eigenen Sechzehntausendfrancrössern durch Paris kutschiert. Ich weiß ja ganz genau, dass ich nicht geizig, vielmehr sogar verschwenderisch bin – und dennoch, wie stockt mir das Herz, wenn ich den Croupier verkünden höre: »Trente-et-un, rouge, impair et passe« oder »Quatre, noir, pair et manque«. Wie gierig starre ich auf den Spieltisch mit all den darüber verstreuten Louisdoren, Friedrichsdoren und Talern, auf die Goldtürmchen, die zu feurig lodernden Haufen zerfallen, sobald der Croupier sie einzieht, auf das rund um die Scheibe ellenhoch aufgeschichtete Silber. Erst auf dem Weg zum Spielsaal, noch drei Zimmer weit davon entfernt, brauch ich nur das Klimpern der Münzen zu vernehmen – schon durchschüttelt mich fast so was wie ein Krampf.

O, jener Abend, an dem ich meine siebzig Gulden zum Spieltisch trug, er war nicht minder bemerkenswert. Ich begann mit zehn Gulden und wieder mit Passe. Für Passe habe ich ein Faible. Ich verlor. Noch blieben mir sechzig Gulden in Silber; ich überlegte und entschied mich für Zero. Ich setzte je fünf Gulden auf Zero, beim drittenmal kam plötzlich Zero, ich starb beinah vor Glück, nachdem ich hundertfünfundsiebzig Gulden ausgehändigt bekam; als ich hunderttausend Gulden gewonnen hatte, war meine Freude nicht so groß gewesen. Sofort setzte ich hundert Gulden auf Rouge – gewonnen; die ganzen zweihundert auf Rouge – gewonnen; die ganzen vierhundert auf Noir – gewonnen; die ganzen achthundert auf Manque – gewonnen; mit dem früheren Gewinn hatte ich eintausendsiebenhundert Gulden, und dies in weniger als fünf Minuten! O ja, in solchen Augenblicken sind alle früheren Misserfolge vergessen! Habe ich es nicht durch mehr als den Einsatz des Lebens erreicht? Ich habe gewagt – und darf mich nun wieder Mensch nennen!

Ich nahm mir ein Zimmer, sperrte mich ein und saß bis gut drei Uhr morgens beim Abzählen meines Geldes. Als ich am Morgen erwachte, war ich kein Lakai mehr. Ich beschloss, selbigen Tags nach Homburg aufzubrechen: dort hatte ich nie als Lakai gedient und nicht im Gefängnis gesessen. Eine halbe Stunde vor Abfahrt des Zuges ging ich, um zwei Einsätze zu spielen, nicht mehr, und verlor anderthalbtausend Florin. Trotzdem fuhr ich nach Homburg, und bin nun schon seit einem Monat hier …

Natürlich lebe ich in ständiger Angst und spiele kleine Einsätze und warte, wer weiß worauf, und rechne, stehe tagelang am Spieltisch und *beobachte* das Spiel, sehe selbst im Traum das Spiel, fühle mich bei alldem aber so, als wäre ich zu einem Klotz abgestumpft, in zähen Schlamm getaucht.

Eine Begegnung mit Mister Astley bestärkte das Gefühl. Wir hatten einander seit jener Zeit nicht gesehen und waren zufällig zusammengetroffen. Ich spazierte durch den Garten und überlegte gerade, dass ich fast kein Geld mehr besaß, aber immerhin noch fünfzig Gulden, und außerdem im Hotel, wo ich ein Kämmerlein bewohnte, vor zwei Tagen meine Schulden beglichen hatte. So stand mir denn die Chance offen, noch einmal zum Roulette zu gehen: Gewinne ich auch nur ein wenig, kann ich weiterspielen, verliere ich – muss ich wiederum unter die Lakaien, es sei denn, ich finde Russen, die einen Hauslehrer suchen. Mit solchen Gedanken beschäftigt, wanderte ich wie gewohnt durch Park und Wald ins benachbarte Fürstentum. Mitunter kehrte ich von diesen Ausflügen erst nach vier Stunden müde und hungrig nach Homburg zurück. Kaum war ich aus dem Garten in den Park getreten, erblickte ich auf einer Bank Mister Astley. Er hatte mich als Erster gesehen und angerufen. Ich ließ mich neben ihm nieder. Eine gewisse Bedächtigkeit, die ich an ihm bemerkte, dämpfte alsbald meine Freude; denn ich war schrecklich froh, ihn zu treffen.

»Sie sind also hier! Ich wusste ja, dass ich Ihnen begegnen würde«, sagte er mir. »Machen Sie sich keine Mühe, mir Bericht zu geben, ich weiß alles; über Ihr ganzes Leben in diesem Jahr und den acht Monaten weiß ich Bescheid.«

»Ist's möglich?! Sie lassen alte Freunde demnach nicht aus den Augen?«, gab ich zurück. »Es macht Ihnen Ehre, dass Sie sie nicht vergessen … Doch halt, das bringt mich auf eine Idee: Sind es am Ende Sie gewesen, der mich aus dem Roulettenburger Gefängnis losgekauft hat, wo ich wegen zweihundert Gulden einsaß? Ein Unbekannter hat die Schulden bezahlt.«

»Nein, nein. Ich habe Sie nicht aus dem Gefängnis in Roulettenburg freigekauft, wo Sie wegen einer Schuld von zweihundert Gulden einsaßen, aber ich weiß, dass Sie wegen einer Schuld von zweihundert Gulden im Gefängnis gesessen haben.«

»Demnach wissen Sie, wer für mich gezahlt hat?«

»O nein, ich könnte nicht behaupten, dies zu wissen.«

»Merkwürdig. Unsere Russen kennen mich nicht, und obendrein würde ein hiesiger Russe nicht für einen andren zahlen. In Russland, dort ist es Sitte, dass Christenmenschen einander freikaufen. Ich hätte eher auf einen englischen Kauz getippt, der es aus lauter Spleenigkeit getan hat.«

Mister Astley hörte mir mit einigem Erstaunen zu. Er muss wohl erwartet haben, mich niedergeschlagen und total verstört vorzufinden.

»Wahrhaftig, ich freue mich sehr, Sie im Besitze Ihrer gewohnten geistigen Unabhängigkeit und sogar bei guter Laune anzutreffen«, sagte er mit recht verdrießlicher Miene.

»Das heißt wohl, dass Sie innerlich vor Ärger mit den Zähnen knirschen, mich nicht vernichtet und erniedrigt zu sehen«, erwiderte ich lachend.

Er begriff nicht gleich, doch dann grinste er.

»Ich mag Ihre Bemerkungen. Ich erkenne darin meinen früheren, klugen, alten, begeisterten und zugleich zynischen Freund; nur Russen können so viele Gegensätze in sich vereinen. In der Tat, dem Menschen gefällt es, seinen besten Freund erniedrigt vor sich zu sehen; auf der Erniedrigung gründet ja meist die Freundschaft, es ist eine alte, allen klugen Leuten geläufige Wahrheit. Doch im vorliegenden Falle versichere ich Ihnen, aufrichtig froh darüber zu sein, dass Sie den Mut nicht sinken lassen. Sagen Sie, wollen Sie das Spielen nicht aufgeben?«

»Der Teufel hol's! Ich tät's sofort, muss bloß ...«

»Bloß alles zurückgewinnen? Das habe ich vermutet; sprechen Sie nicht weiter, ich weiß, Sie haben es unbeabsichtigt gesagt, also ist es die Wahrheit. Sagen Sie, außer dem Spielen machen Sie nichts?«

»Nein, nichts ...«

Er unterzog mich einem Examen. Ich wusste nichts, habe in dieser Zeit kaum in eine Zeitung reingeschaut und ganz entschieden kein Buch aufgeschlagen.

»Sie sind abgestumpft«, bemerkte er. »Sie haben sich nicht nur vom Leben losgesagt, von den eignen Interessen und dem gesellschaftlichen Geschehen, von den staatsbürgerlichen und allmenschlichen Pflichten, von Ihren Freunden (die Sie trotz allem hatten), Sie haben sich nicht nur von jeglichem Ziel losgesagt, außer jenem einzigen – zu gewinnen, Sie sagten sich sogar von Ihren Erinnerungen los. Ich entsinne mich Ihrer in einem stürmischen, starken Abschnitt Ihres Lebens; doch ich bin sicher, Sie haben all ihre besten damaligen Eindrücke vergessen; Ihre Träume, Ihre jetzigen dringlichen Wünsche gehen mit Sicherheit nicht über Pair et Impair, Rouge, Noir, das mittlere Dutzend und so weiter und so fort hinaus.«

»Genug, Mister Astley! Ich bitte Sie, ich bitte Sie inständigst, mich nicht dran zu erinnern«, rief ich verärgert, beinahe zornig aus. »Merken Sie sich, ich habe gar nichts vergessen, habe das alles nur für eine Zeit lang aus dem Kopf geworfen, auch die Erinnerungen – bis sich meine Verhältnisse radikal verbessern ... dann werden Sie sehen ... dann stehe ich von den Toten auf!«

»Sie werden noch in zehn Jahren hier sein«, sagte er. »Wollen wir wetten, dass ich Sie, so ich dann am Leben bin, dran erinnern werde, hier auf dieser Bank?«

»Nun reicht es«, unterbrach ich ungeduldig, »und um Ihnen zu beweisen, dass ich nicht gar so vergesslich bin, erlauben Sie mir die Frage: Wo hält sich Miss Polina derzeit auf? Wenn nicht Sie mich freigekauft haben, so muss es Polina gewesen sein. Seit jener Zeit habe ich keinerlei Nachricht über sie.«

»Nein, o nein! Ich glaube nicht, dass sie es gewesen ist. Sie befindet sich jetzt in der Schweiz, und Sie würden mir einen großen Gefallen tun, keine weiteren Fragen über Miss Polina zu stellen«, schloss er energisch und sogar böse.

»Das heißt wohl, dass sie inzwischen auch Ihnen arg zugesetzt hat!« Ich lachte unwillkürlich auf.

»Miss Polina ist das beste Geschöpf unter allen achtungswürdigen Geschöpfen, aber ich wiederhole, dass Sie mir einen riesigen Gefallen täten, mich nicht mehr nach Miss Polina zu fragen. Sie haben sie niemals richtig gekannt, und dass Sie ihren Namen im Munde führen, erachte ich als Verletzung meines sittlichen Gefühls.«

»Bah! Im Übrigen sind Sie im Unrecht; worüber sollte ich denn sonst mit Ihnen reden, oder? Darin bestehen ja unsere sämtlichen Erinnerungen. Seien Sie jedoch unbesorgt, ich will Ihre internen Geheimnisse gar nicht wissen ... Ich interessiere mich lediglich für die sozusagen äußere Lage von Miss Polina, einzig und allein für ihre nunmehrigen äußeren Umstände. Das ließe sich in ein paar Worten mitteilen.«

»Bitteschön, vorausgesetzt, es ist mit diesen paar Worten erledigt. Miss Polina war lange krank. Sie ist auch jetzt noch krank. Einige Zeit lebte sie bei meiner Mutter und der Schwester in Nordengland. Vor einem halben Jahr ist ihre Großmutter gestorben, Sie erinnern sich, die verrückte Person, und hat ihr siebentausend Pfund hinterlassen. Derzeit befindet sich Miss Polina auf Reisen, sie begleitet meine seit kurzem verheiratete Schwester. Miss Polinas kleine Geschwister wurden ebenfalls im Testament der Großmutter bedacht und gehen in London zur Schule. Der General, ihr Stiefvater, ist vor einem Monat an einem Schlaganfall gestorben. Mademoiselle Blanche hat gut für ihn gesorgt, brachte es jedoch zuwege, alles, was er von der Großmutter erhielt, in die eigene Tasche zu stecken ... nun, das wär's wohl.«

»Und des Grieux? Reist er ebenfalls durch die Schweiz?«

»Nein, des Grieux ist nicht in der Schweiz, und ich weiß nicht, wo des Grieux ist; außerdem setze ich Sie ein für allemal davon in Kenntnis, dass Sie derlei Andeutungen und liederliche Fügungen tunlichst lassen mögen, widrigenfalls Sie es mit mir zu tun bekommen.«

»Wie? trotz unserer früheren freundschaftlichen Beziehungen?«

»Ja, Trotz unserer früheren freundschaftlichen Beziehungen.«

»Ich bitte tausendmal um Verzeihung, Mister Astley. Indes, erlauben Sie: es ist nichts Kränkendes oder Liederliches daran. Ich will Miss Polina nichts unterstellen. Außerdem, ganz allgemein gesprochen, bilden ein Franzose und ein russisches Fräulein ein Gefüge, deren Sinn wir beide, Mister Astley, niemals voll begreifen werden.«

»Wenn Sie aufhörten, des Grieux' Namen in einem Zug mit dem anderen Namen auszusprechen, würde ich Sie bitten, mir zu erklären, was Sie mit den Worten ›ein Franzose und ein russisches Fräulein‹ sagen wollen. Und was meinen Sie mit ›Gefüge‹? Warum geht es just um einen Franzosen und ein russisches Fräulein?«

»Sehen Sie, Ihre Neugierde ist geweckt. Es ist aber eine weite Materie, Mister Astley. Vieles müsste man von vornherein wissen. Im Übrigen ist es eine wichtige Frage, so kurios sie auf Anhieb auch erscheinen mag. Ein Franzose, Mister Astley, ist die vollendete schöne Form. Als Brite werden Sie dem vielleicht nicht zustimmen, und ich als Russe bin auch nicht einverstanden, mag sein aus purem Neid. Aber unsere Fräuleins mögen da anderer Meinung sein. Sie, Mister Astley, können Racine für verdreht, ungestalt und parfümiert halten, werden ihn vielleicht gar nicht lesen wollen. Ich finde ihn ebenfalls verdreht, ungestalt und parfümiert, von einem bestimmten Standpunkt aus sogar lächerlich; dennoch ist er reizend und, noch wichtiger, er ist ein großer Dichter, ob wir beide es wollen oder nicht. Die nationale Form des Franzosen, genauer gesagt, des Parisers, begann sich zur kunstvollen Form zu fügen, als wir noch Bären waren. Die Revolution trat das Erbe des Adels an. Heutzutage können Sie beim spießigsten Franzosen Manieren, Gesten, Ausdrücke, ja sogar Gedanken in durchaus kunstvoller Form beobachten, ohne dass er selbst durch Initiative, Herz und Seele an dieser Form den geringsten Anteil nimmt; es ist ihm alles als Erbschaft zugefallen. Es versteht sich von selbst, dass sie über alle Maßen borniert und über alle Maßen niederträchtig sein können. Und nun, Mister Astley, will ich Ihnen mitteilen, dass es kein zutraulicheres und aufrichtigeres Wesen auf Erden gibt als ein gutherziges, leidlich kluges und nicht allzu sehr verbildetes russisches Fräulein. Für einen des Grieux, in irgendeiner Rolle und hinter irgendeiner Maske, gibt es nichts Leichteres, als im Handumdrehen ihr Herz zu erobern; er besitzt die kunstvolle Form, Mister Astley, und das Fräulein hält diese Form für seine eigne Seele, für die urtümliche Form seines Herzens, und ahnt nicht, dass es nichts als ein ererbtes Gewand ist. Zu Ihrem größten Missbehagen muss ich Ihnen gestehen, Mister Astley, dass die Engländer in ihrer Mehrzahl hölzern und unelegant sind, und die Russen ein recht feines Gespür für das Schöne haben und sich von ihm leicht gängeln lassen. Um jedoch die Schönheit einer Seele und die Originalität einer Persönlichkeit zu erkennen, braucht es unvergleichlich mehr Selbständigkeit und Freiheit, als unsere Frauen, zumal die Mädchen, davon besitzen, auf jeden Fall aber mehr Erfahrung. Und Miss Polina – verzeihen Sie, aber was gesagt ist, ist gesagt – braucht sehr, sehr viel Zeit, um Ihnen den Vorzug gegenüber dem Lumpen des Grieux zu geben. Sie wird Sie schätzen lernen, wird Ihnen ihr ganzes Herz in Freundschaft öffnen, und dennoch wird der verhasste Lump, der widerliche und nichtige Wucherer des Grieux nicht aufhören, dieses Herz zu beherrschen. Allein schon aus purem Starrsinn und Ehrgeiz wird es so bleiben, denn es war ihr ja dieser des Grieux einst im Glorienschein des eleganten Marquis erschienen, der, liberal gesinnt und selbst bankrott (wirklich?), ihrer Familie und dem leichtsinnigen General unter die Arme griff. All seine Machenschaften kamen später ans Tageslicht. Das kümmert sie nicht: Man bringe ihr nur den früheren des Grieux herbei – das ist, was sie möchte! Und je mehr sie den heutigen des Grieux hasst, desto stärker sehnt sie sich nach dem früheren, mag jener frühere auch nur in ihrer Vorstellung existiert haben. Sie sind im Zuckergeschäft, Mister Astley?«

»Ja, ich bin Teilhaber der Firma Lowell und Co, einer bekannten Zuckerfabrik.«

»Na, sehen Sie, Mister Astley. Auf der einen Seite ein Zuckerfabrikant und auf der anderen ein Apoll; das lässt sich schwer unter einen Hut bringen. Und ich bin nicht einmal Zuckerfabrikant; bin nichts als ein kleiner Roulettespieler und habe sogar als Lakai gedient, was Miss Polina bereits bekannt sein dürfte, wo sie doch, scheint's, gute Kundschafter hat.«

»Sie sind verbittert und reden darum viel Unsinn«, antwortete Mister Astley kühl und überlegt. »Außerdem fehlt es Ihren Worten an Originalität.«

»Einverstanden! Doch eben darin liegt das Unglück, mein edler Freund, dass meine sämtlichen Beschuldigungen, so alt, so banal und possenhaft sie auch sein mögen – allemal wahr sind! Wir beide haben allemal nichts erreicht!«

»Das ist schändlicher Unsinn ... denn ... denn ... So sage ich Ihnen denn ...« sprach Mister Astley mit bebender Stimme und glühendem Blick. »So sage ich Ihnen denn, Sie undankbarer und unwürdiger, Sie nichtiger und unglücklicher Mensch, dass ich in ihrem Auftrag nach Homburg gekommen bin, eigens, um Sie zu sehen, mit Ihnen lange und herzlich zu sprechen und ihr danach zu berichten – über Ihre Gefühle, Gedanken, Hoffnungen und ... Erinnerungen!«

»Ist's wahr? Ist's wahr?«, brach es aus mir hervor, und Tränen rannen über mein Gesicht. Ich vermochte sie nicht zurückzuhalten, zum ersten Mal in meinem Leben, glaube ich.

»Ja, Sie Unglücklicher, sie liebte Sie, und ich kann es Ih-

nen verraten, weil Sie – verloren sind! Mehr noch, selbst wenn ich Ihnen sagte, dass sie Sie auch heute noch liebt, Sie würden trotzdem von hier nicht fortkommen! Ja, Sie haben sich zugrunde gerichtet. Sie verfügten über bestimmte Be-
5 gabungen und ein lebhaftes Naturell, Sie waren kein schlechter Mensch; hätten Ihrem Vaterland, dem es so sehr an Menschen mangelt, nützlich sein können, doch nein, Sie kommen von hier nicht fort, Ihr Leben ist zu Ende. Ich klage Sie nicht an. Nach meinem Dafürhalten sind alle Russen so
10 beschaffen oder so zu sein prädestiniert. Ist's nicht das Roulette, ist's etwas anderes von der selben Sorte. Ausnahmen sind zu selten. Sie sind nicht der Erste, der nicht weiß, was Arbeit ist (ich spreche nicht von Ihrem Volk). Das Roulette ist vornehmlich ein russisches Spiel. Bislang waren Sie
15 ein rechtschaffener Mann, der es vorzog, als Lakai zu dienen, statt zu stehlen … doch ich fürchte mich, in die Zukunft zu schauen. Genug, leben Sie wohl! Sie brauchen natürlich Geld? Hier, nehmen Sie die zehn Louisdor von mir, mehr gebe ich nicht, weil Sie sowieso alles verspielen. Und
20 dann leben Sie wohl! Also …«

»Nein, Mister Astley, nach allem Gesagten …«

»Nehmen Sie!«, wiederholte er laut. »Ich zweifle nicht, dass Sie noch Anstand besitzen, und gebe Ihnen das Geld, wie ein Freund es einem wahren Freunde geben kann.
25 Wenn ich sicher sein könnte, dass Sie auf der Stelle das Spielen ließen und in Ihre Heimat aufbrächen, wäre ich bereit, Ihnen sofort tausend Pfund zu geben, für eine neue Karriere. Aber ich tu's nicht, ich gebe Ihnen nur zehn Louisdor, denn für Sie sind im Augenblick tausend Pfund gerade
30 so viel wert wie zehn Louisdor – Sie werden sie so oder so verspielen. Nehmen Sie das Geld und leben Sie wohl!«

»Ich nehme es, wenn Sie mir erlauben, Sie zum Abschied zu umarmen.«

»O, das mit Vergnügen!«

Wir umarmten einander aufrichtig, und Mister Astley verließ mich.

Nein, er hat nicht Recht! War ich heftig und dumm in meinem Urteil über Polina und des Grieux, so war er heftig und voreilig hinsichtlich der Russen gewesen. Über mich spreche ich nicht. Im Übrigen … im Übrigen ist dies noch nicht, worauf es ankommt. Alles Worte, Worte und Worte und müssten doch Taten sein! Das Wichtigste ist nun die Schweiz! Schon morgen, ach, könnt ich doch schon morgen aufbrechen! Wiedergeboren, auferstanden. Ich muss ihnen beweisen … Polina soll wissen, dass ich noch Mensch sein kann. Ich müsste nur … jetzt ist es allerdings schon spät … aber morgen … Oh, ich habe so eine Ahnung, und es kann nicht anders sein! Ich besitze nun fünfzehn Louisdor und habe damals mit fünfzehn Gulden begonnen! Wenn ich es vorsichtig angehe … als ob, als ob ich wirklich ein kleines Kind wäre … als ob ich nicht verstünde, dass ich verloren bin. Doch warum, warum sollte ich nicht auferstehen können? Ja! Ich müsste nur einmal im Leben berechnend und geduldig sein – mehr nicht! Nur einmal Gleichmut bewahren, und mein Schicksal nähme in einer Stunde einen anderen Lauf. Das Wichtigste – Gleichmut bewahren! Bloß mich dran erinnern, wie es mir vor sieben Monaten in Roulettenburg erging, damals, bevor ich endgültig alles verlor. Oh, es war ein treffliches Beispiel für rasche Entschlossenheit gewesen: Ich hatte damals alles bis aufs Letzte verspielt … Ich verlasse den Spielsaal und merke – in meiner Westentasche rührt sich noch ein Gulden. »Bestens, dann reicht es noch für ein Mittagsmahl«, dachte ich, doch nach etwa hundert Schritten besann ich mich eines anderen und kehrte um. Ich setzte den Gulden auf Manque (damals war es Manque gewesen) und wahrlich, es ist etwas Besonderes an dem Gefühl, sich so ganz allein, in der Fremde, fern der Heimat, ohne Freunde, ohne zu wissen, was man heute essen wird, dazu zu entschließen, diesen letzten, den allerletzten Gulden zu setzen. Ich gewann und verließ zwanzig Minuten später den Spielsaal mit hundertsiebzig Gulden in der Tasche. Wirklich und wahrhaftig! So viel kann mitunter ein letzter Gulden bewirken! Und was, wenn ich damals den Mut verloren, keine Entscheidung gewagt hätte? ...

Morgen, morgen ist alles vorbei!

Zu dieser Ausgabe

Die Übersetzung folgt der Ausgabe:

Fedor M. Dostoevskij: Igrok. In: F. M. D.: Sobranie sočinenij v 10 tomach. Bd. 4. Moskau: Gosudarstvennoe izdatel'stvo chudožestvennoj literatury, 1956. S. 283–432.

Orthographie und Zeichensetzung wurden behutsam modernisiert.

Anmerkungen

7,19 f. *Monsieur le comte . . . Madame la comtesse:* (frz.) Herr Graf, Frau Gräfin.

7,28 *outchitel:* Die französische Umschrift für das russische Wort *ut-schitel* (›Lehrer‹).

10,15 *Opinion nationale:* liberale französische Zeitung, die die Groß-machtpolitik der russischen Regierung in Polen anprangerte.

11,11 *que je suis hérétique et barbare:* (frz.) dass ich ein Ketzer und Bar-bar bin.

11,21 f. *Cela n'était si bête:* (frz.) Das war nicht so dumm.

11,29 *Pan:* (poln.) Herr.

12,15 *General Perowskij:* In seinen Erinnerungen berichtet der russi-sche General Wassilij Perowskij (1795–1857) über eine Episode aus dem Napoleonischen Feldzug von 1812, als französische Soldaten, die eine Kolonne russischer Kriegsgefangener abzuführen hatten, jeden, der verwundet oder zu schwach war, niederschossen.

20,19 *mauvais genre:* (frz.) üble Art.

21,5 *Trente-et-quarante:* Kartenglücksspiel.

46,27 *le coq gaulois:* (frz.) der gallische Hahn.

55,2 f. *Madame la baronne . . . votre esclave:* (frz.) Frau Baronin, ich habe die Ehre, Ihr Sklave zu sein.

66,14 *vos appointements:* (frz.) Ihr Gehalt.

68,3 f. *mon cher Monsieur . . . n'est-ce pas?:* (frz.) mein lieber Herr, ver-zeihen Sie, ich vergaß Ihren Namen . . . Herr Alexis? . . . nicht wahr?

68,5 *mon cher marquis:* (frz.) mein lieber Marquis.

68,6 *Mais le général:* (frz.) Aber der General.

68,15 f. *et madame sa mère:* (frz.) und ihre Mutter.

68,23 f. *le baron . . . querelle d'Allemand:* (frz.) der Baron ist so jähzor-nig, ein preußischer Charakter, wissen Sie, am Ende bricht er we-gen einer Kleinigkeit einen Streit vom Zaune.

69,20 f. *que diable! un blanc-bec comme vous:* (frz.) zum Teufel! ein Grünschnabel wie Sie.

71,31 *Peut-être:* (frz.) Vielleicht.

78,2 *veuve:* (frz.) Witwe.

78,26 *un beau matin:* (frz.) eines schönen Morgens.

85,22 *les seigneurs russes:* (frz.) die russischen Herrschaften.

86,22 *une russe, une comtesse, grande dame:* (frz.) eine Russin, eine Gräfin, eine vornehme Dame.

86,23 f. *la grande duchesse de N.:* (frz.) die Großfürstin N.

88,8 *à la barbe du pauvre général:* (frz.) vor der Nase des armen Generals.

89,15–17 *Oui, Madame ... surprise charmante:* (frz.) Ja, Madame, und glauben Sie mir, ich bin so erfreut ... Ihre Gesundheit ... es ist ein Wunder ... Sie hier zu sehen ... eine allerliebste Überraschung.

89,18 *charmante:* (frz.) allerliebst.

90,7 *Bonjour:* (frz.) Guten Tag.

94,29 *Cette vieille est tombée en enfance:* (frz.) Diese Alte ist kindisch geworden.

95,6 *Mais, Madame, cela sera un plaisir:* (frz.) Aber, Madame, es wird uns ein Vergnügen sein.

95,8 *Plaisir:* (frz.) Vergnügen.

101,8 *Elle est tombée en enfance:* (frz.) Sie ist kindisch geworden.

101,9 *seule elle fera des bêtises:* (frz.) allein gelassen, wird sie Dummheiten anstellen.

106,10 *Sortez:* (frz.) Gehen Sie.

108,27 *Trente-six:* (frz.) Sechsunddreißig.

109,24 f. *Faites le jeu, messieurs! ... Rien ne va plus:* (frz.) Machen Sie das Spiel, meine Herren! Nichts geht mehr.

110,14 *Combien zéro? douze? douze?:* (frz.) Wie viel null? zwölf? zwölf?

110,20 *Le jeu est fait:* (frz.) Das Spiel ist gemacht.

112,28 *Quelle victoire:* (frz.) Was für ein Sieg.

112,29 *Mais, Madame, c'était du feu:* (frz.) Aber, Madame, das war brillant.

113,18 f. *Madame la princesse ... généreux:* (frz.) Frau Fürstin ... ein armer Emigrant ... dauerndes Unglück ... die russischen Fürsten sind so generös.

114,30 *Quelle diable ... vieille:* (frz.) Zum Teufel, das ist eine schreckliche Alte.

115,18–22 *Mais, Madame ... absolument:* (frz.) Aber, Madame, Ihr Glück kann sich wenden, ein einziger glückloser Einsatz und Sie verlieren alles … besonders bei Ihrer Art zu spielen … es war furchtbar. – Sie werden bestimmt verlieren.

117,12 f. *tombée en enfance:* (frz.) kindisch geworden.

121,10 *ce n'est pas ça:* (frz.) Das ist es nicht.

121,12 f. *Mon cher Monsieur … se trompe:* (frz.) Mein lieber Herr, unser lieber General irrt sich.

121,20 f. *de cette pauvre terrible vieille:* (frz.) dieser armen entsetzlichen Alten.

122,12 *que diable:* (frz.) zum Teufel.

122,27 *O mon cher … si bon:* (frz.) O mein lieber Herr Alexis, seien Sie so gut.

123,26 *Quelle mégère!:* (frz.) Was für eine Megäre!

128,30 *Nous boirons … fraîche:* (frz.) Wir werden Milch trinken, auf frischem Gras.

129,1 *Du lait, de l'herbe fraîche:* (frz.) Milch, frisches Gras.

129,3 *la nature et la verité:* (frz.) die Natur und die Wahrheit.

134,1 *Diantre:* (frz.) Zum Teufel.

134,4 *Elle vivra cent ans:* (frz.) Die lebt hundert Jahre.

139,17 *Pani:* (poln.) Dame (auch Anrede).

141,24 *Paul de Kock:* Charles-Paul de Kock (1793–1871), französischer Schriftsteller, beliebt für seine leichtgewichtigen Romane über das Kleinbürgertum und die Welt der Bohème.

142,27 *Lajdak:* (poln.) Liederlicher Kerl, Lump.

143,30 *vieille comtesse russe, tombée en enfance:* (frz.) alten, kindisch gewordenen russischen Gräfin.

157,5 *de la vieille dame:* (frz.) der alten Dame.

157,11 f. *gentilhomme et honnête homme:* (frz.) Mann von Ehre und Anstand.

161,7 *Les trois derniers coups, messieurs:* (frz.) Die drei letzten Spiele, meine Herren.

161,24 *Vingt-deux:* (frz.) Zweiundzwanzig.

161,27 *Trente-et-un:* (frz.) Einunddreißig.

162,23 f. *Madame Blanchard:* Marie Blanchard (1778–1819), Gattin des Luftfahrtpioniers Jean-Pierre B., kam durch den Brand auf einem Ballon ums Leben.

162,26 *Quatre:* (frz.) Vier.

166,21 *Monsieur a gagné déjà cent mille florins:* (frz.) Der Herr hat bereits hunderttausend Florin gewonnen.

166,30 *Pud:* russisches Gewicht (16,38 kg).

167,8 *Werst:* russisches Längenmaß (1,067 km).

168,7 *c'est lui! Viens donc, bêta:* (frz.) da ist er! Komm her, Dummerchen.

168,7 f. *que tu ... l'or:* (frz.) dass du einen Berg von Gold und Geld gewonnen hast? Mir wäre das Gold lieber.

187,12 *comme tu es bête:* (frz.) wie dumm du bist.

178,13 *Nous ferons bombance, n'est-ce pas?:* (frz.) Wir werden es verprassen, nicht wahr?

178,20 *Mon fils, as-tu du cœur? / Tout autre ...:* (frz.) »Mein Sohn, hast du Mut?« / »Jeder andere ...« Anspielung auf eine Szene (I,5) aus Pierre Corneilles Drama *Der Cid* (1636), wo Don Rodrigo seinem Vater auf die Frage, ob er Mut habe, erwidert: »Tout autre que mon père l'éprouverait sur l'heure.« – »Jeder andere als mein Vater würde es sogleich zu spüren bekommen.«

178,25 *vois-tu:* (frz.) siehst du.

178,25 *si tu ... à Paris:* (frz.) wenn du dich nicht zu dumm anstellst, nehme ich dich mit nach Paris.

179,3–5 *Eh bien ... outchitel:* (frz.) Also gut! Du wirst Paris sehen. Sag mal, was heißt das – outchitel? Du warst sehr dumm, als du ein outchitel warst.

179,13 *Eh bien ... avec:* (frz.) Also gut, was wirst du tun, wenn ich dich mitnehme?

179,13 f. *je veux cinquante mille francs:* (frz.) ich will fünfzigtausend Franc.

179,15 *Nous allons à Paris:* (frz.) Wir fahren nach Paris.

179,15 f. *et je te ferai ... plein jour:* (frz.) und ich mache, dass du am helllichten Tag Sterne siehst.

179,20 *Et cent cinquante mille francs:* (frz.) Und hundertfünfzigtausend Franc.

179,22 *que sais-je:* (frz.) was weiß ich.

179,23 f. *je suis bonne enfant:* (frz.) ich bin ein braves Mädchen.

179,24 f. *mais tu verras des étoiles:* (frz.) aber du wirst Sterne sehen.

179,27 *vil esclave:* (frz.) unwürdiger Sklave.

179,29 f. *et après ... va!* (frz.) und danach die Sintflut! Aber du kannst
das nicht verstehen, geh!

179,31 *que fais-tu?:* (frz.) was machst du?

180,4 f. *Eh bien ... tu veux:* (frz.) Also gut, mein outchitel, ich warte,
wenn du willst.

180,29 f. *Peut-être ... mieux:* (frz.) Vielleicht war ich nur darauf aus gewesen.

181,8 f. *mais tu ... roi:* (frz.) aber du wirst glücklich sein, wie ein kleiner König.

181,15 f. *Quant à moi ... et alors ...:* (frz.) Was mich anlangt, so will ich
fünfzigtausend Franc als Unterhalt und dann ...

182,6 f. *et les cent... outchitel:* (frz.) und die hunderttausend Franc, die
uns bleiben, wirst du mit mir verbrauchen, mein outchitel.

183,15 f. *C'est un outchitel ... francs:* (frz.) Er ist Lehrer, er hat zweihunderttausend Francs gewonnen.

183,23 *petit bourgeois:* (frz.) Kleinbürger.

185,16 f. *Mais tu ... garçon:* (frz.) Aber du bist klug genug, zu verstehen! Weißt du, mein Junge.

185,22 *Mais ... donc:* (frz.) Aber ... weißt du ... aber sag mal.

185,23 *Mais sais-tu:* (frz.) Aber weißt du.

185,24 *Qu'est-ce que ... donc?:* (frz.) Was wirst du danach tun, sag mal?

185,25 *Après:* (frz.) Danach.

185,27 *Oui ... magnifique!:* (frz.) Ja, ja, so ist es, wunderbar!

186,2 f. *parce que ... n'est-ce pas?:* (frz.) weil ich glaubte, du seist bloß
ein Hauslehrer (eine Art Lakai, nicht wahr?).

186,4 f. *parce que je suis bonne fille:* (frz.) weil ich ein braves Mädchen
bin.

186,8 *mais tu es ...:* (frz.) aber du bist ...

186,10 *il faut que jeunesse se passe:* (frz.) Jugend muss sich austoben.

186,14 f. *Mais tu es ... philosophe!:* (frz.) Aber du bist ja ein echter Philosoph, weißt du das? Ein echter Philosoph!

186,16 f. *je t'aimerai ... content:* (frz.) ich werde dich lieben, ja, ich
werde dich lieben – du wirst sehen, du wirst zufrieden sein.

186,24 *Thérèse-philosophe:* Anspielung auf eine anonyme erotische
Schrift unter dem Titel *Thérèse-Philosophe ou Mémoire pour servir
à l'histoire de D. Dirray et Mlle Érodice la Haye* (1748).

190,15 *Un vrai russe, un calmouk:* (frz.) Ein echter Russe, ein Kalmück.

191,14 *à bâtons-rompus:* (frz.) unzusammenhängend.

192,17 *Il a de la chance:* (frz.) Er hat Glück.

192,25 f. *j'aurai ... million:* (frz.) ich werde ein Schloss besitzen und Muschiks, und es bleibt mir immer noch meine Million.

193,11 *très comme il faut:* (frz.) sehr gediegen.

193,12 *Il est pourtant très comme il faut:* (frz.) Er sieht in der Tat sehr gediegen aus.

194,4 *mais, vois-tu:* (frz.) aber, denk dir.

194,8–10 *ces diables ... n'est-ce pas?:* (frz.) diese verfluchten russischen Namen, sieh an, die Frau Generalin hat vierzehn Konsonanten! sehr angenehm, nicht wahr?

194,12 f. *Tu étais bon enfant:* (frz.) Du warst ein guter Junge.

194,13 f. *je te ... l'air:* (frz.) ich hielt dich für dumm, und du sahst danach aus.

194,15 *Attends!:* (frz.) Warte!

194,21 f. *Nous serons toujours bons amis:* (frz.) Wir bleiben Freunde.

194,23 *et tu seras heureux:* (frz.) und du wirst glücklich sein.

Literaturhinweise

Al'tman, Moisej S.: Dostoevskij. Po vecham imen. Saratow 1975.

Bachtin, Michail: Problemy poétiki Dostoevskogo. Moskau ²1963. – Dt.: Probleme der Poetik Dostojewskijs. Übers. von Adelheid Schramm. München 1971.

Bem, A. L.: »Igrok« Dostoevskogo. V svete novych biografičeskich dannych. In: Sovremennye zapiski 24 (1925) S. 379–392.

Berdjajev, Nikolaj: Mirosozercanie Dostoevskogo. Prag 1923. Reprogr. Nachdr. Paris 1968. – Dt.: Die Weltanschauung Dostojewskijs. Übers. von Wolfgang E. Groeger. München 1925.

Böll, Heinrich / Lenz, Siegfried / Malraux, André / Nossack, Hans Erich: Wir und Dostojewskij. Eine Debatte, geführt von Manès Sperber. Hamburg 1972.

Braun, Maximilian: Dostojewskij. Das Gesamtwerk als Vielfalt und Einheit. Göttingen 1976. [Zum »Spieler«: S. 148–156.]

Buck, Rainer: Fjodor M. Dostojewski: Sträfling, Spieler, Seelenforscher. Moers 2021.

Catteau, Jacques: La création littéraire chez Dostoievski. Paris 1978.

Chapple, Richard L.: A Dostoevsky Dictionary. Ann Arbor (Mich.) 1983.

Dolinin, Arkadij S. (Hrsg.): F.M. Dostoevskij v vospominanijach sovremennikov. 2 Bde. Moskau 1964.

– Dostoevskij i drugie: stat'i i issledovanija o russkoj klassičeskoj literature. Leningrad 1989.

Dostoevskaja, Anna G.: Vospominanija. Hrsg. von Leonid Grossman. Moskau/Leningrad 1925. – Dt.: Die Lebenserinnerungen der Gattin Dostojewskijs. Übers. von Dmitrij Umanskij. Hrsg. von René Fülöp-Miller und Friedrich Eckstein. München 1925.

Drewermann, Eugen: Dass auch der Allerniedrigste mein Bruder sei. Dostojewski – Dichter der Menschlichkeit. Fünf Betrachtungen. Ostfildern 2012.

Fülöp-Miller, René / Eckstein, Friedrich: Dostojewskij am Roulette. München 1925.

Geha, Richard: Dostoevsky and The Gambler: A Contribution to the

Psychogenesis of Gambling. In: Psychoanalytic Review 57 (1970) S. 95–123, 289–302.

Grossman, Leonid: Poetika Dostoevskogo. Moskau 1925.

– Rulettenburg, Povest' o Dostoevskom. Moskau/Leningrad 1932.

– Žizn' i trudy Dostoevskogo. Biografija v datach i dokumentach. Moskau/Leningrad 1935.

Guski, Andreas: Dostojewskij. Eine Biographie. München 2018.

Holthusen, Johannes: Prinzipien der Komposition und des Erzählens bei Dostojewskij. Köln 1969.

Jones, Malcolm V. / Terry, Garth M. (Hrsg.): New Essays on Dostoevsky. Cambridge 1983.

Karjakin, Jurij: Dostoevskij i kanun XXI veka. Moskau 1989.

Kasack, Wolfgang: Dostojewski. Leben und Werk. Frankfurt a. M. 1998.

Kluge, Rolf-Dieter: F. M. Dostojevskij. Eine Einführung in Leben, Werk und Wirkung. Darmstadt 2021.

Lauth, Reinhard: »Ich habe die Wahrheit gesehen«. Die Philosophie Dostojewskijs in systematischer Darstellung. München 1950.

– Dostojewski und sein Jahrhundert. Bonn 1986.

Lavrin, Janko: Fjodor M. Dostojevskij in Selbstzeugnissen und Bild-dokumenten. Übers. von Rolf-Dietrich Keil. Reinbek b. Hamburg 1963.

Lenz, Siegfried: Dostojewski, der gläubige Zweifler. Hauzenberg 1988.

Mann, Thomas: Dostojewskij – mit Maßen. In: Th. M.: Reden und Aufsätze. Bd. 1. Frankfurt a. M. 1960. (Gesammelte Werke. 9.) S. 656–674.

Miller, Robin F. (Hrsg.): Critical Essays on Dostoevsky. Boston 1986.

Močul'skij, Konstantin: Dostoevskij. Žizn' i tvorčestvo. Paris 1980.

Neuhäuser, Rudolf: Das Frühwerk Dostoevskijs: Literarische Tradition und gesellschaftlicher Anspruch. Heidelberg 1979.

– Fjodor M. Dostojevskij. Leben – Werk – Wirkung. 15 Essays. Wien/Köln/Weimar 2013.

Onasch, Konrad: Dostojewskij-Biographie. Zürich 1960.

Rosenbljum, Lija: Tvorčeskie dnevniki Dostoevskogo. Moskau 1981.

Savage, Derek S.: The Idea of »The Gambler« of Dostoevsky. In: Sewanee Review 58 (1950) S. 281–298.

Schmid, Wolf: Der Textaufbau in den Erzählungen Dostoevskijs. München 1973.

Setzer, Heinz (Hrsg.): F. M. Dostojewski – Dichter, Denker, Visionär. Tübingen 1998.

Slonim, Mark: Three Loves of Dostoevsky. New York 1955.

Sollers, Philippe: Dostoevsky, Freud, la roulette. In: Tel Quel 76 (1978) S. 9–17.

Städtke, Klaus: Alles über Dostojewski. Berlin 2021.

Stepun, Fjodor: Dostojewskij: Weltschau und Weltanschauung. Heidelberg 1950. Repr. in: F. S.: Dostojewskij und Tolstoj: Christentum und soziale Revolution. München 1961. S. 5–50.

Suslova, Apollinaria P.: Gody blizosti s Dostoevskim: Dnevnik – povest' – pis'ma. Hrsg. von Arkadij Dolinin. Moskau 1928.

Troyat, Henri: Dostoievsky: l'homme et son œuvre. Paris 1940. – Dt.: Dostojewski. Übers. von Alfred Borckardt. Freiburg i. Br. 1964.

Wellek, René (Hrsg.): Dostoevsky. A Collection of Critical Essays. Englewood Cliffs 1962.

Zweig, Stefan: Dostojewski. In: S. Z.: Drei Meister. Frankfurt a. M. 1958. S. 69–166.

Nachwort

Der Autor

In Sachen Roulette und Trente-et-quarante war Dostojewskij Fachmann. Wie in allem, was Leidenschaft und Intensität verlangte, totales Sich-Hingeben und totales Darin-Aufgehen. In die Wiege gelegt war ihm die Armut, in die er trotz adliger Abstammung 1821 hineingeboren wurde; die Krankheit, jene Epilepsie, die ihn bei jedem Anfall höchstes Glücksgefühl und elendste Todesangst durchleben ließ; ein Naturell, »zu verquer und zu leidenschaftlich«, wie er einem Freund schrieb, das ihn »immer und in allem bis zu den letzten Schranken« vorantrieb, so dass er sein Leben lang »die Grenzlinie überschritt« (an Apollon Majkow, 16./28. April 1867). Armut, Schicksalsschläge, Epilepsie, Leidenschaft; von jenem Armenspital an, in dem er zur Welt kam, über die Hungerzeit als Student an der militärischen Ingenieurschule bis ans Ende seines Lebens. Bittschriften an den Vater (»doch ich respektiere Ihre Notlage und werde eben keinen Tee trinken …«, 16. Mai 1839), der schlimme Tod des Vaters, der von den eigenen Bauern umgebracht wurde, erster Erfolg mit *Arme Leute*, Diskussion sozialistischer Ideen im Petraschewskij-Kreis, Verhaftung, Todesurteil, der Weg zum Schafott und in letzter Minute – den Delinquenten waren bereits die Augen verbunden – Begnadigung, die Katorga, das »Totenhaus«, die erste Heirat und der Tod der ersten Frau, der Tod des Bruders Michail und das Fiasko mit zwei Zeitschriften, die die Brüder herausbringen, und Schulden, immerzu Schulden … Er schreibt nie anders als unter Schuldendruck, schreibt als Lohnsklave der Verleger, als einer der ersten wahrhaften Berufsliteraten, ein Produzent der Ware Literatur, von Terminen gehetzt, meist in der Nacht, bei Kerzenlicht, in Zigarettenrauch gehüllt, verwirft, vernichtet mal die eine, mal die andere Fassung – angesichts der wartenden Gläubiger jedes Mal auch eine finanzielle Katastrophe.

Und schließlich: das Spielen. Natürlich geht es auch um Geld. Nicht unbedingt darum, es danach in Saus und Braus durchzubringen, nein, bloß, um sich und den Seinen ein leidliches Leben zu sichern: Tilgung der Schulden für sich und den geliebten Bruder, Ärzte und Kur für die todkranke (erste) Frau, eine Atempause zum Schreiben eines Romans (in dieser Reihenfolge am 8./20. September 1863 in einem Brief an Michail). Und vor allem geht es ihm, wie seinem Helden Alexej Iwanowitsch aus dem *Spieler* – um *Freiheit*, nicht gerade erkaufbar, aber doch abgesichert durch Geld … Denn Armut knechtet. *Armut knechtet* – so wäre auch der stets wiederkehrende Ausgangspunkt von Dostojewskijs Romanen zu benennen. Und ihr Thema. Und das Thema von Dostojewskijs Leben.

Einer der Versuche, der Armut zu entkommen, ist für ihn das Spielen. Im August 1863, auf dem Weg nach Paris, wo er Apollinaria (Polina) Suslowa, die unstete Geliebte, treffen soll, macht er vier Tage in Wiesbaden halt, setzt sich zum ersten Mal ans Roulette, und gewinnt auch schon, und verliert bald wieder, spielt wie besessen und wird über Jahre davon nicht mehr lassen können. Die Leidenschaft für Polina und die Ekstase des Spielens verschmelzen. Zwei Jahre danach, wieder in Wiesbaden, dem mutmaßlichen Roulettenburg des Romans, wieder mit Polina, verliert er wieder einmal alles, und da allemal mehr verspielt als gewonnen wird und die Hotelrechnung bezahlt werden will (der Besitzer verweigert bereits nicht nur Kost, sondern auch Kerzen fürs nächtliche Schreiben), werden wieder Schulden gemacht – und Hypotheken auf künftige Werke aufgenommen. Der Stoff des *Spielers*, aus jüngster Erfahrung gewonnen, bietet sich gleichsam von selbst an; seit seinem ersten Casinobesuch trägt Dostojewskij die Idee mit sich herum. 1866, in Petersburg und endgültig von Polina getrennt, macht er sich daran, rund um die Gestalt eines dem Spiel verfallenen jungen Mannes eine Geschichte zu schreiben. Doch das Wort »schreiben« ist ungenau: Er war auf eine Annonce gestoßen, in der eine junge Stenographin mit Namen Anna Grigorjewna Snitkina ihre Dienste anbot, erkannte den Wert dieses neuen Berufes für seine stets gehetzte Arbeit und diktierte den Text in 25 Tagen herunter, jeweils von 12 bis 16 Uhr, was ganze hundert Stunden oder zwei Seiten pro Stunde ergibt. Manches von dem ursprünglichen Konzept, einen jungen Mann zu zeichnen, »der den Glauben verloren hat und nicht mehr zu glauben wagt, gegen Autoritäten rebelliert und dieselben fürchtet«, fiel der erzwungenen Eile zum Opfer. Es blieb »die Beschreibung einer Art von Hölle, einer Art von ›Sträflings-Schwitzbad‹ – das Glücksspiel (Brief an Nikolaj Strachow vom 18./30. September 1863 aus Rom). Zehn Tage nach dem letzten Diktat macht er Anna Snitkina einen Heiratsantrag. Er wird angenommen, es scheint eine glückliche Ehe geworden zu sein, wenngleich der jungen Braut noch einiger Kummer bevorsteht. Das Hochzeitspaar nimmt einen Vorschuss auf einen künftigen Roman (wieder das gleiche Muster!) und fährt nach Dresden: mit Dostojewskijs fester

Absicht, sich in ärztliche Behandlung zu begeben. Die Honigmondidylle vermag ihn jedoch nicht zu halten. Um Geld aufzutreiben, müsse er ins Casino nach Homburg. Und bald wird der Einfachheit halber (wenigstens braucht sie nicht zum Pfandhaus, um die Fahrkarten für seine Heimreise zu bezahlen) gleich nach Baden-Baden übersiedelt. Und im nächsten Jahr, von Genf aus, die erste Tochter war geboren, reist er zur rollenden Kugel nach Saxon-les-Bains: Die Entbindung habe viel Geld gekostet. Die Standorte ändern sich, die Misere bleibt: Er gewinnt ab und zu, verliert am Ende immer und schickt der zurückgebliebenen Anna chiffrierte Telegramme (damit die Hoteliers von der jeweiligen Pleite nicht Wind bekommen) und Briefe mit der Jubelmeldung, ein todsicheres System gefunden zu haben, und herzerweichenden Geständnissen, wieder mal alles losgeworden zu sein (»Wäre ich doch bloß dem System treu geblieben!«). Doch aus all der beteuerten Zerknirschung, vermischt mit Schwüren und Rechtfertigungsversuchen (»Nicht zum Vergnügen spiele ich, es war der einzige Ausweg«), bricht urplötzlich ein ganz anderer Ton hervor: »Um meine Gesundheit steht es prächtig … Diese Nervenzerrüttung, die Du bei mir befürchtest, ist rein körperlicher, mechanischer, mitnichten sittlicher Art. Es ist halt mein Naturell, welches danach [nach dem Spielen] verlangt, so bin ich beschaffen« (an Anna aus Homburg, 10./22. Mai 1867). Punktum. Vergessen sind mit einem Schlag alle vorgeschobenen hehren Warum und Weshalb, fortgeschwemmt von hemmungsloser Spielleidenschaft. Ist *das* nun die Wahrheit? Es gibt nie eine einzige Wahrheit bei Dostojewskij und immer einen Widerstreit der Motive – Geld, Freiheit, Passion – in seinen Romanen.

Der oft versprochene und zuletzt auch von ihm ersehnte Abschied vom Spielen kommt unvermutet und aus eher skurrilem Anlass. 1871, wieder in Dresden, nach qualvollen epileptischen Anfällen, überredet ihn die um seinen Gemütszustand besorgte Anna von sich aus, zum Roulette nach Wiesbaden zu fahren. Dostojewskij verliert, begibt sich in völliger Verzweiflung auf die Suche nach einem russischen Priester und findet sich, im Glauben, es sei eine orthodoxe Kirche, vor einer Synagoge wieder. »Es war, als hätte man mich mit kaltem Wasser übergossen.« Der Schock muss groß gewesen sein, er wurde zur Therapie. Noch in derselben Nacht schreibt Dostojewskij an Anna, berichtet von dem Vorfall, bittet um dreißig Taler für die Rückfahrt und: »Glaub nicht, dass ich verrückt bin, Ana, mein Schutzengel! Mir ist Großes widerfahren, die üblen Anwandlungen, die mich beinahe zehn Jahre lang plagten, sind verschwunden … Jetzt ist alles vorbei! Es war *entschieden* das letzte Mal!« Geschrieben den 16. April 1871 nach dem alten russischen (julianischen) Kalender, den 28. April nach dem gregorianischen. Er wird sich nie wieder an einen Spieltisch setzen.

Der Armut vermochte die Familie erst im allerletzten Jahr seines Lebens halbwegs zu entrinnen: dank Anna Grigorjewnas resolutem und umsichtigem Umgang mit den Verlegern. Muße für einen Roman wurde ihm indes nie zuteil. Dostojewskij war es bis zum Ende seines Lebens nicht möglich gewesen, bezeugt sie in ihren Erinnerungen, auch nur *einen einzigen Roman* zu schreiben, der ihn selbst zufriedengestellt hätte – und die Ursache dafür seien die Schulden gewesen. Er trug schwer daran, gewiss. Und dennoch – mit ungeheurer Kraftanstrengung und Hartnäckigkeit erschuf er das *Gesamtwerk*, das gewaltige Gebäude seiner Ideen, deren Bewältigung er mit jedem weiteren Roman und ungebrochenem Gestaltungswillen in Angriff nimmt. Und so zynisch es auch klingen mag: Just die vielfache Unrast seines Lebens und die qualvollen Zweifel, die diese Unrast bedingten und ihr zugleich entwuchsen, waren wohl der Boden, aus dem das Werk Dostojewskijs entstehen konnte.

Das Buch

Der Spieler, der kleine Roman, wird von der Literaturwissenschaft nicht zu den großen Werken Dostojewskijs gezählt, oft ignoriert, meist nebenbei als chronologisch zu erwähnendes, jedoch künstlerisch négligeables Einschiebsel zwischen *Schuld und Sühne* und dem *Idioten* abgetan. Die Literaturwissenschaft ist bei Dostojewskij auf Tiefgründigkeit, geballte Psychologie und verästelte Kompositionsstrukturen aus. Der Leser aber, auch der russische, liebt den Roman und hält ihm nun schon mehr als ein Jahrhundert lang die Treue; die Auflagen bestätigen es. Der Leser hat nicht immer Bedarf danach, über die letzten Dinge menschlicher Existenz zu grübeln, und dankt dem Autor für die spannende, gleichwohl auch nicht eben anspruchslose Lektüre.

Nun, zum Ersten lockt gewiss das geschilderte Milieu. Spielcasinos haben ein eigenes Flair, und das Kiebitzen macht sowieso Spaß. Man weiß ja, dass Dostojewskij ein Meister ist, und muss dennoch staunen, wie er das hinbringt: diesen fiebrigen Bericht des Alexej Iwanowitsch, dieses schillernde Spielerdefilee, diese mit wenigen Strichen gezeichneten Porträts, das Gedränge und Geschiebe, die Croupiers, ihre magischen Rituale zelebrierend – es schlägt in Bann, und der Leser sehnt mit der Großmutter das Zero herbei.

Ja, und freilich: die Großmutter ... ohne Zweifel das Glanzstück des Romans. Die russische Literatur hält es immer schon gern mit alten Frauen; von Puschkin über Gorki bis Solschenizyn reihen sich die prächtigen Gestalten der Babuschkas und Njanjas, der bäuerlichen Matrjonas. Dostojewskij steht da in guter Tradition, und sie ist in der Tat sehr russisch, diese seine reiche Gutsherrin Antonida Wassiljewna, *die Großmutter*: aufbrausend, strikt und herzlich, eigensinnig und gütig, klug und kindisch, alles in einem. *Der Spieler* zählt, wie gesagt, nicht zu den großen Ideen-Romanen Dostojewskijs, aber in der Personenzeichnung steht er jenen in nichts nach. Wie viele einprägsame Gestalten ihm doch gelungen sind: der eitle, verliebte, naive Schwadroneur von General, die schrille, aber trotz ihrer berechnenden Selbstsucht auch wieder gutherzige Mademoiselle Blanche, und dann Polina, die erste Femme fatale bei Dostojewskij, und natürlich der Erzähler selbst, Alexej Iwanowitsch, ein Zerrissener wie viele der »typischen« Dostojewskij-Gestalten; zerrissen jedoch nicht von existentiellen Pro und Contras wie ein Raskolnikow oder Iwan Karamasow, sondern von etwas sehr Irdischem, den Rouge und Noir und Pair und Impair, an die er sein Schicksal gehängt hat.

Ist es nicht gerade das, was dem Leser am *Spieler* lieb ist: ein irdisches Maß? Nichts in dem Roman von grandiosen Konzepten, bloß das Um und Auf von Liebe und Roulette.

Und die Ideen, die freilich trotzdem darinstecken und die Dostojewskij, wie Briefe bezeugen, ursprünglich hervorstreichen wollte, werden von den leidenschaftlichen Tiraden des Alexej Iwanowitsch gleichsam an den Rand gedrängt. Nur der fiese des Grieux reizt ihn, seine Überlegungen über den öden Fortschrittstrott (klein-)bürgerlichen europäischen Lebens (die »Form«) im Gegensatz zum russischen Alles-oder-Nichts (die »Formlosigkeit«) darzulegen, ein Thema, das in späteren russischen Umbruchszeiten so aktuell war wie zur Entstehungszeit des Romans. Obwohl in dem Roman und natürlich in der Gestalt des Erzählers so viel Autobiographisches verpackt ist, präsentiert Dostojewskij seinen Alexej Iwanowitsch ambivalent und nicht unkritisch. Natürlich ist ihm der haltlose russische Spieler und Liebhaber näher als der nicht nur beim Spielen kühl berechnende des Grieux, andererseits aber sieht Dostojewskij durchaus die Schwachstellen des *outchitel*, eines typischen Russen im Ausland, als der er konzipiert war, sehr begabt, stolz, integer, aber unreif, entwurzelt und daher so willenlos dem Glücksspiel verfallen. Eine tiefe Disharmonie liegt zwischen seinem Höhnen über teutonische Pflichttreue und dem Unvermögen, sich selbst und seiner Liebe treu zu bleiben, verborgen.

Dostojewskijs eigene erste Reise zu den »heiligen Wundern« Europas im Sommer 1862 (»Mein Gott, wie viel habe ich von dieser Reise erwartet!«) war mit einer tiefen Enttäuschung zu Ende gegangen: Kölner Dom, Uffizien oder die bestaunte Londoner Weltausstellung, die ihn indes auch die Londoner Slums nicht übersehen ließ, vermochten nicht das tiefe Unbehagen über den neuen »europäischen Geist« allgemeiner Reglementierung, Profitgier und bourgeoiser Mittelmäßigkeit zu verdrängen. Den Abscheu verlagert Dostojewskij, maßlos wie immer, auf seine Fremdlings-Gestalten. Von den Nicht-Unsrigen, den Ausländern im weitesten Sinne, lässt er einzig den Engländer Mister Astley gelten. Franzosen, Deutsche, Polen werden karikiert und fallen folgerichtig eher blaß und blutleer aus. Der in Geld reisende Marquis des Grieux, parodierter Namensvetter des unglücklichen Helden von Abbé Prévosts *Manon Lescaut*, wird als Prototyp des zum Bürger gewandelten Edelmanns präsentiert. Gegen die angeblich allesamt stockbiederen Deutschen lässt der Erzähler Alexej Iwanowitsch eine ganze Tirade vom Stapel. Letztlich mögen da auch bittere Erinnerungen mitgespielt haben, ob nicht auch an jenes Hotel in Wiesbaden, in dem Dostojewskij, nach einer argen Pechsträhne wieder einmal total blank, nachts gedemütigt, hungrig und ohne Kerzen, in seiner engen Kammer saß und an Polina schrieb: »Alle Diener begegnen mir mit unaussprechlicher, ungemein deutscher Verachtung. Die Deutschen kennen kein schlimmeres Verbrechen als jenes, ohne Geld zu sein und nicht rechtzeitig seine Schulden zu begleichen« (10./22. August 1865). Viel ist über diese Aversionen Dostojewskijs geschrieben worden, über seinen immer wieder postulierten Antisemitismus, seine nicht anders als chauvinistisch zu bezeichnende Verhöhnung des von Russland unterdrückten Polen – »mickrigem Polengesindel« und nicht gar vertrauenswürdigen Juden begegnen wir auch auf den Seiten des *Spielers*, wie wir auch sonst in Dostojewskijs Werken so oft diesen verwirrenden Widerspruch zwischen dem großen humanistischen Entwurf des Dichters und den kleinlichen Vorurteilen des Ideologen finden; ein Widerspruch, den zu erklären es sicher viele Bände braucht, jedenfalls mehr als ein kurzes Nachwort. Vielleicht nur so viel: Dostojewskij ist nicht unser Zeitgenosse, die Kritik aus unserem Heute erreicht ihn nicht mehr. Wir sollen es wissen. Wir müssen ihn lesen, wie er ist, und dabei über aller Faszination die Distanz nicht vergessen.

Die Übersetzung

Dostojewskij war, das ist bekannt, ein »miserabler« Stilist. Wer wollte sich heute noch dran stoßen? Gewichtiger und für das nachfolgende literarische Geschehen von größerer Bedeutung ist, dass er eine neue Art des Erzählens erschuf (»Vielstimmigkeit« nannte es der russische Literaturwissenschaftler Michail Bachtin): vibrierend, flimmernd, unstet, scheinbar ungeordnet, weil sehr offen gegenüber seinen Personen, auch gegenüber dem Leser, deren Stimmen mit einbezogen werden in die Stimme des Erzählers. Einiges davon spürt man auch schon in dem relativ frühen Werk *Der Spieler*.

Nein, Schönheit des sprachlichen Ausdrucks strebte Dostojewskij nicht an. Sein Stil ist spröde, er scheut nicht Wiederholungen eines Wortes, akkumuliert geradezu seine Lieblingswörter »plötzlich«, »furchtbar«, »entschieden«, stopft sie bedenkenlos auch zweimal in ein und denselben Satz, schweift ab, wechselt unvermittelt die Tempora, all das, um der Rede des Ich-Erzählers diese den Leser mitreißende Hektik, den Schein unmittelbaren Sprechens und Erlebens aufzuprägen. Alexej Iwanowitsch, der erzählende Hauslehrer, stolpert immerzu über die eigenen Worte, gerät in Widerspruch zu sich selbst, spricht einmal locker-salopp, dann wieder hochgestochen, ist immer ruhelos, kribbelig, wie »aufgezogen«.

Und das will nun ins Deutsche gebracht werden, mit aller Holprigkeit, allen Fehlern, wie sie in der mündlichen Rede üblicherweise vorkommen, mit spärlichen Konjunktiven, die unser Erzähler, spräche er deutsch, wohl meist nur der Ironie wegen verwenden würde. Es gibt auf Russisch sehr unterhaltsame Listen von Dostojewskijs Stilfehlern. Auf Russisch, versteht sich; denn in den Übersetzungen werden sie, auch das verständlich, ausgebügelt, korrigiert, zurechtgestutzt. Einem Autor, Dostojewskij gar, ist mehr erlaubt als einem Übersetzer. Und dennoch – es sollte die vorliegende Übersetzung nicht »glatt«, »flüssig«, »leicht lesbar« werden, es wollte versucht werden, gerade das Spröde, Borstige, Kurzatmige irgendwie, zumindest andeutungsweise hinüberzuretten, dem Leser zu signalisieren, dass da kein romantischer Schöngeist spricht, sondern ein leidenschaftlicher, innerlich zerrissener junger Mann.

Es kommt noch ein anderes hinzu: Der Text wurde diktiert, zwei ganze Tage blieben Dostojewskij vor dem Ablieferungstermin, das von Anna Grigorjewna ins Reine geschriebene Manuskript durchzusehen und zu redigieren. (Was Wunder, dass er sein ewiges literaturgeschichtliches Pendant Lew Tolstoj beneidete, der so viel Muße besaß, dass von manchen Kapiteln seines Romans *Krieg und Frieden* mehr als zehn Fassungen bestehen.) Dostojewskij diktierte, und es kam ihm dies und jenes durcheinander, und manchmal scheint er gar die Übersicht verloren zu haben. Ein kleines Beispiel, zum Abschluss. Da wird, der Leser erinnert sich, im ersten Kapitel eine Schwester des Generals, Marja Filippowna, eingeführt, die dem Alexej Iwanowitsch durchaus gewogen zu sein scheint. Etwa zwanzig Seiten später heißt es geheimnisvoll: »Ein seltsames Gerücht geht um: Marja Filippowna fährt nach Russland«; und schließlich wird am Ende des sechsten Kapitels mitgeteilt, Marja Filippowna habe den Abendzug genommen und sei mutterseelenallein zu ihrer Schwester nach Karlsbad gefahren. »Was soll das bedeuten?«, fragt der Erzähler vielversprechend. Der Leser indes wartet vergeblich auf Antwort und soll der Marja Filippowna nie mehr begegnen. Die Bedauernswerte – der Autor hat sie vergessen. Der Leser möge sich auch nicht die Mühe machen, bei den gewonnenen und verspielten Beträgen mitzählen zu wollen: Die Summen stimmen nicht immer, wie ebenso wenig die eine oder andre Zeitangabe. Der Leser wird bemerken, dass es auch gar nicht so wichtig ist. Und natürlich wurde solches in der Übersetzung nicht geändert, es ist Teil des Textes, eines relativ kurzen und schlichten Textes, in dem aber, liest man sich nur mal aufmerksam hinein, alle Eigenarten eines »echten« Dostojewskij zu entdecken sind.

Elisabeth Markstein

Inhalt